NF文庫
ノンフィクション

決定版
零戦 最後の証言
〈2〉

神立尚紀

潮書房光人新社

決定版　零戦　最後の証言〈2〉

目次

『決定版 零戦最後の証言』第1巻、第3巻　目次

【第1巻】

【第3巻】

※『決定版 零戦最後の証言』（全3巻）は、書き下ろし作品です。
参考文献・取材協力者等は、第3巻にまとめて掲載します。

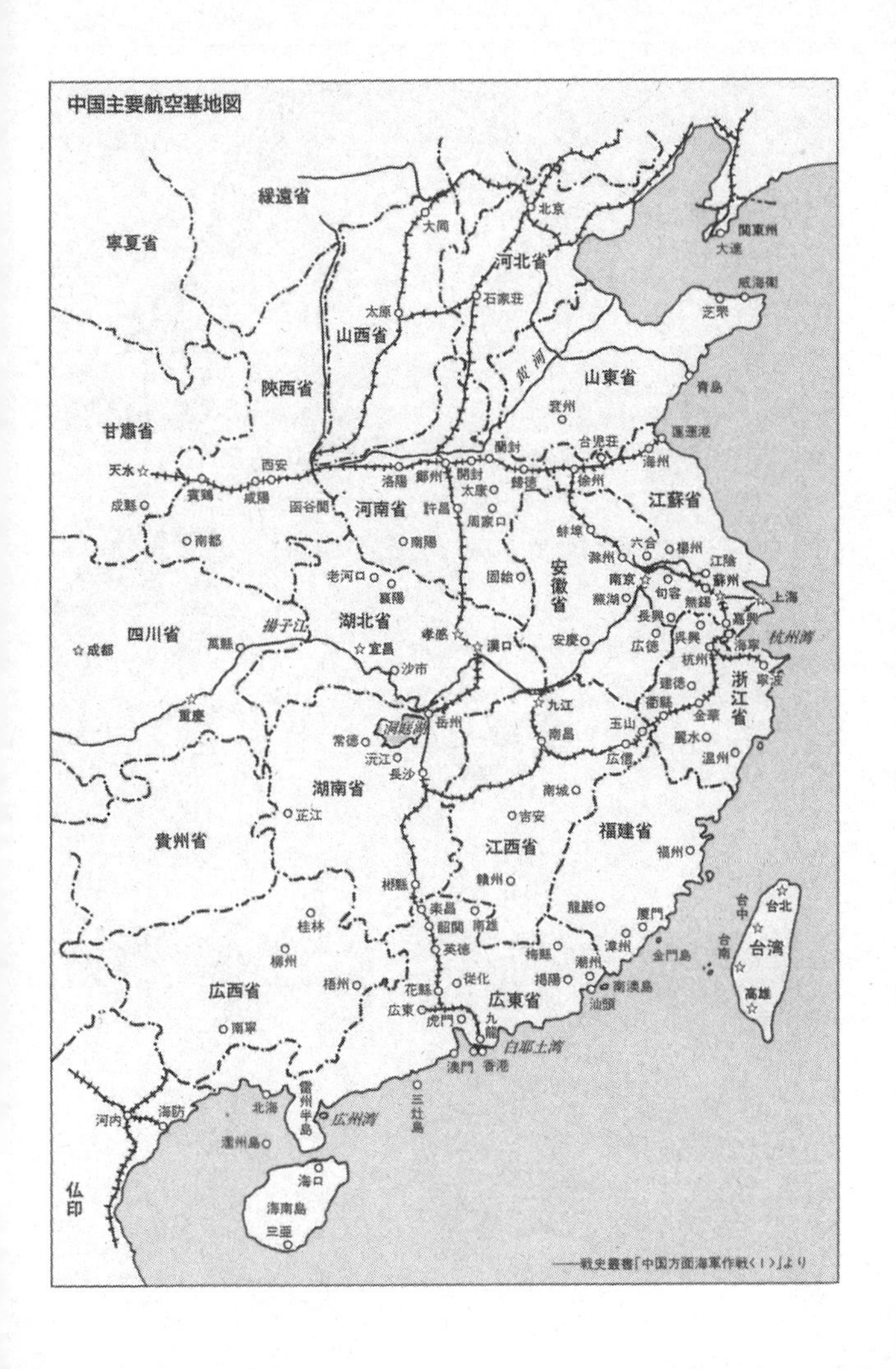

中国主要航空基地図

——戦史叢書「中国方面海軍作戦〈1〉」より

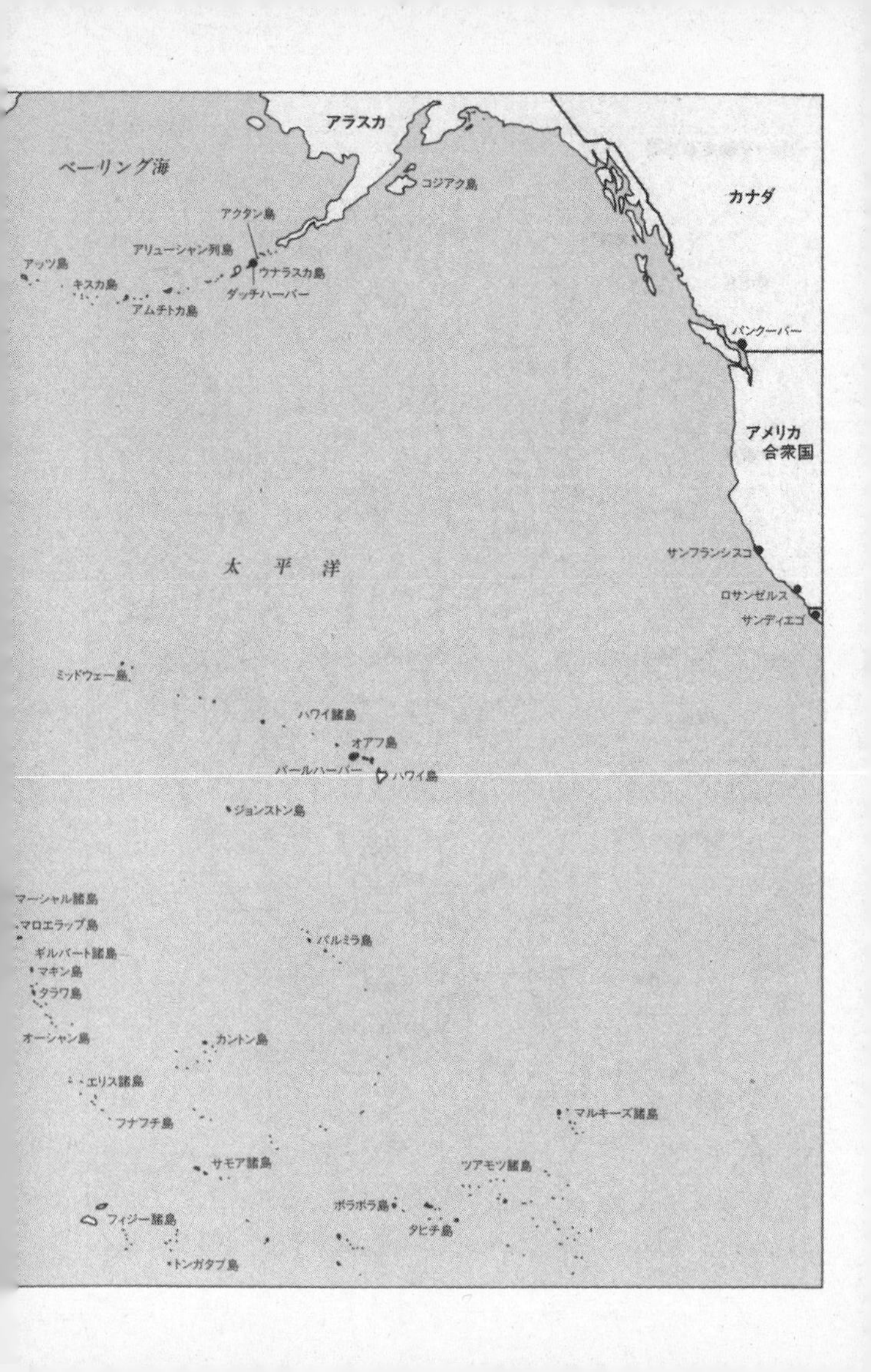
アラスカ
ベーリング海
コジアク島
カナダ
アクタン島
アリューシャン列島
アッツ島
ウナラスカ島
キスカ島
ダッチハーバー
アムチトカ島
バンクーバー
アメリカ
合衆国
太　平　洋
サンフランシスコ
ロサンゼルス
サンディエゴ
ミッドウェー島
ハワイ諸島
オアフ島
パールハーバー
ハワイ島
ジョンストン島
マーシャル諸島
マロエラップ島
パルミラ島
ギルバート諸島
マキン島
タラワ島
オーシャン島
カントン島
エリス諸島
フナフチ島
マルキーズ諸島
サモア諸島
ツアモツ諸島
ボラボラ島
フィジー諸島
タヒチ島
トンガタブ島

太平洋戦域要図
ソビエト社会主義共和国連邦
オホーツク海
カムチャツカ半島
コマンドルスキー諸島
黒龍江
樺太
ハバロフスク
千島列島
ウルップ島
択捉島
国後島
満州国
哈爾浜
長春
ノモンハン
ウランバートル
蒙古人民共和国
ウラジオストク
千歳
日本海
北京
大連
京城
日本
黄河
黄海
呉
各務ヶ原
東京
鈴鹿
松山
大村
鹿屋
中華民国
洛陽
南京
武漢
上海
重慶
揚子江
ブータン
インド
琉球列島
沖縄
台北
台湾
高雄
硫黄島
南鳥島（マーカス島）
ビルマ
香港
ハノイ
海南島
ベンゲット
バギオ
ルソン島
マバラカット
マニラ
フィリピン
フィリピン海
マリアナ諸島
テニアン島
サイパン島
グアム島
ウエーク島
ラングーン
タイ
バンコク
仏領インドシナ
プノンペン
サイゴン
エニウェトク島
南シナ海
レイテ島
ダバオ
ミンダナオ島
ヤップ島
ウルシー島
パラオ諸島
カロリン諸島
クェゼリン島
トラック島
ポナペ島
シンゴラ
コタ・バル
ブルネイ
英領ボルネオ
シンガポール
セレベス島
ボルネオ島
バリクパパン
蘭領東インド
ケンダリー
マカッサル
マノクワリ
アドミラルティー諸島
ナウル島
パレンバン
スマトラ島
ジャワ海
アイタペ
ラバウル
ニューギニア
ラエ
ニューブリテン島
ソロモン諸島
サラモア
ジャカルタ
バンドン
スラバヤ
ジャワ島
クーパン
チモール島
ポートモレスビー
ガダルカナル島
インド洋
ポートダーウィン
珊瑚海
エスピリッサント島
ニューヘブリデス諸島
オーストラリア
ニューカレドニア島
ヌーメア

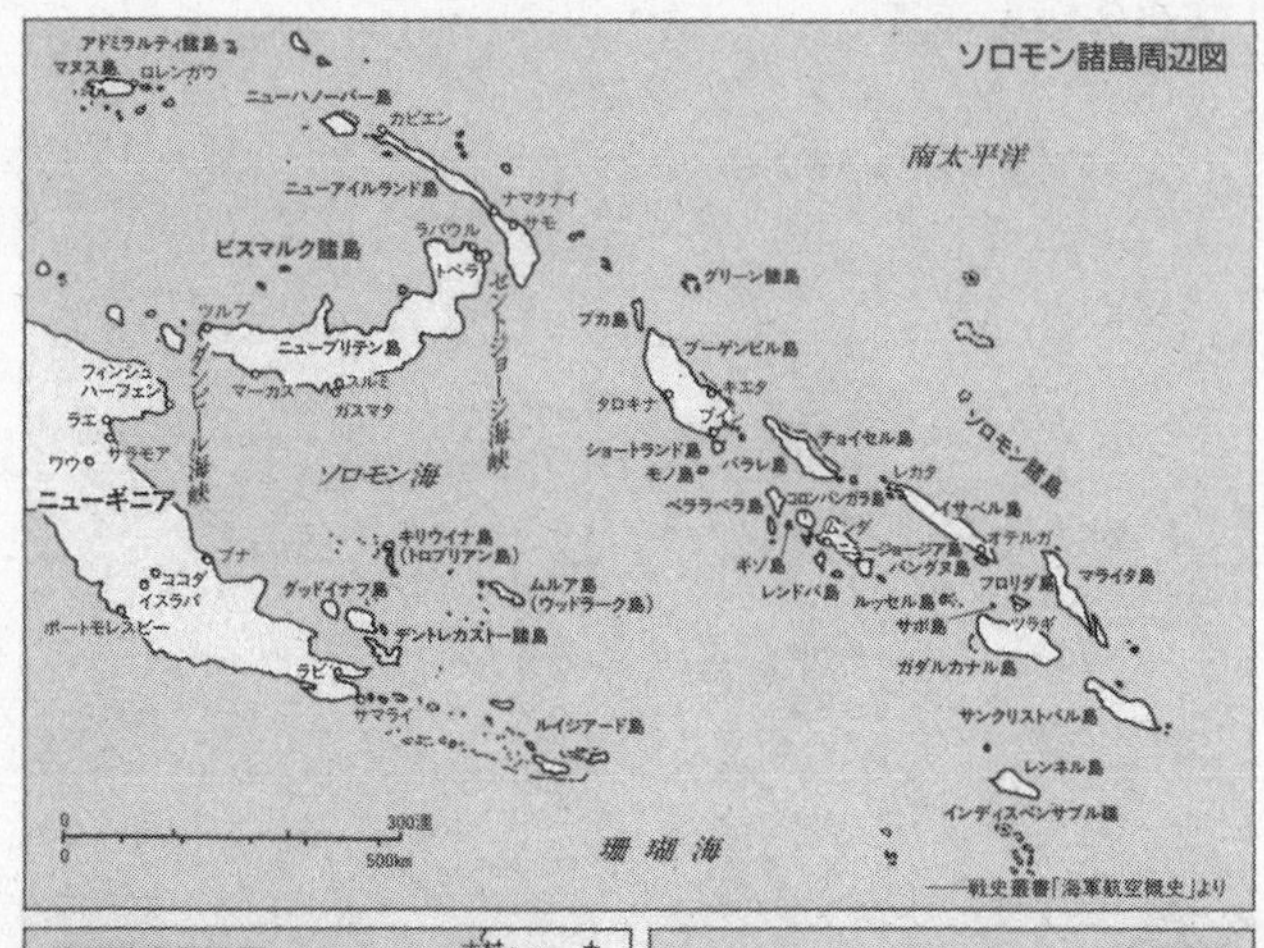
ソロモン諸島周辺図
アドミラルティ諸島
マヌス島
ロレンガウ
ニューハノーバー島
カビエン
南太平洋
ニューアイルランド島
ナマタナイ
ラバウル
ビスマルク諸島
トベラ
セントジョージ海峡
グリーン諸島
ツルブ
ブカ島
ブーゲンビル島
ニューブリテン島
フィンシュハーフェン
マーカス
スルミ
キエタ
ガスマタ
タロキナ
ラエ
サラモア
ブイン
ショートランド島
チョイセル島
ソロモン諸島
ワウ
ソロモン海
モノ島
バラレ島
レカタ
ニューギニア
ベララベラ島
コロンバンガラ島
イサベル島
キリウイナ島
(トロブリアン島)
ブナ
ムンダ
ニュージョージア島
オテルガ
ギゾ島
バングヌ島
ココダ
イスラバ
グッドイナフ島
ムルア島
(ウッドラーク島)
レンドバ島
フロリダ島
マライタ島
ルッセル島
ポートモレスビー
ダントレカストー諸島
サボ島
ツラギ
ガダルカナル島
ラビ
サマライ
ルイジアード島
サンクリストバル島
レンネル島
インディスペンサブル礁
300浬
500km
珊瑚海
——戦史叢書「海軍航空概史」より

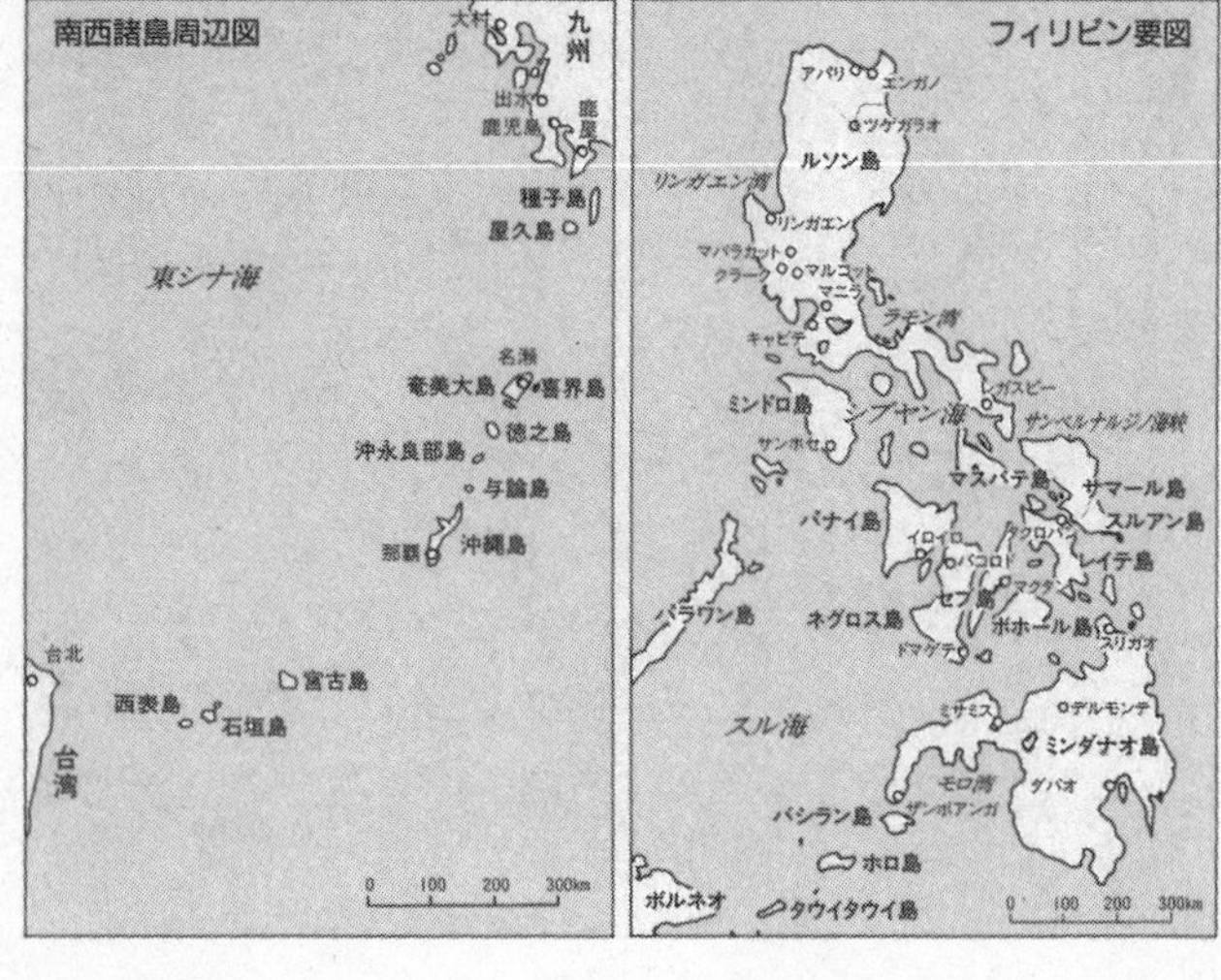
南西諸島周辺図
大村
九州
出水
鹿屋
鹿児島
種子島
屋久島
東シナ海
名瀬
奄美大島
喜界島
徳之島
沖永良部島
与論島
那覇
沖縄島
台北
宮古島
西表島
石垣島
台湾
0 100 200 300km
フィリピン要図
アパリ
エンガノ
ツゲガラオ
ルソン島
リンガエン湾
リンガエン
マバラカット
マルコット
クラーク
マニラ
ラモン湾
キャビテ
レガスピー
ミンドロ島
シブヤン海
サンベルナルジノ海峡
サンホセ
マスバテ島
サマール島
パナイ島
タクロバン
スルアン島
イロイロ
バコロド
レイテ島
マクタン
セブ島
パラワン島
ネグロス島
ボホール島
ドマゲテ
スリガオ
ミサミス
デルモンテ
スル海
ミンダナオ島
モロ湾
ダバオ
サンボアンガ
バシラン島
ホロ島
ボルネオ
タウイタウイ島
0 100 200 300km

進藤三郎（しんどうさぶろう）

零戦初空戦を指揮した歴戦の指揮官

昭和十八年、ラバウルにて

進藤三郎（しんどう・さぶろう）

明治四十四（一九一一）年、横須賀に生まれ、呉で育つ。昭和七（一九三二）年、海軍兵学校（六十期）を卒業、飛行学生を経て戦闘機搭乗員となる。昭和十二（一九三七）年、空母加賀乗組として第二次上海事変で初陣。昭和十五（一九四〇）年、中国大陸・漢口基地の第十二航空隊分隊長となり、採用されたばかりの零式艦上戦闘機（零戦）十三機を率い、敵戦闘機二十七機撃墜（日本側記録）、日本側の損失ゼロという一方的勝利をおさめる。昭和十六（一九四一）年、空母赤城分隊長として、真珠湾攻撃第二次発進部隊戦闘機隊を指揮。昭和十七（一九四二）年から十八（一九四三）年にかけては第五八二海軍航空隊飛行隊長として、ラバウル、ブイン基地を拠点にソロモン・ニューギニア方面の航空作戦を指揮。筑波海軍航空隊飛行長として福知山基地で終戦を迎えた。戦後は自動車ディーラー（山口マツダ）勤務。零戦隊きっての著名な指揮官ながら、戦争の話をすることは最後まで好まなかった。平成十二（二〇〇〇）年歿。享年八十八。

15　進藤三郎　零戦初空戦を指揮した歴戦の指揮官

N.Koudachi

昭和十五（一九四〇）年九月十三日金曜日。蔣介石（しょうかいせき）を国家主席とする中国国民党政府が臨時首都を構えていた四川省・重慶上空で、進藤三郎大尉の指揮する第十二航空隊の零式艦上戦闘機十三機が、中国空軍のソ連製戦闘機・ポリカルポフE－15、E－16（正しくはИ（イー）－15、И－16だが、旧日本海軍、および中国空軍ともにこう呼んだ）約三十機と交戦、うち二十七機を撃墜（日本側記録）、空戦による損失ゼロという、圧倒的勝利を収めた。

零戦は、その年七月に海軍に制式採用されたばかりで、新鋭戦闘機にふさわしいデビュー戦だった。零戦の戦いの幕を開けた指揮官・進藤三郎大尉（のち少佐）は、真珠湾攻撃のさいにも空母赤城戦闘機分隊長として第二次発進部隊の零戦三十五機を率いたことで知られる。戦記に必ずその名が登場する著名な零戦隊指揮官でありながら、本人が長く沈黙を守ってきたこともあり、その実像が知られることはほとんどなかった。

昔の部下だった元搭乗員たちから断片的に伝わってくる話も、

「進藤さんはあまり人と会いたがらないし、もし会えても通りいっぺんの話しかきけないんじゃないか」

といった、取材依頼をためらうようなニュアンスのものばかりである。

ところが、進藤と海軍兵学校同期で、同じく零戦隊指揮官だった鈴木實（みのる）と出会い、インタビューを重ねてみると、時おり話に出てくる進藤の人となりやエピソードは、ほかの人の話から想像する人嫌いで気むずかしいイメージとは正反対だった。

「彼は沈着に見えておっちょこちょいなところがあってね。八十歳を過ぎて竹馬に飛び乗って転んで怪我したり、エサを食べている犬の口に手を突っ込んで噛まれて大怪我をしたり。しかし、クラスの戦闘機乗りのなかでは、僕と山下政雄と並んで操縦の腕はよかった。紹介してあげるから広島に会いに行きなさい」

鈴木はその場で進藤に電話をかけてくれた。

「進藤か。貴様の話を聞きたいっていう若い人が来てるから紹介する。よろしく頼む」

話はそれだけである。海軍兵学校のクラスメート同士は、何歳になっても「俺、貴様」と呼び合う。海軍では万事、用件は簡潔に伝えることがよしとされていた。若き日の習慣が染みついていて、電話で長話をすることなどまずないらしかった。

「やあ、いらっしゃい」

広島駅からタクシーに乗って到着した私を、進藤は玄関先で出迎えてくれた。満面の笑みに、私は初対面の緊張が解けるのを感じた。平成八年八月下旬のこと。進藤は歴戦の戦闘機隊指揮官とは思えない穏やかな風貌と、飄々とした話しぶりが印象的な人であった。

「これまではやむを得ない場合のみに、聞かれたことだけ答えてきましたが、今回は鈴木からの紹介だから、心を開いて話をしましょう」

進藤家の庭には、高さ三メートルほどの木が植わっていて、八重咲きの、拳ほどの大きさの白い花をいくつもつけている。

「これは酔芙蓉（すいふよう）と言うて、朝白い花が咲いて、それが夕方になると赤くなる。酒に酔うみたいじゃ、言うんで酔芙蓉と名づけられたらしいです」

酔芙蓉の下には、早くも萩が薄紫色の可憐な花を咲かせている。

以後八回、四十時間にわたる進藤のインタビューは、そんなふうに始まった。

飛行機との出会い

進藤三郎は、海軍機関科士官であった進藤登三郎（とさぶろう）の三男として明治四十四（一九一一）年八月二十八日、横須賀に生まれ、父の転勤に伴って広島で育った。

飛行機乗りを志すきっかけは、小学校に上がる前の大正六年頃のこと。横須賀で海軍の水上機が飛ぶのを見て、その姿とエンジンの爆音に憧れたことだったという。

「人間が空を飛ぶ、というのが刺激的でね、夢のように思えた。それからというもの、寝ても覚めても飛行機のことを考えていました。小さい頃から、乗り物やスピードの速いものに憧れてたんです」

小学校一年生のとき、父の転勤で横須賀から呉に転居したが、小学校四年生だった大正十（一九二一）年、父が航空機の研究開発を目的として開設された呉海軍工廠広支廠（のち、広海軍工廠となる）の総務部長に就任すると、進藤にとって飛行機はさらに身近なものになった。広工廠では、イギリス製ショートF5飛行艇のライセンス生産が始まっていて、父の勤務先に行けば、飛行機に乗ることは叶わなくても見ることはできたのだ。

旧制広島第一中学校（現・広島国泰寺高校）四年生のとき、些細なことから町でやくざ者と喧嘩して、相手に怪我を負わせて退校処分になり、父の縁故を頼って私立崇徳中学（現崇徳中学校・高校）に転入する。そこで四年生をやり直し、海軍兵学校を受験、昭和四（一九二九）年四月、六十期生として入校した。

「海軍は大艦巨砲主義が主流でした。最後の勝負は巨砲を搭載した戦艦同士の砲撃戦で決まる、とされていて、飛行機など補助的なものに過ぎないと。海軍で出世したければ砲術の道に進むのが一番、と言われてましたがね、私はそちらには興味がなかったもんで」

昭和七年十一月、六十期生は兵学校を卒業、少尉候補生となる。

「兵学校を卒業すると、練習艦隊の軍艦八雲、磐手に分乗、昭和八（一九三三）年三月、北米方面に向けた遠洋航海に出航しました」

練習艦隊が入港したロサンゼルスの外港・サンペドロには、司令長官リチャード・H・リー大将の将旗が翻る戦艦カリフォルニアをはじめ、米合衆国艦隊の大部分が在泊し、日本から来た少尉候補生たちを歓待した。米海軍の少尉たちを磐手に招待し、盛大な酒宴を開いたり、日本の少尉候補生が米軍艦に招待されたりしているうちに、互いの理解と友情も深まってゆく。禁酒法下の米軍士官たちに、日本の軍艦でふるまわれる日本酒やビールは、ことのほか喜ばれた。

「二ヵ月にわたって、各地の港に寄港しながら、西海岸を北から南へ。行く先々で米軍や日系人社会の歓待を受けました。ロサンゼルスでは、移住していた中学時代の同級生が、自動車で迎えに来てくれたのにびっくりした。日本では自家用車なんて、限られた金持ちのものだったけど、ここでは、ふつうの市民が当たり前のように車を運転している。

ロスでは、ヘンリー・大江さんという、民間飛行学校の教官をしていた日系二世の人に、自家用飛行機に乗せてもらいました。ロスからサンディエゴまで三十分ほどのフライトだったでしょうか。はじめて空を飛んだ感激もさることながら、アメリカでは、民間人が飛行機まで持っとるのかと、そちらのほうに驚きましたね」

アメリカを、クラス全員がその目で見、その地を自分の足で踏んだというのは、当時の日本人としては得がたい体験だった。

名人の空戦指導

遠洋航海から帰った進藤は、巡洋艦名取、戦艦日向、伊号第四潜水艦、呂号第六十六潜水艦で勤務ののち、昭和九年十一月十五日付で、念願の「海軍練習航空隊飛行学生（第二十六期）」を命ぜられ、霞ヶ浦海軍航空隊に転勤した。海兵の同期生で飛行学生に選ばれたのは三十四名であった。

ここで八ヵ月半、初等練習機、中間練習機で訓練を重ね、各々の希望と適性に応じて専修機種が決められる。進藤は戦闘機専修と決まった。

「嬉しかった。乗るなら一人で自由自在に空を飛べる戦闘機、と思っていましたから、戦闘機専修を告げられたときは天にも昇る気持ちでした。飛行機こそわが恋人、飛行機の上で死ねたら本望だとさえ思いました」

昭和十年七月末、大村海軍航空隊に転勤、ここでは複葉の三式艦上戦闘機、九〇式艦上戦闘機を使って、戦闘機乗りとしての腕を磨く。

当時の戦闘機乗りは少数精鋭で、教官（准士官以上）、教員（下士官）とも、職人肌の名人が揃っていた。進藤をマンツーマンで鍛えたのは、蝶野仁郎（にろう）一空曹である。蝶野一空曹は海軍屈指の空戦技術の持ち主だった。

「進藤中尉、一丁やりましょう」

と、蝶野一空曹に声をかけられると、進藤の闘志に火がつく。二機で離陸して、大村湾上空で互いに空戦を挑んで、最終的に相手の後ろについた方が勝ちである。始めのうち、進藤は、蝶野一空曹に手も足も出なかった。

「もう一回、もう一丁、と回数を重ねるうちに、どうやらコツがつかめてきて、蝶野一空曹ともなんとか互角に戦えるようになりました。『だいぶ上手になりましたね』と喜んでくれたときは嬉しかった……」

加賀での初陣

昭和十一（一九三六）年十一月、進藤は空母加賀乗組を命ぜられた。加賀の飛行隊長は、柴田武雄少佐。装備機は九〇戦で、分隊長は、五十嵐周正大尉と中島正大尉である。

昭和十二（一九三七）年七月七日、北京郊外・盧溝橋で日中両軍の軍事衝突が起こり（北支事変）、七月十一日、陸軍三個師団の派兵が閣議で決定したことで、事態は一気に日中全面戦争へと進みはじめた。

加賀は、中国大陸へ向かう陸軍輸送船団を護衛して、八月十日、佐世保を出港した。ところがその前日の八月九日、居留民保護のために進駐していた海軍上海特別陸戦隊の大山勇夫中尉、斎藤與蔵一等水兵が、中国保安隊に殺害される事件が発生、戦火は上海にも飛び火する（第二次上海事変。のち北支事変とあわせて支那事変と呼ばれる）。加賀は急遽、上海沖に派遣され、空から陸戦隊の掩護にあたることになった。

八月十五日、加賀は、南京、広徳、蘇州の中国軍飛行場を空襲するため、八九式艦上攻撃機（艦攻・水平爆撃または雷撃を主任務にする。三人乗り）、九四式艦上爆撃機（急降下爆撃機）、計四十五機の攻撃隊を発艦させた。ところが、悪天候で目標変更を余儀なくされ、杭州へ向かった八九艦攻十六機は、中国空軍のカーチス・ホーク戦闘機二十数機と遭遇、八機を撃墜され、また九四艦爆も二機を失うという大損害を受けた。

護衛戦闘機をもたない攻撃隊の予想外の損失を受け、翌十六日は、二十四機の艦攻、艦爆を、五十嵐大尉以下六機の戦闘機が護衛することとなり、初陣の進藤も、第二小隊長として参加することになった。

「殺された大山中尉は私のクラスメートですから、ここは大山の仇討ちだ、という気持ちが強かったですね」

爆撃を終え、高度千五百メートルを飛んで帰途につく途中、進藤は、五百メートル下方に反航してくる敵機三機を見つけた。敵は二人乗りのダグラス偵察機であった。

飛行隊長・柴田少佐が編纂した『加賀戦闘機隊空戦記（軍極秘）』には、

〈進藤小隊は直ちにその内一機に追いつき、進藤機は敵の正後方より、林機は敵の右後方より、見事な協同攻撃、互いに一撃を加え、（中略）、敵の発動機がプルプルと緩やかになったと見る間に機首を上げ、次いで左に横すべりを始めた。最後のとどめをと思ったが、間もなく敵は田圃（たんぼ）の中にそのままの姿勢で突っ込んだ。〉

と、記録されている。

九六戦の初出撃に参加

加賀は数日後、佐世保に戻り、そこで新型の海軍初の全金属製低翼単葉機・九六式艦上戦闘機六機を受領して、ふたたび上海沖に赴いた。零戦の陰に隠れた感があるが、進藤は、九六戦による初の出撃にも参加したのだ。だが、制式採用からまもない九六戦はまだ未完成な部分が多く、進藤も、危うく未帰還になるような目に遭った。

「八月二十九日、母艦から中支の広徳飛行場の爆撃に向かう攻撃隊を掩護して出撃しました。往路は増槽（ぞうそう）を使い、敵地の十浬（カイリ）（約十八・五キロ）手前で増槽を落とし、メインタンクに切り換えようと燃料コックに手をかけたら、固くて動かない。エンジンが止まったまま高度二千メートルから五百メートルまで降下、こんなことで死ぬのは情けない。『チクショウ！』と叫びながら、持っていたジャックナイフの柄でコックを叩き続けたところ、高度二百メートル付近でようやくコックが動き、エンジンが始動した。それで、心配してついてきていた列機と一緒に攻撃隊を追って、直掩任務に復帰しました。しかしこの攻撃のとき、艦爆隊指揮官・上敷領（かみしきりよう）清大尉機が急降下爆撃の途中、敵対空砲火に被弾、火だるまになって広徳飛行場の格納庫に突入するのをまのあたりにしたんです。戦争の凄まじいことを思い知らされました。燃料コックは材質不良で、ただちに対策がとられました」

昭和十二年十二月一日、進藤は、加賀を降りて、戦闘機の訓練部隊として開隊した佐伯海軍航空隊の分隊長に発令される。佐伯空では、練習機教程を終えて戦闘機専修になったばかりの搭乗員たちが、九〇戦での訓練に励んでいた。

海軍士官は転勤が多く、短くて半年足らず、長くても二年で、次の配置を言い渡される。進藤は、昭和十三年六月一日、海軍大尉に進級、七月末には第十三航空隊分隊長として中国大陸へ赴き、十二月には大村海軍航空隊分隊長として、また内地に帰還した。

零戦の初期不良との戦い

大村空で一年半、実戦部隊に巣立つ戦闘機搭乗員の訓練の総仕上げに従事したのち、昭和十五（一九四〇）年五月一日付で進藤に実戦部隊への転勤が発令された。行き先は漢口基地で作戦中の第十二航空隊。支那事変勃発とともに編成され、三年近くにわたって中国大陸で戦い続けている第一線部隊である。その活躍は、対する中華民国空軍が、十二空だけを日本の「正規空軍」と呼び、その他の日本陸海軍航空部隊のことは「雑軍」と呼んだというほどのものであった。ところが――。

「海軍航空隊は漢口を拠点に、蒋介石が首都を置く重慶への攻撃を繰り返していましたが、片道四百三十浬（約八百キロ）もの長距離飛行となるため、片道二百浬がせいぜいの九六戦では攻撃隊に同行することはできなかった。中国空軍の戦意は旺盛で、九六式陸上攻撃機（中攻）の犠牲は大きく、長距離進攻に同行可能な新型戦闘機が出てこなければどうにもならん——横須賀海軍航空隊に、『新型戦闘機受領のため』と称し、十二空の搭乗員数名とともに出張を命ぜられたのは七月上旬のことでした」

その「新型戦闘機」こそが十二試艦上戦闘機、のちの零戦である。十二試艦戦は、油圧による引込脚を日本の戦闘機として初めて採用、機首に装備される七ミリ七機銃二挺に加え、大口径で威力の大きい二十ミリ機銃二挺を両翼に装備するなどの新機軸を打ち出した、まさに次世代の戦闘機だった。

「乗ってみるとね、素直な操縦感覚に『これはいい飛行機だ！』といっぺんに気に入った。前方視界がよく、地上滑走の安定性がいいから離着陸が楽で、密閉式の風防で風圧がかからないし、エンジンの爆音も静かに感じる。可変ピッチのプロペラも、エンジン出力のロスが押さえられて有効だと思いました」

横空では、すでに横山保大尉率いる搭乗員たちが、十二試艦戦のテスト飛行を始めていた。七月二十四日、十二試艦戦は海軍に制式採用され、この年、昭和十五年が神武天皇紀元二六〇〇年であったことから末尾の0をとって、「零式一号艦上戦闘機」（A6M2）と名づけられた。七月二十六日、まず準備のできた横山大尉以下六機が、漢口に進出した。さらに八月十二日には横空分隊長下川万兵衛大尉を空輸指揮官とする七機が進出している。

制式採用されたとはいうものの、零戦にはなおも未解決の問題が山積していた。振動が大きい、エンジンの筒温過昇、引込脚の不具合、二十ミリ機銃の弾丸が出ない、増槽が落ちない、などなど、どれも実戦で使うには見過ごせないトラブルだった。

「私は九六戦のとき初期不良でえらい目に遭ってますから。エンジンや機体のトラブルで搭乗員が命を落とすようなことになったら申し訳ない、そう思って、横山大尉と一緒にじっくりと故障の対策をやりました。しかし、一日も早い実戦投入を願う司令部からは、早く出撃しろ、と矢の催促でした。横山大尉も私も、第一聯合航空隊（木更津空、鹿屋空）司令官・山口多聞少将、第二聯合航空隊（十二空、十三空）司令官・大西瀧治郎少将から個別に呼ばれ、叱責に近い調子で出撃を要請されました。横山大尉は大西少将から、『貴様は命が惜しいのか！』とまで言われた。それでも黙ってテストと対策を続けました」

そして八月十九日、零戦初出撃の日はやってきた。横山大尉、進藤大尉率いる二個中隊十三機の零戦は、漢口を出撃した。途中、中継基地として整備されたばかりの宜昌飛行場に燃料補給のため着陸したところ、藤原喜平二空曹の操縦する一機が着陸に失敗、転覆し、作戦における零戦の事実上最初の喪失となった。事故原因は、引込み脚の出し忘れと伝えられている。固定脚の九六戦では起りえない、新型機ならではの事故だった。

残る十二機は宜昌を飛び立ち、中攻隊五十四機を護衛して重慶上空へ。しかし中国空軍は、この新型戦闘機の登場を察知したのか、一機も飛び上がってこなかった。

さらに翌二十日にも、伊藤俊隆大尉率いる十二機が中攻隊とともに重慶へ向かうが、この日も会敵することなく空しく引き揚げてきた。

その後しばらくは悪天候で出撃の機会を得ず、ようやく三度めの出撃ができたのは九月十二日のことだった。

横山大尉が指揮する十二機は、中攻隊の爆撃終了後も一時間にわたって重慶上空にとどまったが、またもや敵機は現れなかった。しかし帰投後、搭乗員たちを喜ばせる情報が偵察機より入った。敵は交戦を避け、零戦がいなくなってから、あたかも日本機を撃退したかのようにデモンストレーション飛行をしていると考えられた。

明日はその逆を衝けばよい。翌日の指揮官に決まっていた進藤は、司令部で綿密な作戦の打合せを行なった。

零戦初空戦、全機帰還

九月十三日、会敵の予感が出撃搭乗員の胸をときめかせた。この日は金曜日で、十三日の金曜日は縁起の悪い日と当時も言われていたが、進藤は、
「なに、縁起の悪い日は相手にとっても縁起が悪いさ」
と、意に介さなかった。

午前八時三十分、零戦十三機は、支那方面艦隊司令長官・嶋田繁太郎中将じきじきの見送りを受け、漢口を飛び立った。

九時三十分、中継基地の宜昌に着陸、燃料補給の上、十二時に発進、高度二千メートルで誘導機の九八式陸上偵察機（千早猛彦大尉）と合流した。空には一点の雲もなく晴れわたり、快適な飛行であった。午後一時十分、中攻隊（十三空・鈴木正一少佐指揮する九六陸攻二十七機）と合流、その後上方を掩護しつつ高度七千五百メートルで重慶上空に進撃、対空砲火のすさまじい弾幕のなか、一時三十四分、爆撃が終了すると、計画通り、引き返したと見せかけるため一旦反転、敵機の出現を待った。

約十六分後、待ちに待った偵察機からの電信（進藤の回想によればモールス信号）が、レシーバーを通して進藤の耳に届いた。

〈B区高サ五〇〇〇米戦闘機三〇機　左廻リ　一三五〇〉

零戦隊はただちに反転、ふたたび重慶上空に取って返した。

午後二時ちょうど、進藤の三番機・大木芳男二空曹が、高度五千メートルで反航してくる約三十機の敵編隊を発見、バンク（翼を左右に傾けて振ること）と機銃発射で進藤機に知らせると、進藤は第一中隊七機を率いてただちに接敵行動を開始した。敵機は、低翼単葉引込脚のポリカルポフE－16と複葉のE－15の混成であった。

「機影が見えた時は、しめた！　と思いました。しかし、私が敵機とまみえるのは三年ぶりで、ひさびさの空戦であわてていたのかどうか。こちらのスピードが速いのがわかっていても、早く近づきたい一心でつい増速してしまい、先頭のE－16を狙った第一撃は、角度が深すぎ、スピードがつきすぎてまともな射撃になりませんでした」

進藤が撃ちもらしたE－16の指揮官機（楊夢清上尉＝大尉）は、左急旋回で射弾を回避したが、続いて攻撃に入った大木二空曹機が一撃で撃墜。ほぼ同時に、進藤の二番機・北畑三郎一空曹機が、編隊最右翼のE－16を、これも一撃で空中分解させている。

一撃めを失敗した進藤は、次に別のE－15に狙いを定めた。

「こんどは落ち着いてスピードを絞って一撃、効果がなかったので引き起こしてもう一撃。すると、左翼と操縦席付近に二十ミリ機銃弾が命中して破片が飛び散るのが見え、E－15はそのままぐっと機首を持ち上げると、錐揉みになって墜ちていきました。

途中まで二番機がついてきてたけど、いつの間にか離れてしまいました。みなそれぞれの目標をとらえて、混戦になりました。それからは、敵の援軍を警戒せにゃいかんし、味方で不利になったのがいたら助けてやらんといかんから、上空で監視しておったんです。これは指揮官として当然やるべきことですがね。しかし、上から見ていて、ほとんど不安は感じなかったですね。みんな敵機の後ろについているし、敵の落下傘が二つ三つ、開くのも見えました。零戦がやられそうな場面は全然見なかったですから」

零戦隊は獲物を求めて飛び回り、空戦時間は三十分以上に及んだ。重慶の空に敵影は見えなくなり、弾丸を撃ち尽くした零戦は、午後三時四十五分から四時二十分にかけ、あるいは単機、あるいは数機で中継基地の宜昌に還ってきた。進藤は、光増政之一空曹機、山谷（やまや）初政三空曹機、平本政治三空曹機を引きつれ、四時過ぎに帰投した。

「私が着陸したあとに、次々と深追いした連中が還ってきました。それを数えててね、最後の一機が還ってきたときはほんとうに嬉しかったですねえ。戦果はある程度挙がると予期していたから、それよりも全機還ってきてくれたことのほうが嬉しかった。

十三機めの機影が見えたとき、『やった！』って飛び上がった覚えがありますよ」

宜昌で十三名の搭乗員を集め、戦果を集計すると、遭遇した敵機の総数よりも多い撃墜確実三十機、不確実八機におよんだ。被害は被弾四機、また高塚寅一一空曹機が引込脚の故障で、宜昌に着陸したさい転覆・大破したのみだった。

進藤は取りまとめた部下たちの戦果に、自身が上空から見た結果を加味、戦果の重複も考慮に入れて、最終的に二十七機撃墜確実と判断、さっそく漢口の司令部に報告の無電が打たれた。

〈中支空襲部隊機密第二八番電　十三日　一七三〇
本日重慶第十五回攻撃ニ於テ我ガ戦闘機隊（零戦十三機）ハ敵戦闘機隊二十七機ヲ敵首都上空ニ捕捉其ノ全機ヲ確実撃墜セリ〉

中華民国空軍の記録によると、この日、出撃した中国機は、E－15二十五機とE－16九機、計三十四機で、うち三十三機が空戦に参加、十三機が撃墜され、十機が被弾損傷したとある。中国軍パイロットの戦死者は十名、負傷者八名であった。

大戦果報道――伏せられた機種名

初空戦での華々しい戦果を土産に、事故で一機欠けた十二機の零戦隊は、意気揚々と漢口基地に引き揚げてきた。高塚一空曹も、他機の胴体にもぐり込み、一緒に還ってきた。

漢口の空は、美しい夕焼けに染まっていた。

大戦果に基地は湧きたった。嶋田長官、大西、山口両司令官はじめ基地の総員が出迎え、搭乗員の胴上げが始まった。この日、漢口基地は夜になっても興奮さめやらず、祝宴は一晩中続いた。翌日から、

〈重慶上空でデモ中の敵機廿七(にじゆうしち)を悉く撃墜—海鷲の三十五次爆撃〉(昭和十五年九月十四日付朝日新聞西部本社版)

〈重慶で大空中戦廿七機撃墜　きのふも爆撃海鷲の大戦果〉(昭和十五年九月十五日付大阪毎日新聞)

などと、新聞各紙に大きな見出しが躍る。ただし零戦が登場したことは機密事項とされ、各紙ともに戦闘の概要は伝えても、機体については名前すら報じていない。「零戦」の名が海軍省より公表されたのは、これより四年以上が経った昭和十九年十一月二十三日の新聞発表が最初である。

初空戦を境に中国空軍機は重慶の空から姿を消し、さらに奥地の成都に後退する。零戦隊はなおも長距離進攻を繰り返し、中国大陸の空を席巻し続けた。

零戦最初の戦死者

進藤は、昭和十五年十一月一日付で、重慶政府への援助物資を輸送する援蔣ルート遮断作戦のため、仏印（ベトナム）ハノイにあった第十四航空隊分隊長に転じ、十二月十二日には零戦七機をもって祥雲の敵飛行場を急襲、二十二機を炎上させる戦果を挙げてふたたび感状を授与された。これは進藤の戦歴のなかで、もっとも会心の戦いであったという。

だが、昭和十六年二月二十一日の昆明空襲で、進藤は、片腕と恃み空戦の師と仰ぐ蝶野仁郎空曹長を失ってしまう。蝶野空曹長機は、援蔣ルートの路上でトラックの車列を銃撃中、敵地上砲火に被弾、火だるまとなって進藤の目の前で墜落したのだ。これが、零戦の被撃墜第一号であり、蝶野空曹長は零戦では最初の戦死者となった。

「私はこの頃、毎日、命をすり減らしながら戦う搭乗員と、大陸に物見遊山で来ているかのような地上勤務者との意識のギャップに、苛立ちを覚えていました。蝶野君が戦死した晩もそうでした。私は胸がいっぱいで。一番信頼していた部下が死んだんだからね……。しかし、士官室ではふだん通りの馬鹿話に花を咲かせてる。整備長が、ハノイの町に行ってかあちゃんへの土産にあれ買った、これ買った、と見せびらかすから、とうとう我慢できなくなって、やめろ、言うて怒鳴った。『搭乗員に土産はないんだ！』と」

愛媛県出身の蝶野空曹長は三十三歳、郷里に妻と三人の息子を残していた。

赤城戦闘機隊へ

昭和十四（一九三九）年、ドイツ軍がポーランドに侵攻したことに端を発する欧州での大戦は、日本がドイツと軍事同盟を結んだことで、もはや対岸の火事とは言えなくなっていた。日米関係は悪化の一途をたどり、昭和十六年七月二十八日、日本軍の南部仏印進駐を機に、アメリカは日本への石油輸出を全面的に禁止、イギリス、オランダもこれに同調する。世にいう「ABCD包囲網」である。

この制裁措置は、石油その他の工業物資の多くをアメリカからの輸入に依存してきた日本にとって、まさに死命を制するものだったった。米英蘭との戦争は、もはや不可避と考えられた。海軍も、極秘裏に開戦準備に入る。

航空母艦赤城（あかぎ）、加賀の第一航空戦隊、蒼龍（そうりゅう）、飛龍（ひりゅう）の第二航空戦隊を主力に、第一航空艦隊（一航艦＝司令長官・南雲忠一中将）が新たに編成されたのは、昭和十六（一九四一）年四月のことである。一航艦は、空母と少数の駆逐艦だけで編成されたが、実戦に際しては、臨時に配属する速力の速い戦艦、巡洋艦、駆逐艦などを合わせ、これが世界初の試みとなる「機動部隊」として作戦に従事することになっていた。

進藤は、機動部隊の編成にともなう人事異動で、南雲中将の座乗する旗艦赤城の戦闘機分隊長に転勤を命ぜられた。赤城戦闘機隊の飛行隊長は板谷茂(いたやしげる)少佐である。

「長く続いた戦地勤務で、私の体は疲れ切っていました。できれば今度は内地の練習航空隊の教官配置につけてもらえないかと思っていた矢先の転勤命令。正直なところ、はじめはうんざりしましたね」

空母搭載の飛行機隊は、洋上訓練や出撃のとき以外は、陸上基地で訓練を行うのを常としていた。搭乗員が揃うと、赤城戦闘機隊は、鹿児島・鴨池(かもいけ)基地を拠点に、飛行訓練を開始した。

まずは、搭乗員全員の零戦での慣熟飛行から始まり、着艦訓練の前段階として、母艦の飛行甲板を想定した、飛行場の限られた範囲に飛行機をピタリと着陸させる定着訓練が行われる。五月になると空戦、無線電話、着艦訓練と、訓練もより実戦的になり、空戦訓練は、一機対一機の単機空戦よりもチームワークを重視する編隊空戦に重点が置かれ、二機対三機、三機対六機の編隊同士の空戦訓練が、実戦さながらに行なわれた。吹流しを標的とする射撃訓練も、さかんに行われた。

九月に入ると空母翔鶴、瑞鶴からなる第五航空戦隊が新たに機動部隊に加わり、赤城の搭乗員の一部は五航戦に転勤する。

「猛訓練が進むにつれ、疲労がどうしようもないほど蓄積してきました。体がだるく、食欲もない。八月には黄疸の症状も出始め、周囲から『君の目は黄色いじゃないか』と言われるほどでした。これはもう、海軍をクビになっても仕方がない、休暇療養を願い出ようと決心したんですが……」

ところが、そう決心した矢先の、進藤の記憶によれば十月一日頃、各航空戦隊の司令官、幕僚、空母の艦長、飛行長、飛行隊長クラスの幹部が、志布志湾に停泊中の「赤城」参謀長室に集められ、ここで南雲中将より、「絶対他言無用」との前置きのもと、真珠湾攻撃計画が伝えられた。航空参謀・源田實(げんだみのる)中佐からは、この作戦に対応するための訓練を急ピッチで進める旨の指示もあった。

「しまった。これを聞いたからには、休ませてくれとは言えないな」

と、進藤は観念したと言う。傍らにいた板谷少佐が、やや興奮の面持ちで、

「進藤君、こりゃ、しっかりやらんといかんな」

と、声をかけてきた。だが、解散が告げられ、基地に帰る内火艇に乗り込むときに、

「俺たちはただ死力を尽くして戦うだけだが、後始末はどうやってつけるつもりなの

かな」
と、誰にともなくつぶやいた板谷少佐の言葉がいつまでも心に残った。こちらのほうが本音なんだろうな、と進藤は思った。

佐伯湾での特別集合訓練

昭和十六年十月には、戦闘機隊の訓練は仕上げの段階に入りつつあった。訓練項目に航法通信訓練が加えられ、コンパスと、波頭(なみがしら)を目視して判断する風向、風力を頼りに長距離を飛ぶ三角航法、無線でモールス信号を受信する訓練などが行なわれた。高高度飛行の訓練も実施され、耐寒グリスを塗った二十ミリ機銃による、高度八千メートルでの射撃訓練も行なわれた。一航戦では、十八機対十八機の大規模な空戦訓練も実施された。

十一月に入ると、志布志(しぶし)湾に機動部隊の六隻の空母と飛行機が集められ、十一月三日、南雲中将より機動部隊の各艦長にハワイ作戦実施が伝達された。その日の夜半、特別集合訓練が発動され、翌四日から三日間にわたって、全機全力をもって、佐伯湾を真珠湾に見立てた攻撃訓練が、作戦に定められた通りの手順で行なわれた。

〈十一月四日　「ハワイ」攻撃ヲ想定　第一次攻撃隊　〇七〇〇（注：午前七時）発

進、第二次攻撃隊〇八三〇発進。十一月五日　第一次〇六〇〇、第二次〇七三〇。十一月六日　〇五〇〇ヨリ訓練開始〉

と、進藤はメモに書き残している。十一月六日には、戦闘機隊が半数ずつ、攻撃隊と邀撃（ようげき）隊の二手にわかれ、攻撃隊はいかに敵戦闘機の邀撃を排除して攻撃を成功させるか、邀撃隊はいかに攻撃隊を撃退するか、という訓練も行なわれた。激しい訓練で、攻撃隊の九九艦爆のなかには不時着する機も出た。

特別集合訓練が終了すると、赤城、蒼龍は横須賀、加賀、飛龍は佐世保、翔鶴、瑞鶴は呉と、それぞれの母港に入って準備を行い、飛行機隊はふたたび、陸上基地に戻って訓練を続けた。このとき、戦闘機が洋上で単機になってしまった場合に備えて、無線帰投方位測定機（クルシー）を使っての帰投訓練が熊本放送局の電波を利用して実施されている。

十一月中旬には、各母艦は飛行機隊を収容し、可燃物、私物の陸揚げや兵器弾薬、食糧の最後の積み込みを終え、佐伯湾に集結した。

赤城が佐伯湾を出たのは、十一月十八日のことである。行動を隠匿するため、出航と同時に、各艦は厳重な無線封鎖を実施した。

空母六隻を主力とする機動部隊は北へ向かい、千島列島の択捉島単冠湾（えとろふとうひとかっぷわん）に集結した。

湾の西に見える単冠山は、すでに裾まで雪に覆われていた。十一月二十四日、六隻の空母の全搭乗員が「赤城」に集められ、真珠湾の全景模型を前に、米軍の状況説明と作戦の打ち合わせが行なわれた。機動部隊の行動についてはもちろん、攻撃隊の編成や各隊ごとの無線周波数など、詳細な作戦計画が、すでにでき上がっていた。

十一月二十六日、機動部隊は単冠湾を抜錨、各艦、単冠山に向かって副砲、高角砲の試射を行った。凍てつく空気に、砲声が轟いた。艦隊はそのまま針路を東にとった。

「自信を持って戦いに臨める。しかし、今度こそは生きて帰れないだろうな」

と、進藤は、遠ざかってゆく雪の単冠山を見ながら、しばし物思いにふけった。

時化模様の航海が続いた。護衛の戦艦、巡洋艦、駆逐艦、補給船、潜水艦など、総勢三十一隻もの艦隊を、隠密裏にハワイ北方までたどり着かせなければならない赤城艦上の機動部隊司令部は緊張の連続だった。

真珠湾攻撃

十二月八日午前一時半（日本時間）。第一次発進部隊が次々と六隻の空母を発艦した。

第一次発進部隊は、零戦四十三機、九九艦爆五十一機、九七艦攻八十九機（うち雷

撃隊四十機、水平爆撃隊四十九機)、計百八十三機で、総指揮官は淵田美津雄中佐である。第一次攻撃では、雷撃隊が二列に並んで停泊している米戦艦の外側の艦を攻撃、水平爆撃隊が上空より内側の艦を爆撃する。さらに艦爆隊は飛行場施設を爆撃することになっていた。

機動部隊の各母艦では第一次の発艦後、すぐに第二次発進部隊の準備が始められた。第二次は零戦三十六機、九九艦爆七十八機、九七艦攻(水平爆撃のみ)五十四機、計百六十八機が発艦し、うち零戦一機と艦爆二機が故障で引き返している。こんどは、艦爆が第一次で撃ちもらした敵艦を狙い、艦攻が敵飛行場を水平爆撃することになっていた。

赤城から発艦するのは、零戦九機と九九艦爆十八機。二時十三分、進藤の搭乗する零戦、AI-102号機は、その先頭を切って発艦した。第二次発進部隊の総指揮官は瑞鶴艦攻隊の嶋崎重和少佐、進藤は、制空隊(零戦隊)全体の指揮官を務める。

「第一次の発進を見送ったときにはさすがに興奮しましたが、いざ発進する段になると平常心に戻りました。真珠湾に向け進撃中、クルシーのスイッチを入れたら、ホノルル放送が聞こえてきた。陽気な音楽が流れていたのが突然止まって早口の英語でワイワイ言い出したから、これは第一次の連中やってるな、と奇襲成功を確信しました」

第一次に遅れること約一時間、真珠湾上空に差しかかると、湾内はすでに爆煙に覆われていた。心配した敵戦闘機の姿も見えない。空戦がなければ地上銃撃が零戦隊の主任務になる。進藤はバンクを振って各隊ごとに散開し、それぞれの目標に向かうことを命じた。

「艦攻の水平爆撃が終わるのを待って、私は赤城の零戦九機を率いてヒッカム飛行場に銃撃に入りました。しかし、敵の対空砲火はものすごかったですね。飛行場は黒煙に覆われていましたが、風上に数機のB－17が確認でき、それを銃撃しました。高度を下げると、きな臭いにおいが鼻をつき、あまりの煙に戦果の確認も困難なほどでした。それで、銃撃を二撃で切り上げて、いったん上昇したんですが」

銃撃を続行しようにも、煙で目標が視認できず、味方同士の空中衝突の危険も懸念された。進藤は、あらかじめ最終的な戦果確認を命じられていたので、高度を千メートル以下にまで下げ、単機でふたたび真珠湾上空に戻った。

「立ちのぼる黒煙の間から、上甲板まで海中に没したり、横転して赤腹を見せている敵艦が見えますが、海が浅いので、沈没したかどうかまでは判断できないもののほうが多い。それでも、噴き上がる炎や爆煙、次々に起こる誘爆のすさまじさを見れば、完膚なきまでにやっつけたことはまちがいなさそうだと思いました。胸がすくような喜びがふつふつと湧いてくる。しかしそれと同時に、ここで枕を蹴飛ばしたのはいいが、目を覚ましたアメリカが、このまま黙って降参するわけがない、という思いも胸中をよぎります。これだけ派手に攻撃を仕掛けたら、もはや引き返すことはできまい。戦争は行くところまで行くだろう、そうなれば日本は……」

空襲を終えた攻撃隊、制空隊は、次々と母艦に帰投し、各指揮官が発着艦指揮所の前に搭乗員を集め、戦果を集計した。進藤は、赤城艦爆隊と合流して帰還した。南雲中将が、わざわざ艦橋から飛行甲板上に下りてきて、「ご苦労だった」と進藤の手を握った。

ほどなく、最後まで真珠湾上空にとどまっていた総指揮官・淵田中佐の九七艦攻が帰艦する。大戦果の報に、艦内は沸き立った。しかし日本側にとって残念なことに、いるはずの敵空母は真珠湾に在泊していなかった。

艦上では、第三次発進部隊の準備が進められている。蒼龍の二航戦司令官・山口多聞少将からは、蒼龍、飛龍の発艦準備が完了したとの信号が送られてきた。しかし、南雲中将は、第三次発進部隊の発艦をとりやめ、帰投針路をとることを命じた。

「当然もう一度出撃するつもりで準備をしていましたが、中止になったと聞いて、正直ホッとしました。詰めが甘いな、とは思いましたが……」

体調不良を押してここまできたが、ようやく任務が果たせた。緊張の糸が切れた進藤は、そのまま士官室の祝宴にも出ず、私室で寝込んでしまった。

真珠湾攻撃で日本側は、米戦艦四隻と標的艦一隻を撃沈したのをはじめ、戦艦四隻、その他十三隻に大きな損害を与え、飛行機二百三十一機を撃墜破するなどの戦果を挙げた。資料によって異なるが、米側の死者・行方不明者は二千四百二名、負傷者千三百八十二名を数えた。いっぽう、日本側の損失は、飛行機二十九機（第一次九機、第二次二十機。うち零戦九機、九九艦爆十五機、九七艦攻五機）と特殊潜航艇五隻で、戦死者は六十四名（うち飛行機搭乗員五十五名。別に、十二月九日、上空哨戒の零戦一機が着艦に失敗、搭乗員一名死亡）。米軍の激しい対空砲火を浴びて、要修理の飛行機は百機あまりにのぼった。

海鷲の帰郷

真珠湾攻撃の帰途、二航戦の蒼龍、飛龍は、ウェーク島攻略作戦に参加するため、本隊を離れた。残る赤城、加賀、翔鶴、瑞鶴は、十二月二十三日から二十四日にかけ瀬戸内海・柱島の泊地に投錨する。各艦の飛行機隊は、零戦隊は佐伯基地経由で岩国基地へ、艦爆、艦攻は鹿屋基地経由で宇佐基地へと向かい、ここでしばしの休養が与えられた。

進藤は、十二月二十五日、岩国基地から呉海軍病院に直行し、軍医の診察を受けた。診断の結果は、「航空神経症兼『カタール性』黄疸」、二週間の加療が必要とのことで、そのまま入院することになった。十二月三十日付で赤城分隊長の職を解かれ、さしあたって任務のない「呉鎮守府附」の辞令が出る。この日から広島の生家での転地療養が認められ、進藤は、ひさびさに正月を両親と迎えることができた。

「海鷲・進藤大尉」の帰郷は誰からともなく近所に伝わり、毎日のように真珠湾の話をねだりに客がやってくる。子供たちは、道で進藤の姿を認めると、憧憬のまなざしで、直立不動になって挙手の敬礼をした。

真珠湾攻撃から帰った進藤は、療養生活を送ること二ヵ月半、ようやく黄疸の症状もおさまり、昭和十七（一九四二）年二月十二日、〈大分海軍航空隊司令ノ命ヲ受ケ服務スベシ〉の辞令を受けて大分空に着任。四月一日、戦闘機搭乗員の訓練部隊として徳島海軍航空隊が新たに創設されると、その飛行隊長兼教官に補せられた。

最前線・ニューブリテン島ラバウルで作戦中の第五八二海軍航空隊飛行隊長兼分隊

長への転勤辞令が出たのは、昭和十七年十一月八日のことである。五八二空は、その年八月六日、ラバウルに進出した第二航空隊が改称した、零戦と九九艦爆の混成部隊だった。本来はソロモン諸島のガダルカナル島に進出し、米豪の交通路を遮断する任務につくはずだったが、八月七日、米軍がガダルカナル島に上陸、日本海軍が造成した飛行場を占領されたことから、否応なしにガダルカナル島をめぐる攻防戦に投入されることになった。さらに、東部ニューギニアを足がかりに攻勢を強めてくる敵との戦いにも力を注がざるを得ず、ソロモン、ニューギニアと二方面の、数にまさる敵機との苦しい戦いを続けている。

五八二空は、進藤の転勤とときを同じくして、従来の定数零戦十六機、九九艦爆十六機から、零戦三十六機、九九艦爆二十四機へと大増勢されることになっていた。

ラバウル五八二空飛行隊長

進藤がラバウルに着任したのは十一月二十七日のことである。

ラバウルは、かつてオーストラリア委任統治領の首府だった町で、三方を火山に囲まれ、東に湾口のあるシンプソン湾を抱いた地形である。山の標高は二百〜三百メートルにすぎないが活火山群で、なかでも湾の北口にある花吹山はつねに噴煙を上げていた。

飛行場は、湾口に臨み戦闘機隊と艦爆隊が使用している「東飛行場」のほかに、南西方のブナカナウという山の上に広い「西飛行場」があり、陸攻隊がおもに使っている。そのほか、訓練用のトベラ飛行場がある。

五八二空の本部は、かつてオーストラリア人が使っていた建物を、海軍が接収したもので、ブーゲンビリアの赤い花が咲き乱れる生垣をめぐらせた、高床のバンガロー風木造二階建ての建物である。

司令・山本栄中佐（のち大佐）、副長（兼飛行長）・八木勝利少佐に次いで五八二空のナンバー3である飛行隊長の進藤には、六畳の広さの個室があてがわれた。キャンバス張りの折りたたみ式ベッドと執務机、椅子などが置いてある。マラリアやデング熱などの風土病を媒介する蚊が多いので、ベッドの四隅には鉄の棒を立てて蚊帳を張る仕組みになっていた。

搭乗員が揃ったところで五八二空の総員集合がかけられ、進藤以下の新着任者が紹介された。進藤は隊員たちの前に立ち、

「海軍戦闘機隊のモットーは編隊協同空戦だ。搭乗員が戦果を挙げる陰には、整備員や兵器員といった裏方の努力が不可欠である。けっして一人の手柄を立てようなどと

は思わず、より長く、より強く、一致団結して戦い抜くように」と訓示をした。これは進藤がこれまでの経験から得た信念だった。

「戦闘機乗りといえば一匹狼で、名人芸を競う格闘技のようなイメージを持たれているかもしれませんが、じっさいには団体戦です。個人の技倆がどんなにすぐれていても、チームワークがなければ勝つことはできません」

と、進藤は語っている。だいたい、「手柄をたてる」という言葉自体、抜け駆けをよしとする自己中心的な響きが感じられて進藤は嫌いであった。

ガ島撤退と山本長官機撃墜

ガダルカナル島をめぐる攻防戦の戦況は不利になるいっぽうで、奪回はもはや不可能であると、日本陸海軍の認識が一致した。十二月三十一日の御前会議でガ島撤退の方針が決定され、一月四日、ついに「撤退」の大命が下された。

だが、撤退の方針は決まっても、現に島にいる部隊には補給を続けなければならない。昭和十八（一九四三）年一月は、ソロモン方面では輸送船団護衛、ガダルカナル島攻撃、ニューギニア方面は引き続きポートモレスビー攻撃と、零戦隊にとっては休む暇もないような激戦が続いた。「空の要塞」と呼ばれた敵の四発重爆撃機・ボーイングB－17によるラバウル、ブインの日本軍基地に対する空襲も、激しさを増していた。進藤も一月二十四日にラバウル上空でB－17一機を列機とともに撃墜している。

一月三十一日、五八二空の零戦隊と艦爆隊の主力は、ガダルカナル島撤収作戦を支援するため、ブイン基地に進出した。

ガダルカナル島の陸上部隊の撤収作戦は、昭和十八年二月一日、四日、七日の三次にわたり、駆逐艦を大動員して夜間、行われた。「ケ」号作戦と呼ばれる。

二月一日、進藤が五八二空零戦隊二十一機を率い、瑞鶴零戦隊十九機とともに九九艦爆十五機を掩護してガダルカナル島北方の敵艦隊攻撃に向かうこととなった。進藤率いる五八二空零戦隊は、ブイン基地を発進、納富健次郎大尉の率いる瑞鶴零戦隊とともに艦爆隊を護衛してガダルカナル島北岸、米軍の揚陸地点になっているルンガ泊地へと向かった。

艦爆隊は二百五十キロ爆弾の急降下爆撃で巡洋艦二隻を撃沈、五八二空零戦隊はグラマンF4F六機、瑞鶴零戦隊はF4F十三機を撃墜したと報告したが、零戦三機、艦爆五機を失った。米側資料によると、実際の損失は駆逐艦一隻沈没とF4F八機であった。この戦いは「イサベル島沖海戦」と呼ばれる。

米軍側は、日本側の行動をガダルカナル島への増援作戦と誤判断していた。撤収輸送にあたった駆逐艦部隊は、米軍機の空襲と魚雷艇による攻撃は受けたものの損害は予想以上に少なく、駆逐艦一隻が沈没、二隻が損傷を受けただけだった。撤収作戦そのものは大成功を収め、収容した人員は、防衛庁戦史室編「戦史叢書」によると一万二千八百五名におよんだ。米軍は、二月八日朝になって、ガダルカナル島エスペランス岬付近に放置された日本軍の舟艇や補給品を発見して、初めて撤退を知ったという。

ガダルカナル島撤退作戦以降、五八二空は主力を山本司令と進藤が率いてブイン基地に進出、ラバウルの本隊は八木副長が預かって、新着任搭乗員の訓練や補充された飛行機の試飛行などにあたっていた。

毎日の出撃の搭乗割は、搭乗員の技倆、体調や出撃頻度を考慮しながら進藤が書く。

「この頃、いちばん辛かったのは搭乗割を書くことでした。というのは搭乗割を書くとね、そのうちの何人かは必ず死ぬんですよ。それを決めるのは私ですから……。搭乗員には無理な戦いをするな、命を大切にしろというんですが、敵が強くなったんだからどうしようもない。毎日、ほんとうに辛かったですね」

四月十八日、聯合艦隊司令長官・山本五十六大将が、乗機一式陸攻がP－38に撃墜され戦死したときも、進藤は長官が巡視する予定だったブイン基地にいた。

「長官が何もわざわざこんなところまで来なくても、俺たちは頑張ってやってるのになぁ、と思いました。現場は毎日戦い続けているわけで、司令部の思いつきで人騒がせなことをしてくれるな、というのが率直な感想でした」

長官機が到着する予定時刻、一機の零戦が突然、ブイン基地に着陸し、搭乗員が「長官機が空戦中です。応援頼みます！」と叫んでふたたび飛び上がっていった。

「五八二空は上空哨戒も命じられておらず、長官を迎えるために飛行機を列線に並べていました。急いで『まわせーッ！』と叫んで整備員に零戦のエンジンを始動させ、単機で飛び上がったんですが……。ジャングルのなかから、黒煙が高く上がっているのが見えました。それが山本長官最期の地でした」

十二対一の空中戦

山本長官戦死後、米軍は増強された航空兵力をもって、波状攻撃とも呼べるほどの激しさで、ラバウル、ブインを始めとする日本軍基地に大規模な空襲を繰り返すようになった。

昭和十八年六月一日付で、進藤は少佐に進級した。

六月七日、十二日と、ガダルカナルの敵戦闘機を撃滅する「ソ」作戦が実施される。

進藤は六月七日、五八二空、二〇四空、二五一空のあわせて八十一機からなる零戦隊の総指揮官を務めた。六月十二日にも零戦の大編隊による第二次「ソ」作戦が行なわれ、敵戦闘機に打撃を与えたと判断されたことから、六月十六日、こんどは艦爆隊が合同して、敵輸送船団を攻撃する「セ」作戦が実施されることになる。

この日は、九九艦爆二十四機を七十機の零戦で護衛することになった。整列した搭乗員を前に、第二十六航空戦隊司令官・上阪香苗少将、五八二空司令・山本栄大佐、そして空中総指揮官の進藤が訓示をする。このとき何を話したか、進藤に記憶はない。ブイン基地を発進し、艦爆を中心に、その左右と後方にほぼ同数の零戦が掩護する形で飛ぶこと一時間四十分。ガダルカナル島南側から陸地上空に入ると、山の北向こうの海岸線に、目指すルンガ泊地が見えてきた。進藤は、バンクを振って「トツレ」（突撃準備隊形作レ）を下令する。

艦爆が攻撃態勢に入るまでは零戦隊は絶対に離れてはいけない。零戦のほうがスピードが速いので、二機ずつが交差してバリカンの刃のような動きで飛びながら、艦爆隊についてゆく。敵は地上の陣地から激しく対空砲火を撃ち上げてくる。二〇四空の零戦が一機、直撃弾を受けて突然、空中分解した。バラバラになった機体から搭乗員の体が放り出されて宙を舞うのが目撃されている。それでも編隊はくずさない。

攻撃開始の頃合いを見て、進藤機がふたたびバンクを振って突撃を令する。艦爆は三機ごとの単縦陣となり、高速で敵艦隊をめがけて急降下に入る。

「そのとき、前上方からグラマンF4F十二機の編隊が突っ込んでくるのが見えた。F4Fは零戦に構わず、まっしぐらに艦爆隊に襲いかかってきます。総指揮官が空戦に入るのは避けたいところだが、そう言っていられる状況ではなかった。私は敵機を追い払おうと、とっさに単機で正面から敵編隊に挑んでいったんです。

すると敵機は、私の機に記された指揮官標識に気づいたのか、艦爆を攻撃するのをやめ、全機でかかってきた。一刻も長くこの敵を引きつけないといけない、そう考えて、機体を横滑りさせながら敵弾をかわし、敵機が味方編隊から遠ざかるように飛び続けました」

その昔、蝶野一空曹に仕込まれた空戦の腕前は健在である。射撃をかわされ、つんのめって進藤機の前に飛び出した敵機に一撃をかけると、敵機はブワッと黒煙を吐いた。

「しかし、撃墜を確認している暇はありません。振り返るとまた、別の敵機が撃ってくる。空戦しながら味方攻撃隊のほうを見ると、一機の九九艦爆が撃墜され、飛沫を上げて海面に突っ込むのが目の端に映りました。グラマンを振りほどこうと、目の前に浮かぶ断雲のなかに逃げ込む。しかし、雲から出ると、敵機はちゃんと先回りして待ち構えてる。また雲に入る。そんな動きをしばらく繰り返し、海面すれすれでスコールに飛び込み、ようやく敵機を振り切ることができました……」

この日は米軍も、百四機もの戦闘機を邀撃に発進させていて、進藤機が十二対一の空戦を演じている間にも、彼我入り乱れての大空戦が繰り広げられていた。

この戦闘で、日本側は米軍機二十八機を撃墜（うち不確実二機）、大型輸送船四隻、中型輸送船二隻、小型輸送船一隻を撃沈、大型輸送船一隻を中破させたと報告したが、米側資料によると、この日の米軍戦闘機百四機のうち、失われたのは六機に過ぎない。輸送船一隻と戦車揚陸艦一隻が大損害を受けたが、いずれも沈没をまぬがれている。

いっぽう、日本側の損害は、零戦十五機が未帰還（戦死十五名）、一機不時着水、四機被弾（負傷二名）、艦爆十三機が自爆または未帰還、四機被弾（戦死二十八名、負傷一名）という大きなもので、戦死した零戦搭乗員のなかには、名指揮官と謳われた二〇四空飛行隊長・宮野善治郎大尉や、昭和十五年九月十三日の零戦初空戦で進藤の三番機をつとめた大木芳男飛曹長ら、海軍航空隊の至宝とも呼べる歴戦の搭乗員がいた。艦爆の損失にいたっては、未帰還機だけとっても過半数を超える致命的な数字であった。

「総指揮官たる私がグラマンに空戦を挑んだことで隊形がくずれ、そのため味方が苦戦したのではないかと、ずっと悔やみ続けました。グラマンに追われてやっと振り切ったとき、思わず安堵のため息をついたことを、心底恥ずかしく思った。しかし、無線も通じないのに百機近い編隊を意のままに指揮することなどできはしない。いままで感じたことのないような無力感にとらわれましたね……」

と、進藤は語っている。六月十六日の「セ」作戦による戦いは、「ルンガ沖航空戦」と名付けられた。

ルンガ沖航空戦を境に、それからのソロモン航空戦は、攻勢に出る敵を必死で食い止めようとする、ほぼ防戦一方の凄惨な戦いとなった。

七月十三日をもって、五八二空戦闘機隊が、戦力の消耗を理由に解隊されることになり、進藤は、戦死した宮野大尉の後任として、二〇四空飛行隊長に異動となった。

「私はこの頃マラリアに罹りましてね。一時は四十二度もの高熱が出て、意識不明の状態になり、生死の境をさまよいました。だから、二〇四空ではほとんど飛ぶ機会はなかったんです。回復してからも、もっぱらラバウルで新人搭乗員の訓練を指揮していました」

瑞鳳から六五三空飛行長へ

さらに進藤は、九月十五日付で第二航空戦隊司令部附として転出することになった。

「私は乗艦を空母龍鳳（りゅうほう）に指定され、思い出深いラバウルを発って九月十八日、トラックにいた龍鳳に着任しました。翌十九日、龍鳳はトラックを出港し、二十四日、呉に入港しました。ところがもう内地には燃料がないというので、十月二十四日にはシンガポールに派遣され、ここで二航戦の飛行機隊を訓練することになりました」

十一月一日付で、進藤は二航戦司令部附から龍鳳飛行長になる。

「そしたらまたラバウルへ呼び返された。基地航空隊が戦力を消耗して、母艦部隊を持って行かざるを得なくなったんです。昭和十九（一九四四）年一月、私が二航戦戦闘機隊を引き連れてラバウルに進出しました。もうこの頃は邀撃戦ばかりです。敵は毎日、百機近くで空襲に来るもんだから、ひと月足らずで戦力を消耗して、トラックに引き揚げました」

指揮するべき部隊が壊滅してしまった進藤は、昭和十九年三月十日付で第六五三海軍航空隊附（飛行長）に転勤を命ぜられ、呉に帰ってきた。

六五三空は小型空母千歳、千代田、瑞鳳（ずいほう）の三隻からなる第三航空戦隊に属する航空隊として新たに編成されたばかりである。飛行機定数は零戦六十三機、艦攻二十七機で、作戦時にはそれが三隻の空母に分乗して戦う。零戦のうち十八機は五二型、四十五機は、二一型に爆弾を積んで艦爆の代わりに使用する戦闘爆撃機（爆戦）であった。

六五三空と同時に、空母大鳳、翔鶴、瑞鶴の第一航空戦隊に属する六〇一空、隼鷹、飛鷹、龍鳳の第二航空戦隊に属する六五二空が編成され、きたるべき米機動部隊との決戦に備えることになったが、六五三空は、三つの航空隊のなかで搭乗員の練度がもっとも低かった。飛行隊長・中川健二大尉をのぞく士官搭乗員は十名全員が飛行学生を卒業したばかりで、もちろん実戦経験はない。

「これは大変なことになったぞ」

と、進藤は憂鬱な気分になった。「決戦」に臨むどころか、一から訓練を始めないと戦争にならない。これは搭乗員の側の責任ではないのだが。

夜の煙草と長髪

休暇を許された進藤は、憂鬱な気分のまま、背広姿で広島の街に一人遊びに出た。灯火管制で薄暗い通りを煙草をプカプカやりながら歩いていると、

「こらこらッ！」

と呼び止める者がいる。見れば、カーキ色の国民服にゲートル（巻脚絆）姿の、中

年の警防団員であった。戦争が始まってから、空襲に備える身支度として、すべての男子は防空服装としてゲートルを着用することが奨励され、また、坊主頭こそが「非常時」の身だしなみとされる風潮があった。折悪しく防空演習がはじまり、ゲートルも巻かず、髪を伸ばした進藤の姿が、男の癇に障ったのに違いなかった。

「こら、何じゃ、その格好は。煙草を消せ、煙草を」

居丈高に怒鳴る男に、

「なぜですか」と進藤は聞いた。

「なぜもへちまもあるか、敵機に見つかったらどうする」

「上空から煙草の火が見えますか」

「見えるに決まっとる。貴様、口答えしよるか」

「そうですかねえ、私は夜間飛行もだいぶやっとるけど、上空から煙草の火を見つけたことは一度もないですがね」

相手は決まりの悪そうな顔をして黙ってしまった。

広島にいられたのはたった五日間だったが、この休暇の間に進藤は父親の決めた相手と結婚している。相手は広島市白島にある病院の次女で、名は天野和子、二十一歳。進藤は三十二歳、ずっと戦地暮らしだったので、当時としては遅い結婚だった。

四月のある日、要務で長崎県の大村基地に赴いたさい、背広姿で長崎から汽車に乗った進藤は、またも国民服を着た中年の男にからまれた。

「なんばしよっか、この非常時に髪なんか伸ばしよって」

「どうもすみません、必要なもんでつい伸ばしております」

「なんで必要か」

「いや、飛行機がひっくり返った時に怪我せんように……」

進藤が答えると、男は、エッと驚いて態度を豹変させ、

「これは大変失礼しました。海軍さんでしたか、いや、結構であります」

と、揉み手せんばかりに機嫌をとり始めた。

昭和十九年五月上旬から中旬にかけて、六五三空の零戦隊、艦攻隊は千歳、千代田、瑞鳳の三隻の空母に収容され、訓練のためボルネオ島北東沖にあるタウイタウイ泊地に向かうことになった。機密保持のため、進藤は、艦に乗ることも、出港することも、これから戦いに臨むであろうことも、和子に告げてこなかったという。

マリアナ沖海戦

聯合艦隊は、空母大鳳、翔鶴、瑞鶴、隼鷹、飛鷹、龍鳳、千歳、千代田、瑞鳳の九隻を基幹とする第一機動艦隊（司令長官・小澤治三郎中将）を編成し、これと基地航空部隊である第一航空艦隊（一航艦）とで、マリアナ方面に来襲が予想される敵機動部隊と決戦を行い、退勢を一挙に挽回しようとしていた。この作戦は「あ」号作戦と呼ばれる。

だが、機動部隊が産油地に近いタウイタウイ泊地に集結したのはいいが、六五三空は十分な訓練を受けていない搭乗員が多く、飛行甲板に着艦するのも一苦労である。

「新人搭乗員に着艦訓練をさせるたびに、寿命が縮むような思いをしました。機動部隊の合同訓練をタウイタウイで実施する予定だったのが、無風状態が続いて飛行機を発艦させるために必要な風力が得られず、泊地の外では米軍の潜水艦が出没していることもあって、満足な訓練ができなかったんです」

日米機動部隊が激突したのは六月十九日のことである。ところが、敵機動部隊攻撃に発艦させた飛行機は、そのほとんどが還ってこなかった。

「要するにあのときには敵のレーダーや無線が非常に発達していて、こちらの攻撃隊の動きが、逐一グラマンに伝えられていた。敵機動部隊の五十浬（約九十三キロ）ぐらい手前に網を張られていて、そこでやられてる。未帰還機のあまりの多さに愕然としました」

昭和十九年六月十九日、二十日の二日間におよぶ戦いで、日本側は空母三隻と艦上機のほとんどを失い、惨敗を喫した。この日米機動部隊の戦いを、「マリアナ沖海戦」と呼ぶ。

比島沖の「決戦」

マリアナ沖海戦から帰った進藤は、昭和十九年六月二十八日から大分基地でさっそく部隊の再建にとりかかった。

進藤が率いる六五三空の主力は十月十四日、台湾に進出。台湾沖に現れた敵機動部隊の攻撃で戦力の半数近くを失い、さらに、フィリピンでの決戦を意味する「捷一号」作戦の発動とともにルソン島のクラークフィールドに進出した。六五三空の一部は、小澤治三郎中将が率いるいわゆる「囮(おとり)」艦隊の四隻の空母に分乗している。搭載する飛行機さえ満足に揃わない空母部隊は、囮となって敵機動部隊を引きつけ、栗田健男中将率いる戦艦大和以下の主力部隊がレイテ島の敵上陸部隊を砲撃するのを支援するしかなかった。

「決戦」の掛け声のもと、日本海軍の総力を挙げた戦いは、またしても日本側の一方的な敗北に終わった。小澤艦隊は、十分に敵を引きつけた上で、空母四隻全てが撃沈された。また、第一航空艦隊で初めて編成された特攻隊が、十月二十五日、敵護衛空母群への突入に成功している。栗田艦隊は、敵艦上機や潜水艦による執拗な攻撃を受け、戦艦武蔵を撃沈されるなどの痛手を受けながらもレイテ湾まであと少しのところにまで到達していた。防備のうすい敵輸送船団に対し、大和以下四隻の戦艦の大口径砲で猛射を浴びせれば、敵上陸部隊に壊滅的な打撃を与えることができるはずだった。

――にもかかわらず、栗田中将は突入せずに艦隊を反転させた。

「栗田艦隊の突入が未遂に終わったらしいことを知り、全身の力が抜けるような気がしました。

特攻については、ついにここまで、とは思いましたが、馬鹿なことを、とは思いませんでした。これも、主力部隊である栗田艦隊の突入を助けるためという大義名分があればこそです。なのにこの期におよんで主力部隊が逃げ出すとはいったいどういうことか。

私は『決戦』という言葉が嫌いでした。決戦、決戦と何べんも。いままで、その掛け声のもとでどれほど多くの部下を死なせてきたことか。決戦という言葉の大安売り。決戦なんて一回でいいんだ、といつも思っていました」

「比島沖海戦」と呼ばれるこの戦いで、日本海軍は戦艦三隻、空母四隻、巡洋艦十隻、駆逐艦十一隻など多くの艦艇を失い、さらに多くの艦艇が損傷を受けた。ここに日本聯合艦隊はほぼ壊滅、艦隊決戦を行なう戦闘能力を喪失した。米側の沈没艦艇は、軽空母一隻、護衛空母二隻、駆逐艦三隻にすぎなかった。

「とにかく、情けない時代でした。この頃になると、飛行機の性能の面でも搭乗員の技倆の面でも敵に大差をつけられて、有利な態勢でなければ空戦に入るな、という教育をせざるを得なかった。かつて中国大陸では、中国空軍のソ連製戦闘機を一方的に追い回していたのが、いまは零戦が、そのときの中国軍機の立場になってしまっている。緒戦の勝ち戦の手痛いしっぺ返しを食わされているような気がしたものです」

「特攻は出したくありません」

進藤は、六五三空の残存部隊を率いて昭和十九年十一月四日、鹿児島基地に帰還した。十一月十五日、こんどは同じ鹿児島基地の第二〇三海軍航空隊飛行長を命ぜられ、二十八日に着任した。二〇三空司令は山中龍太郎大佐。戦闘三〇三飛行隊、戦闘三一二飛行隊の二個飛行隊編成だった。十二月三日、二〇三空の本隊は鹿屋（かのや）基地の東隣にある笠之原（かさのばら）基地に移転する。

昭和二十年三月になると、九州各地が敵機動部隊艦上機の空襲を受けるようになり、四月一日、米軍が沖縄本島に上陸すると、二〇三空は敵機の邀撃や特攻隊の前路掃討などの任務にも駆り出されることとなる。

「ちょうどその頃、山中司令に呼ばれ、『うちもそろそろ特攻を出さないといかんだろうか』と言う。ついに来たか、と思いました。

比島沖海戦のときは、レイテ湾に栗田艦隊を突入させなきゃいかん、という切羽詰まった状況で、限られた飛行機で敵空母をやっつけるにはそれしかないとは思いましたが、それからというもの、特攻が恒常的な戦法になっているでしょう。

近代戦の勝敗を決めるのは個人の武勇じゃない。個人を当てにするような作戦は作戦じゃない。この頃の特攻は、もはや尋常な作戦だとは思えなかった。それで司令に、『うちの隊にはいっぺんこっきりで死なせるような部下は一人もおりません。何べんも使って戦果を挙げてもらわなきゃならんのですから、特攻は出したくありません』と答えたら、『そうだな』と相槌をうたれた。――司令部からなにを言ってきたのかは知りませんが」

進藤はその後、五月三日付で筑波（つくば）海軍航空隊飛行長に転勤を命ぜられ、十三日に着任する。筑波空の司令は中野忠二郎大佐、副長は五十嵐周正中佐。茨城県に本部を置き、もとは戦闘機搭乗員を養成する練習航空隊だったが、実戦部隊に格上げされ、局地戦闘機紫電(しでん)で編成された戦闘第四〇二飛行隊、戦闘第四〇三飛行隊を傘下におさめていた。

マリアナの失陥以来、日本のほぼ全土が、米陸軍の新型爆撃機ボーイングB－29の行動圏内に入り、東京、大阪はもちろん、全国の主要都市や軍事施設の多くが激しい空襲を受けている。B－29は、高速で重装甲、しかも強力な防禦砲火を持ち、零戦や紫電では撃墜することはおろか、攻撃することさえ難しかった。進藤は、部下たちがあまりにもB－29を墜せないのに業を煮やし、

「遠くから撃つから当たらないんだろう。じゃあ、俺が手本を見せてやる」

と、紫電に飛び乗り邀撃に上がったことがあるが、B－29のあまりの速さに追いつくこともできなかったという。

被爆直後の広島上空を飛ぶ

昭和二十年七月になると、筑波空では、戦闘第四〇二飛行隊を進藤の指揮下、京都府の福知山基地に、戦闘四〇三飛行隊は、中野大佐に代わり司令になった五十嵐周正中佐が率い、兵庫県の姫路基地に展開させた。空襲による被害を避け、敵の本土上陸

部隊を迎え撃つ訓練を重ねるためである。機種は順次、新鋭機紫電改に更新され、いずれは九州防空に活躍中の第三四三海軍航空隊に代わる、海軍の新たな主力戦闘機隊になるはずだった。

「八月六日、広島に新型爆弾が投下され全滅した、という情報が入った。これは、うちも無事では済まんだろうと思いました。筑波空は三四三空と交代する予定でしたから、三四三空から搭乗員をもらい受ける相談のため、九日朝早くに大村基地へ飛んだんです。ところが、この日は司令も飛行長も不在で、話をする相手がおらん。それで福知山にとんぼ返りしたんですが、そのとき、広島上空を飛んでみた。瀬戸内海上空から望むと、緑の山々や青い海の風景が広がるなかで、広島だけが灰色というか、色がなくなってるんです。これはやられたなあ、うちも駄目だ。そう思って、家の上空を旋回して状況を確認する気にもなれなかった。福知山に帰って、私が大村基地を離陸してほどなく、長崎に二発めの新型爆弾が投下されたことを知りました」

そして八月十五日正午、戦争終結を告げる天皇の玉音が放送される。福知山基地でも、指揮所に総員が集合してラジオを聴いた。

「しかしラジオの雑音が多くて、陛下のお言葉がなんだかよくわからない。それで放送が終わってから、平常通り訓練を始めた。ちょうどその日、宝塚歌劇団の月組が基地に慰問に来ていましたが、予定通りやってもらいました。

だんだん、戦争が終わりだ、ということは分かってきましたが、しかしまだ停戦だ、と。交渉して和議が決裂したらまたやるんだ、そう思って訓練を続けていました。厚木の三〇二空からも、抗戦の使者が来ました。フィリピンに飛ぶ降伏の軍使機を撃墜しろって言うから、そんな、日本の飛行機を墜とせるか、と一喝しましたが。

そうこうしている間に、高松宮（海軍大佐・昭和天皇の弟宮）の使者がやって来て、終戦は陛下の御意思であると。筑波空を指揮下におさめる第七十一航空戦隊司令部からも飛行訓練をやめろ、と言ってきました。そして、五十嵐司令から、福知山にある可動機を全機、姫路基地に持ってこい、と命じられたんです」

八月二十一日のことである。進藤は、機銃弾を全弾装備して、いつでも戦える準備のできた十三機の紫電改を率い、姫路基地に着陸した。

「そしたら、着陸と同時にプロペラをはずされて……。五十嵐中佐は、私が中尉の頃、空母加賀に乗組んだときの分隊長で、親しい上官だったんですが」

五十嵐中佐の口から出たのは、

「本日より休暇を与える。搭乗員は皆、一刻も早く帰郷せよ」

という、思いがけない命令だった。搭乗員たちはその場で武装解除され、着剣した衛兵の監視つきでトラックの荷台に乗せられ、姫路駅まで十キロ近い道のりを護送された。

姫路市街は、七月三日に受けた空襲で焼け野原になっていたが、姫路城の天守閣は無事だったらしく、黒い偽装網をかぶせた姿でそびえ立っていた。搭乗員は出身地別に山陽本線の上下の列車に振り分けられ、飛行服、飛行帽姿のまま、窓の破れた満員の客車に、押し込めるように乗せられた。

帰郷、父の涙

広島の街は、一面の焼け野原になっていた。進藤の生家は、爆心地から南東へ約二・八キロの距離にある。帰ってみると、爆風で壁が落ち、畳や建具も吹っ飛び、柱も「く」の字に折れ曲がったような状態だったが、蓮田のなかの一軒家であったため類焼を免れ、父・登三郎と母・タメが二人で暮らしていた。

厳格だった父が、目に涙を浮かべて、

「三郎、ご苦労さんじゃったなあ」

と迎えてくれたとき、初めて負けた実感が、悔しさとともに体中から湧いてきた。

父子は、抱き合って長いこと泣いた。進藤が父の涙を見るのは、昭和十年、海軍機関中尉だった長兄・一郎が病死して、その告別式以来のことだった。

家族の安否は、妻・和子と、五月二十五日に生まれたばかりの長男・忠彦は、和子の母方の里である広島県北東部の庄原町に疎開していて無事、しかし、白島にあった和子の実家が経営する病院ごと原爆で焼け落ち、和子の姉・孝子が亡くなっていたことを知った。次兄・次郎は陸軍に召集され、陸軍上等兵として中国大陸で戦死。二人の弟はそれぞれ独立し、二人の妹もそれぞれ嫁いで広島を離れている。

それからしばらくは放心状態が続き、毎日、原爆の爆風でめちゃくちゃになった家の片づけをしたり、自宅から三キロほど南の宇品海岸で釣りをしたりして過ごした。

秋も深まったある日、いつものように生家近くの焼け跡を歩いていると、遊んでいた五、六人の小学校高学年とおぼしき子供たちが進藤の姿を認めて、

「見てみい、あいつは戦犯じゃ。戦犯が通りよる」

と石を投げつけてきた。新聞でしばしば写真入りで報道されていたので、地元の子供たちは進藤の顔を知っていたのだ。「こら！」と怒鳴ると逃げ散っていったが、やるせない思いが残った。

年が明け、昭和二十一（一九四六）年になると、広島駅南口前あたりでは、闇市のバラックがぼちぼち立ち並ぶようになった。進駐軍の兵隊相手のバーも開店していた。

広島に最初に進駐してきたのは、オーストラリア軍を中心に編成された英連邦軍である。進藤は、広島駅前で、唇に紅を差し、進駐してきた豪州兵にぶら下がるように腕を組み、歩いていく日本人女性を見たとき、つくづく世の中がいやになった。

この変わり身の早さ。

「それ以来、日本人というものがあんまり信じられなくなったんです」

つい昨日まで、積極的に軍人をもてはやし、戦争の後押しをしてきた新聞やラジオが、掌を返して、あたかも前々から戦争に反対であったかのような報道をしている。批判する相手（＝陸海軍）が消滅して、身に危険のおよぶ心配がなくなってからの軍部、戦争批判の大合唱は、進藤には、時流におもねる卑怯な自己保身の術としか思えなかった。「卑怯者」は、いわゆる「進歩的文化人」や「戦後民主主義者」と呼ばれる者のなかに多くいて、敗戦にうちひしがれた世相に巧みに乗っかり、世論をリードしていた。

「私は、自分はこれからの時代に生きてゆくべき人間ではないような気がしました。自決することを考えましたが、あいにく姫路基地で武装解除されたので拳銃を持っていない。生命を絶つ方法をあれこれ考えているうち、終戦直前、生まれたばかりの長男に会いに庄原へ行ったとき、差し出した人差指を小さな手で無心に握ってきた感触が甦り、死ねなくなってしまった。われながら情けない気がしました」

戦後の風潮は、戦時中の日本のやってきたことをことごとく「悪」と断じるものであった。戦没者のことを犬死によばわりすることさえ、「進歩的」と称するインテリ層の間で流行していた。そんな言説を見聞きすると、「何を言いやがる」と進藤は悔しかった。

直属の部下だけで、百六十名もの戦死者を出している。なかでも、昭和十八年、ガダルカナル島をめぐる航空戦では、部下たちの最期を幾度も目の当たりにした。ソロモンの海に飛沫を上げて突っ込んだ艦上爆撃機や、空中で火の玉となり爆発した零戦の姿を思い出すたび、あれが犬死にだというのか、と、やりきれない思いに涙が溢れた。

病気で海上警備隊入りをあきらめる

進藤には、戦後の世の中はしだいに住みづらいものになっていた。終戦直後のハイパーインフレと、それに続く新円切替で紙幣が紙くず同然になり、海軍の退職金も底が見えた昭和二十一年四月のある日、生きるための仕事を求めて妻子をつれて横須賀に流れつく。横須賀ではクラスメートの鈴木實と一緒に、旧陸軍から払い下げられた軍用トラックで西松組（現・西松建設）の雇われ運転手を約一年。その後進藤は、伝手を頼って会津の山奥にあった沼沢鉱山という、鉱夫が二十名ほどの小さな鉱山の鉱山長の仕事についた。

沼沢鉱山ではおもに硫化鉱、褐鉄鉱の採掘をしていた。雪深い土地で冬は仕事にならず、父が愛用していた猟銃を担いで、兎や山鳥を狩って暮らした。外部との接触の機会がないこの会津での生活が、進藤にとっては生涯で一番気楽な時間であったかも知れなかった。

順調だった鉱山での仕事も、三年ほどで硫化鉱がとれなくなり、褐鉄鉱の品質も落ちてきて、取引先から安く買い叩かれるようになった。やがて長男が小学校に上がる年齢になるが、山を一つ越したところの小学校まで歩いて通わなければならない。

昭和二十七（一九五二）年、冬が来る前に進藤は鉱山を閉じた。すでにサンフランシスコ講和条約の発効で日本は独立を取り戻し、戦後、占領軍に禁じられていた航空活動も再開されている。進藤は、まだ空を飛ぶことに未練があった。

「発足したばかりの海上警備隊（海上自衛隊の前身）から、ぜひ入隊してくれんか、と話があった。これから航空戦力を拡充するから、指揮官要員が必要だと。入ればすぐ中佐に相当する階級になるとのことで、すっかり乗り気になりました。それで、昭和二十七年暮れ、横須賀基地に出頭したんですが、健康診断で糖尿病との結果が出て、不採用になってしまった。会津の山奥で、贅沢な食習慣とは無縁の暮らしを送ってきたのに、どうしてこんなことになったのか、わけがわからなかったですね」

海上警備隊入りはあきらめざるを得ず、父・登三郎の勧めもあって治療のため広島に帰った。広島へ帰る途中、和子の兄・天野恒久が勤める大阪大学付属病院で検査をしたところ、糖尿病の初期段階で、食餌療法で治るとのことで、それからは和子の監督のもと、徹底的な食事制限を設けて治療に専念。半年後には医者から「完治」のお墨付きを得た。

兵学校のスローガンを応用

「病気が治ると、どうやってこれから生活していくかということを考えなきゃいかん。年齢も四十二歳になり、新たに手に職をつけるのもむずかしい。ここで父が助け舟を出してくれたんです」

登三郎はかつて東洋工業顧問を務めたことがある。松田重次郎会長に、息子を採用してくれるよう頭を下げに行ったのだ。すると、組合との関係で中途採用はむずかしいが、昭和二十八年に倒産した山口県のディーラーの再建要員としてなら採用できるという。

こうして昭和二十九年秋、進藤は東洋工業に入社した。秘書課に籍を置きながら、三ヵ月間、自動車工場で自動車の勉強をし、サービス工場の工場長になるための講習を受け、昭和三十年二月、新生の山口マツダに工場長として出向した。

進藤は、サービス部長、部品サービス本部長、常務取締役を歴任し、山口マツダのサービス部門の責任者として、県内に十二あったサービス拠点、百二十名のサービスマンを統括する仕事に従事した。

進藤は、海軍時代に学んだことを応用して、会社の部下を教育した。

「兵学校に入校したとき、六十期生のスローガンとして『古今無比、東西第一、天下第一等』という言葉が掲げられましたが、私はこれをそのままサービスマンたちのスローガンにした。世界で一番の者になれ。他人の真似のできないものを持て。ブレーキの調整なら誰にも負けないとか、エンジンのことなら任せとけ、とか、なんでもいい。そして、それが達成できたら次の目標に移れ、と、口をすっぱくして言ったものです」

昭和五十四年五月、常務取締役になっていた進藤は、突然、辞職を申し出た。

「大事な約束を忘れていて、人に言われるまで気がつかなかった。これ以上やれば周囲に迷惑をかける」

というのがその理由だった。進藤は六十七歳になっていた。さらに昭和五十九年、大動脈瘤が見つかり、大阪・吹田市の国立循環器医療センターで、生死の境をさまようような大手術を受けた。

予期せぬ答え

進藤はその後、趣味のブリッジのクラブに入ったり、庭木の手入れをしたり、悠々自適の日々を送った。

私が初めて進藤に会った平成八年は、海兵のクラスメートたちも八十代半ばとなり、鈴木實は糖尿病、進藤は心臓病と、それぞれ持病を抱えていた頃だった。進藤は、心臓の機能が健康な状態の半分以下に落ち、いつ止まってもおかしくないと医者に言われたことを、和子に隠していたという。

会うたびに、進藤の体は目に見えて衰弱していった。一人での外出はもはや難しく、ブリッジのクラブにも、人が送り迎えしてくれなければ行くことはできなくなった。

私が進藤と最後に会ったのは、平成十一（一九九九）年初秋のこと。初めて進藤邸を訪ねてからちょうど三年。庭には酔芙蓉の花が、あのときと変わらず美しく咲いていた。

「いまは一日このソファに座ったまま、ほとんど動かん。十二空の戦闘詳報や真珠湾攻撃の書類なんかは、本棚のここから手の届く範囲に置いてあって、ときどき読み返して昔を偲んでいます。最近はウトウトと昼寝していることの方が多いですがね」

三年前には、八時間続けて話をしても疲れた様子はそれほど見られなかったのが、八度めの訪問となるこの日は見るからに具合が悪そうで、私は早々に辞去することにした。玄関に見送りに出るのも辛そうだったので、居間で

「では、ここで失礼します。ありがとうございました。お大事になさってください」

と、いとまの挨拶をした。

「お構いもできなくて申し訳ない。またお会いしましょう」

平成十二（二〇〇〇）年二月二日の午後、進藤は、いつも午睡をしていたソファに座ったまま、眠るように息を引きとった。その顔はおだやかで、微笑んでいるようにさえ見えたという。享年八十八、大往生といえるのかもしれない。

いつの取材だったか、進藤に、これまでの人生を振り返っての感慨をたずねてみたことがある。進藤は即座に、

「空しい人生だったように思いますね」

と答えた。

「戦争中は誠心誠意働いて、真剣に戦って、そのことにいささかの悔いもありませんが、一生懸命やってきたことが戦後、馬鹿みたいに言われてきて。つまらん人生でしたね」

予期せぬ答えに、この言葉をどう受け止めるべきなのか、戸惑いを感じたことを昨日のことのように憶えている。おそらくこれが、国のため、日本国民のためと信じて全力で戦い、その挙句に石を投げられた元軍人たちの本音だったのかもしれない。

――進藤が亡くなって二十四年が過ぎたが、この言葉はずっと、私の胸に棘のように刺さったままだ。

昭和９年、海軍少尉任官

昭和11年11月、大村空での第26期飛行学生戦闘機専修課程修了。前列左から鈴木實、進藤三郎、伊藤俊隆。中列左より横山保、右端山下政雄。後列左より２人め兼子正、３人め岡本晴年。バックは九〇式艦上戦闘機

昭和15年8月、漢口付近の揚子江上空を飛ぶ零戦一一型。操縦者は北畑三郎一空曹（進藤大尉撮影）

昭和15年9月13日、重慶の戦いから漢口基地に帰還、整列した搭乗員たち。こちらに背を向けた搭乗員の右端が進藤大尉。その向こうに報告を聞く二聯空司令官大西瀧治郎少将、長谷川喜一十二空司令らの顔が見える

重慶上空での零戦初空戦を指揮し、漢口に帰還したばかりの進藤大尉。後方で腰に手を当てているのが大西少将

感状

進藤海軍大尉指揮セシ
第十二航空隊戦闘機隊
昭和十五年九月十三日長驅四川省
ノ山嶽地帯ヲ突破シテ攻撃機隊ノ
重慶爆撃ヲ掩護シ一時行動ヲ韜晦
敵機誘出ニ努メタル後再度重慶上
空ニ進撃シ陸上偵察機ノ協力ニ依
リ敵戦闘機二十七機ヲ發見捕捉シ
勇戦奮闘克ク其ノ全機ヲ確實ニ撃
墜シタルハ武勲顯著ナリ
仍テ茲ニ感状ヲ授與ス

昭和十五年十月三十一日

支那方面艦隊司令長官　嶋田繁太郎

零戦初空戦の戦果に対し、嶋田繁太郎中将より授与された感状

昭和15年12月12日、ハノイ基地にて。左より、当時十四空分隊長の進藤大尉、蝶野仁郎空曹長、誘導機偵察員の機長・平久江空曹長

昭和16年12月8日、空母赤城を発艦する真珠湾攻撃第二次発進部隊。制空隊指揮官・進藤三郎大尉の零戦が、先頭を切って滑走を始めた瞬間

昭和17年秋、ラバウルに出
発直前、東京駅にて

昭和18年はじめ、ブインで撮影された五八二空戦闘機隊搭乗員たち。中
列左端に立つのが飛行隊長の進藤大尉、その右は角田和男飛曹長

昭和18年6月16日、「セ」作戦（ルンガ沖航空戦）にブイン基地を出撃する進藤少佐機、零戦二二型甲。胴体の2本線は指揮官標識。機番号173

昭和20年3月21日、鹿屋基地で神雷部隊（桜花特攻隊）の出撃を見送る。手前から二〇三空司令・山中龍太郎大佐、進藤少佐

昭和25年頃、会津沼沢鉱山勤務時代

日高(ひだか)盛康(もりやす)

「独断専行」と指揮官の苦衷

昭和二十年、戦闘三〇四飛行隊長の頃

N.Koudachi

日高盛康（ひだか・もりやす）

大正六（一九一七）年、東京生まれ。祖父は明治期に常備艦隊司令長官を務めた海軍大将男爵日高壮之丞（そうのじょう）。昭和十（一九三五）年、学習院中等科を卒業、海軍兵学校に六十六期生として入校。昭和十三（一九三八）年、海兵卒業、練習艦八雲、空母赤城乗組などを経て昭和十四（一九三九）年、少尉任官。第三十三期飛行学生を卒業、戦闘機搭乗員になる。空母飛龍、瑞鳳、鳳翔、ふたたび瑞鳳、さらに瑞鶴、隼鷹、龍鳳と、空母に乗組み、瑞鶴で第二次ソロモン海戦、瑞鳳で南太平洋海戦、「い」号作戦など主要な戦闘に参加。戦闘三〇四飛行隊長として終戦の日まで戦った。海軍少佐。戦後は保安隊（陸上自衛隊の前身）入隊を経て航空自衛隊に転換し、ジェット機のパイロットとなる。自衛隊を1等空佐で退官ののちは富士重工のテストパイロットを務め、国産初のジェット練習機T－1などを手がけた。平成二十二（二〇一〇）年七月歿。享年九十二。

元零戦搭乗員に直接会って話を聞くなかで、印象深かったのは、その多くが、戦うというよりもただ純粋に空に憧れ、自在に空を飛び回りたい一心で、海軍を志願したということだ。

なかでも昭和十六（一九四一）年以前に搭乗員を志した人たちは、のちにアメリカと戦争がはじまり、そのときにちょうど使い頃のベテラン搭乗員となって酷使され、大半が戦死するような運命が待っているとは想像もしていない。

戦争が激しさを増すなかで海軍に身を投じた人なら、最初から気持ちのありようも違うけれど、じっさいに海軍戦闘機隊の屋台骨を支えた人のほとんどは、元はと言えば、ただ一途に大空への夢を追い求めた少年たちだった。

「小さい頃から飛行機に乗りたくて乗りたくて。海軍兵学校を卒業して、将来の希望を聞かれるたびに、『飛行学生　超々大熱望』と書いて提出していました」

という日高盛康（ひだかもりやす）もそんな、空に憧れた戦闘機乗りの一人である。

日高は、零戦隊の指揮官として、終戦のその日まで戦い、いくつかの重要な局面で戦史には必ず名前が出てくる人だが、戦後、自らの戦争体験についてはいっさい口をつぐみ、何人たりとも取材には応じないことで知られていた。

柳田邦男氏の『零戦燃ゆ』でも、インタビューを拒まれたことが書かれているし、私も平成七年、零戦搭乗員会代表世話人だった志賀淑雄を通じて打診してみたものの、

「申し訳ありませんが、戦争の話はどなたにもしたくありません」

と断られたことがある。

状況が変わったのが平成十四（二〇〇二）年正月のこと。私は、母校の先輩にあたる零戦隊指揮官・宮野善治郎大尉（戦死後中佐）の生涯を本にしようと、取材、執筆に本腰を入れて取り組み始めていた。そのことを年賀状で報告すると、すぐに日高から、

「宮野さんは海軍兵学校の一期先輩で、『い』号作戦のときはラバウルで一緒になった。思い出深い人なので、是非会って話をしましょう」

という驚くべき申し出をもらったのだ。

そして一月八日。じつに七年越しに初めて会った八十四歳の日高は、「インタビュー嫌い」の先入観から抱いていた気難しいイメージとは正反対の、ニコニコと笑顔を

絶やさない、お洒落で物腰柔らかな紳士だった。

「やあ、はじめまして。以前、取材を断ったことがずっと気になっていたんですが、その後、いろんな人と会われたようですね。私は、戦争の話はこれまでしてこなかったんですが、尊敬する宮野さんの本を書かれるというので、思い出をお話しようと思いましてね」

「やめましょうよ、戦争の話は」

日高は、大正六年八月十一日、海軍大尉日高釗（のち大佐、昭和二十年二月戦死、戦死後少将）の次男として、東京・麻布新堀町（現・港区南麻布）に生まれた。祖父は、日露戦争以前の明治期に常備艦隊司令長官を務めた、海軍大将男爵日高壮之丞である。

「私が生まれる前に予備役に編入され、物心つく頃には退役していましたが、尊敬する祖父でした。小学生四年生の頃、沼津にあった別荘で一緒に食事をしていて私が味噌汁をこぼしてしまい、『あっ、大変！』とつい叫んでしまったとき、『男子たるもの、これしきのことで大変などと言ってはならん。大変というのは、一生に一度あるかないかのことだ』と叱られたことを憶えています。同じ頃でしたか、当時の子供なら誰もが読んでいた『少年倶楽部』を読んでいて叱られたこともありました。このとき、『読むならこういう本を読みなさい』と渡されたのは、徳富蘇峰のベストセラー『国民小訓』（民友社）でした。祖父は読書家で、晩年まで英語の本を原書で読んでいましたね」

日高の二歳半年上の兄・荘輔は、華族の子弟が通う学習院中等部から海軍兵学校（六十三期）に進むが、体を壊して半年ほどで退校、旧制浦和高校、東京工大を経て、のちに海軍の技術科士官となる。

日高は、軍人になりたいわけではなかったが、子供の頃から空を飛ぶことに憧れ、飛行機に乗りたいという夢をどうしても叶えたくて、兄と同じく学習院中等部から海軍兵学校六十六期に進んだ。

「民間飛行機のライセンスをとるのは、当時はまだ一般的ではなかった上に、莫大なお金がかかって、貧乏華族ではとてもじゃないが無理だった。だからパイロットになるには、陸海軍いずれかに入るのがいちばんの近道だったんです。

――そうそう、宮野さんの話でしたね。宮野さんは兵学校で一年先輩ですが、確か年齢は二歳上で、私なんかよりずっと大人びて見えました……」

そんな具合に、はじめて会ったこの日は、朝十時から夜七時まで話に花が咲いた。波長が合ったのか、日高は始めから打ち解けてくれた。

ただ、戦争の話は意識して避けている様子がうかがえた。空母瑞鶴でソロモン方面に出動した日高は、昭和十七年八月二十四日、第二次ソロモン海戦で初めて敵戦闘機と空中でまみえるが、会話の流れで私がつい調子に乗って、

「初陣でグラマンF4Fと遭遇されたとき、どんな印象をもたれましたか？」

と質問したところ、日高の表情から笑みが消えた。数秒の沈黙ののち、

「薄水色の機体がきれいな飛行機だと思いました……」

と小声で言い、やや間をおいて、

「やめましょうよ、戦争の話は」

と言ったきり、それまでの饒舌が打って変って押し黙ってしまった。冷や汗が出た。

それでも、自衛隊で操縦したジェット機の話などしているうちに機嫌も直り、

「それでは、ありがとうございました」

と駅で別れたのちも、気がつけば日高が私の乗る路線のエスカレーターに乗っていて、

「電車が来るまでもう少し話しましょう」

と、ホームで名残を惜しんでくれた。この人は、ほんとうは誰かに話したかったのかもしれないと、そのとき思った。

以後、毎月のように会い、その都度、長い話をすることになるのだが、それでも、話がいざ戦闘の場面になると日高は口をつぐんでしまうのだった。

南太平洋海戦での出来事

日高がなぜ、戦後長い間、沈黙を守り続けたのか。本人ならぬ身には推測するしかないけれど、日高の名がもっとも広く語られる局面は、昭和十七年十月二十六日の南太平洋海戦での出来事である。

この日、空母瑞鳳（ずいほう）戦闘機分隊長だった日高大尉は、敵機動部隊を攻撃する九九艦爆（急降下爆撃）、九七艦攻（雷撃）を護衛する直掩（ちょくえん）隊九機を率いて出撃したが、途中で味方艦隊を攻撃に向かう敵機編隊と遭遇、攻撃隊から離れて空戦を挑んだ。

このため、味方艦隊の損害を未然に防いだものの、瑞鳳零戦隊が抜けたことで護衛戦闘機が翔鶴、瑞鶴の十二機のみとなり、敵艦隊上空で待ち構えていた数十機のグラマンF4F戦闘機の邀撃を受けた攻撃隊から大きな犠牲を出した。

――この判断が「独断専行」として許されるか、それとも「独断専恣（せんし）」として批判されるべきかめぐって、戦後も長く議論の的になっていたのだ。（独断専行＝現場の判断が結果的に司令部の意向に合ったものであること。独断専恣＝その逆）
航空自衛隊で航空幕僚長を務めた山田良市によると、自衛隊の幹部教育にも、このときの日高の判断が指揮官として適切であったか否かが、教材として使われたという。柳田邦男氏が「零戦燃ゆ」でインタビューを申し込み、断られたのもこの件でのことである。
だがこのことを、日高自身は、戦後自衛隊にいたにも関わらず、一切、自分の口から弁明や説明をしてこなかった。

戦闘機搭乗員への第一歩

日高は、少尉候補生から飛行学生になる前までに乗っていた赤城は別としても、飛龍、瑞鳳（ずいほう）、鳳翔（ほうしょう）、瑞鶴（ずいかく）、隼鷹、龍鳳と、のべ六隻もの空母を渡り歩き、谷田部海軍航空隊飛行隊長を経て、第二五二海軍航空隊戦闘第三〇四飛行隊長として終戦を迎えている。

「昭和十年、海軍兵学校に入校したわれわれ六十六期生は、支那事変の勃発で在校期間が半年も短縮され、三年半後の昭和十三（一九三八）年九月に卒業、少尉候補生となって遠洋航海で満洲の大連、旅順、フィリピンのマニラ、内南洋を慌ただしく回り、帰国後の昭和十四年二月、艦隊配乗でそれぞれの任地に散っていきました。

私が命ぜられたのは赤城乗組で、これは飛行機乗りになることを熱望していた私にとって、夢かと思うような喜びでした。赤城では高角砲分隊士を拝命し、飛行機を相手に照準、発射の訓練に明け暮れていましたが、私は機会あるたびに『航空熱望』と書いてきたし、ひたすら『飛行学生ヲ命ス』の辞令が早く来ないかと待ち焦がれていました」

下士官兵なら「操縦練習生」は内部選抜で、「飛行予科練習生」は一般の志願者のなかから、飛行機乗りを志望する本人の意思で受験するが、士官の場合は一度艦隊に出て少尉に任官した上で、海軍省からの辞令で飛行学生になれるかどうかが決まる。士官になると、飛行機搭乗員でも、分隊長になれば当直将校として空母を操艦することもあるし、ゆくゆくは艦長や司令官、司令長官になる道もあり、まずはオフィサーとしてどこででも通用する人材であることが重視されたからである。従来は、少尉に任官後、少なくとも一年は艦隊勤務を経験しなければ飛行学生にはなれなかった。

「ところが、支那事変で搭乗員の消耗が激しくなることを心配した上層部が、異例の措置として、海兵六十五期生のなかから第三十二期飛行学生を採用した直後、われわれ六十六期生のうち三十名を、艦隊勤務を切り上げて第三十三期飛行学生として採用することを決めたんです。『練習航空隊飛行学生』の辞令をもらったときは嬉しかったですね……」

昭和十四年十一月、茨城県の筑波海軍航空隊で、飛行学生としての訓練がスタートする。

「毎日、空を飛べるのが楽しくて仕方がありませんでした」

と、日高は目を細める。「飛行学生」とはいえ待遇は一人前の士官だから、通常の少尉の俸給月額七十円に加えて、六十円の航空加俸がつく。

土曜日午前の課業が終われば、翌週月曜日の朝までは自由時間。日高はクラスメートと一緒に、週末ごとに東京に遊びに出かけた。街はまだ平和で、酒も食べ物もふんだんにあって、遊びたい盛りの青年士官が不自由することはなかった。海軍びいきの店主が寿司を握る新橋の「新富寿し」が、日高たちの溜まり場だった。

昭和十五年六月、飛行学生卒業。同期生三十名は、操縦二十名、偵察十名に分かれ、操縦専修と決まった者は、さらに戦闘機五名、艦爆三名、攻撃機十二名に分けられた。

「私は、操縦技倆は抜群とは言えず、無線の成績はトップクラスだったので、偵察に回されるというのが衆目の一致するところでした。でも、いざ蓋を開けてみたら戦闘機専修ということで、このときも嬉しかったですね……」

日高は、大分海軍航空隊で戦闘機搭乗員への第一歩を踏み出した。訓練に使われたのは複葉の旧式機・九五式艦上戦闘機だったが、筑波で操縦した九三式中間練習機「赤トンボ」とはまったく違い操縦がシビアで、身の引き締まる思いがしたという。

空母への着艦訓練

戦闘機教程を卒業し、中尉に進級した日高に届いたのは、空母飛龍乗組の辞令だった。

「これには驚きました。練習航空隊から直接母艦に配備されるというのは、それまで例がなかったからです。母艦搭乗員は着艦が必須ですから、少なくとも一年ぐらいは基地航空隊で腕を磨かせるのがふつうでした。これは、戦争が近づいてくるなかで、学生卒業直後のパイロットが果たして母艦で使い物になるだろうかという、いわばモルモットとしての起用であったと思っています」

空母に搭載される飛行機隊は、ふだんは陸上基地で訓練を重ね、発着艦訓練や作戦行動のときだけ母艦に収容される。日高が赴任したのは長崎県の大村基地だった。

「ここでは、新着任搭乗員に対する猛訓練が待ち構えていました。飛行機は九六式艦上戦闘機です。まず、地上の決まった一点に着地する『定着』訓練、それが終わると停泊中の母艦に擬接艦（ぎせっかん）、飛行甲板から十メートルぐらいにまで近づいて、エンジンをふかして上昇する。続いて航行中の母艦への接艦（タッチ・アンド・ゴー）、それが終わると着艦訓練です。ところが、この着艦が初心者にはむずかしい。港では巨大に見える母艦ですが、上空からだと、大海に浮かぶ木の葉のように小さく見えて、あんなところに降りられるのかと、最初は足が震えました。

接艦、着艦訓練のときは、母艦は艦首を風上に向けて、合成風力が毎秒十四メートルになるようスピードを調節します。たとえば、風速が毎秒五メートルなら艦の速力は十八ノットです。飛行機隊の指揮官は、母艦に『着艦準備ヨシ』の旗旒信号が上がったならば、編隊を解散させて一番機から順次誘導コースに入ります。

母艦の艦尾左舷には着艦誘導灯が設置されていて、高さの違う赤灯と青灯が四個ずつ並んで前後に取りつけられています。搭乗員は、母艦に接近するとき、赤灯と青灯が一線に見える角度で進入すると、ピタリと着艦できるようになっていました。アメリカ海軍の空母では、飛行甲板の後部で両手に大きなしゃもじのようなものを持った兵員が、それを上下させながら飛行機を誘導して着艦させていて、こんな着艦誘導灯

——いまも、空港で使われているものと同じ原理ですが——を使っていた日本海軍のほうがこの部分は進んでいたのかなと、ひそかに誇りに思っています」

日高の、飛行機操縦や母艦に関する記憶は、じつに鮮明である。話しだすと止まらないのは、やはり空を飛ぶことが好きでたまらなかったためだろう。

「母艦の飛行甲板後部には、横幅いっぱいに直径十ミリほどのワイヤーが、五メートルほどの間隔で六本ぐらい取りつけられ、その両端はドラムに巻きつけられています。さらに、ワイヤー両端には起倒装置がついていて、ふだんは倒してありますが、飛行機を収容するときに起こすと、ワイヤーが高さ四十センチほどの位置にきます。

着艦するときは、飛行機の尾部に垂らした着艦フックをワイヤーにひっかけると、ワイヤーが伸びるのをドラムが緩衝して止め、飛行機も停止します。この瞬間、搭乗員には六Gほどの強い重力がかかるので、しっかり肩バンドを締めていないと、つんのめって前方の照準器に額をぶつけたりしました。

飛行機が止まると、飛行甲板両側のポケットに待機していた整備員が飛び出してきて、着艦フックをワイヤーから外してくれるので、その合図でフックを巻き上げ、前部のリフトに向けタキシングしていくわけです」

九六戦は、着艦時の前下方視界がわるく、機首の七ミリ七機銃の穴からようやく飛行甲板をのぞきながら母艦にアプローチするが、着艦の瞬間はなにも見えなくなるのが困ったという。最初の十回ほどは無我夢中だったが、やがて慣れてくると一本めのワイヤーに着艦フックをひっかけるのが快感になってきた。

「考えてみたら、母艦への着艦のときはつねに同じ風速の向かい風が吹いているから、理論的には飛行場への着陸よりも楽なはずなんです。それがむずかしく感じるのは、飛行甲板が狭く見えて、一歩間違えれば海に転落するという心理的なものと、煙突からの煙などによる艦尾付近の気流の乱れによる技術的な面と、両方の要素があったのでしょう」

初めて零戦に乗る

昭和十六年四月、飛龍に出動命令が出た。任務は、南方資源の確保を目的として行われる仏印（現ベトナム）進駐の支援である。ここではじめて、飛龍にも零戦が配備されることになった。零戦は、この前年に制式採用され、中国大陸上空で無敵ともいえる強さを発揮していたが、生産数が上がらず、まだ母艦にまではまわってきていなかったのだ。

「はじめて零戦に乗ったときの感激は忘れられません。期待にたがわず素晴らしい戦闘機でした。着艦操作が容易であったことが強く印象に残っています」

結局、飛龍はこの作戦で出番はなく、待機しただけで内地に引き上げてきた。日高は、給油艦高崎を建造途中で改造、完成したばかりの小型空母瑞鳳に転勤し、数ヵ月乗り組んだあと、大分海軍航空隊教官となって、ここで開戦を迎える。

「クラスメートの戦闘機乗りのうち、加賀の坂井知行（ともゆき）と蒼龍の藤田怡與藏（いよぞう）の二人は真珠湾攻撃に参加しましたが、私と山下丈二（じょうじ）は内地に残されました。あれは悔しかった。私は大分空なので、週末は別府の杉乃井によく行ってたんですが、ハワイ帰りの機動部隊の連中が帰ってきて、別府でドンチャンやってるのが癪（しゃく）に障（さわ）って仕方がありませんでした」

世紀の大作戦に参加し損なった日高に、次に届いたのは、空母鳳翔分隊長の辞令だった。鳳翔は大正十一年に竣工した世界で最初の正規空母だったが、すでに旧式化していて、表舞台の機動部隊ではなく、戦艦部隊の上空哨戒をもっぱらの任務にしていた。

「旧い艦ですから、飛行甲板もリフトも小さく新型機が搭載できない。九六戦六機と複葉の九六艦攻を搭載していました。搭乗員はベテラン揃いだったんですがね」

そして、昭和十七年四月の人事異動で、日高（五月一日大尉進級）はふたたび瑞鳳に戻り、戦闘機分隊長となる。瑞鳳戦闘機隊は九六戦十二機を定数にしていたが、ほどなくミッドウェー作戦の実施が決まり、瑞鳳が攻略部隊に編入されることになると、急遽、戦闘機のうち六機を零戦に転換することになった。瑞鳳は、九六戦六機、零戦六機、九七艦攻九機を搭載して、ミッドウェー作戦に出動する。

「昭和十七年六月五日、ミッドウェー海戦の当日は、われわれは攻略部隊の上空哨戒に任じつつ、楽な気持ちで機動部隊の戦いぶりが無線で入電するのを待っていました。ところが、入ってきたのは赤城、加賀、蒼龍が大火災、という緊急電で、気が動転しましたね。信じられない思いが先に立ちました。それまで連戦連勝のニュースしかなかったし、まさか負けるとは思わなかった。やがて、最後に残った飛龍まで被弾したと聞くにおよんでは、もうどうしようもない。

飛龍炎上の一報が届いた少しあとだったと思います。飛行長から、主力空母がやられたので、瑞鳳と鳳翔の搭載機全機と戦艦、巡洋艦搭載の水上偵察機全機に爆弾を搭載して、敵機動部隊攻撃に向かわせる、日高大尉の零戦六機がこれを護衛する、と命令の内示を受けました。これは大変なことになった、鈍足の水偵に爆装させても、むざむざ墜とされに行くようなものだと思いましたが、しばらくして、いまからでは敵機動部隊に追いつけないことがわかり、その話は中止になったので助かりました」

ミッドウェー海戦は、日本側は主力空母四隻と巡洋艦三隈が沈没、母艦搭載の全機、二百八十五機（『戦史叢書』の推定）と水上偵察機二機を失った。それに対して、米側の損害は、大破して漂流中の空母ヨークタウンが、日本の伊号第百六十八潜水艦の雷撃に止めをさされ、駆逐艦一隻とともに沈没。飛行機喪失百五十機だった。

封印された記憶

日高と最初に会った日から、一年近くが経過した。毎月一度か二度、日高から私の携帯電話に、

「そろそろ、また話しませんか」

と、電話がかかってくる。日高は散歩中に電話をかけてくるらしく、発信元はいつも公衆電話だった。

待ち合わせは靖国神社参集殿前。日高はいつも、決めた時刻の一時間前には靖国神社に着いていた。待たせては悪いと思い、私も早めに行くようになると、日高はさらに早く出てくる。しまいには、待ち合わせ時刻の二時間前には会って、遊就館一階で展示されている零戦を見たり、靖国神社正門脇で半世紀以上、営業を続けている「ツカモト写真館」の店主・塚本一由に二人一緒の記念写真を撮ってもらってから、イン

タビューに臨むようになった。

――そんなある日のこと、突然、日高が、それまで封印してきた第二次ソロモン海戦から南太平洋海戦にかけての戦闘の模様を、淡々と語り始めたのだ。

日高の心中にどんな変化があったのかわからないが、日高は私とほぼ並行して、航空史研究の第一人者で、日本陸海軍の知られざる航空戦にスポットを当てた数々の著書で知られる渡辺洋二氏とも会っている。渡辺氏も、取材対象に真摯に向き合う姿勢に定評のある人だから、それが日高の心に響いた結果かもしれない。

初陣――第二次ソロモン海戦

「八月五日、私は瑞鳳乗組のまま、『臨時瑞鶴戦闘機分隊長』に発令されました。瑞鶴は南方への出撃が迫っていましたが、分隊長に内定していたクラスメートの宮嶋尚義大尉が着艦訓練未修で、私が急遽、代役で出ることになったんです」

八月七日、ソロモン諸島ガダルカナル島の争奪戦が始まると、空母翔鶴、瑞鶴、瑞鳳で新たに編成された第一航空戦隊のうち、艦の整備が間に合わなかった瑞鳳をのぞく二隻は、八月十六日、内地を出港、ソロモンの戦場に向かう。

日米機動部隊が激突したのは、八月二十四日のことだった。

この日、〈敵大部隊見ユ。我戦闘機ノ追躡ヲ受ク〉と打電して消息を絶った索敵機の位置を推定して、第三艦隊（機動部隊）は十二時五十五分、空母翔鶴、瑞鶴から、零戦十機、九九艦爆二十七機の第一次攻撃隊を発艦させた。日高は瑞鶴戦闘機隊を率い出撃している。

「このときの発艦の模様は、いまもはっきりと憶えています。『瑞鶴』のような大きな空母でも、飛行甲板に第一次攻撃隊を発進状態で並べると、いちばん先頭の飛行機――通常、前から戦闘機、艦爆、艦攻の順に並べるので、戦闘機が先頭です――は、前端から五十メートルほどの位置になってしまう。つまり、滑走距離がそれだけしかない。戦闘機隊指揮官の私は、当然いちばん最初に発艦することになりますが、これが大変です。

フラップを少し下げ、ブレーキをいっぱいに踏んで待機し、母艦が風に向かってセットしたとき、発艦指揮官の合図で発艦するんですが、そこでエンジンを全開にし、尾部を少し持ち上げて抵抗の少ない状態になってから、ブレーキをパッと離す。すると、飛行機は弦を放たれた矢のように滑走を始める。あっという間に飛行甲板の前端に達する。ここで操縦桿をジワッと引いて機首を上げますが、なにせ距離が短いから十分な浮力がついてません。甲板を離れたとたん、機体はぐっと沈み込み、あわや海面、というところでやっと浮力がついて上昇を始める。――しかし、第一次攻撃隊の先頭を切って発艦するときは、これぞ男子の本懐、と思いましたね」

攻撃隊は午後二時二十分、敵機動部隊を発見、艦爆隊は急降下爆撃に入るが、敵はレーダーで日本側の動きを察知しており、五十三機ものグラマンF4Fワイルドキャット戦闘機を発進させ、待ち構えていた。たちまち激しい空戦が始まる。

零戦隊の任務は、敵機を撃墜することではなく、味方の艦爆隊が敵戦闘機に墜とされないよう守ることである。だが戦闘機の機数が十対五十三ではどうにもならない。

「私は、この日が初陣でした。初めて敵のグラマンを見た時、薄水色の塗装が鮮やかで、きれいな飛行機だな、と思いました……」

空中で見る飛行機の姿は、たとえ敵機であっても美しい。だが、いくら美しくとも敵は敵、出会えばこちらを殺そうと牙を向いてくるのだ。

――はじめて日高に会ったとき、日高はここの話で黙ってしまった。ところがこの日、日高はごく自然な様子で、躊躇することなく話を続けた。私は思わず居ずまいを正した。

「多勢に無勢、無我夢中の空戦で、率直に言って艦爆隊の掩護どころではありませんでした。この空戦で、私は二機を撃墜したと報告しましたが、混戦になって敵機が海面に墜ちるところまでは確認できていません」

零戦隊はほかに敵機六機を撃墜したが、四機が撃墜され、また、翔鶴の小町定三飛曹は機位を失し、やがて燃料が尽きて海面に不時着水した。

艦爆隊は、敵戦闘機の猛攻と、敵艦からの激しい防御砲火のなかを突入し、翔鶴艦爆隊は米空母エンタープライズの飛行甲板に三発の二百五十キロ爆弾を命中させたが、十八機のうち十機が撃墜された。空母サラトガに向かった瑞鶴の九機は、一発の命中弾も与えられないままに八機が撃墜され、残る一機も被弾して不時着水するという犠牲を出した。

さらに、第二次攻撃隊（艦爆二十七機、零戦九機）が午後二時に発進したが、敵を発見することができず取り逃がしてしまう。第二次攻撃隊の帰艦は夜間になり、艦爆四機が機位を失して行方不明、一機が不時着水。なんとも締まらない幕切れだった。

この海戦で、日本側は、別働隊の空母龍驤が撃沈されたのをはじめ、飛行機五十九機（零戦三十、艦爆二十三、艦攻六）、多くの搭乗員を失った。米側の損害は、空母エンタープライズが中破したほかは、飛行機二十機を失ったにすぎなかった。

「私は、クラスメートの艦爆指揮官・大塚禮次郎を護ることができませんでした……」

この戦いは、「第二次ソロモン海戦」と呼ばれる。

手強かったF4F

ラバウル・ソロモン方面の航空戦は熾烈を極めてきていた。にも関わらず、ラバウルにあった日本側の基地航空兵力は、この時点で零戦約三十機、陸攻約三十機程度にすぎない。聯合艦隊司令部は、母艦航空部隊の戦力を割いて、航空兵力をテコ入れする策をとらざるを得なくなった。

八月二十八日、翔鶴飛行隊長・新郷英城(しんごうひでき)大尉の率いる翔鶴、瑞鶴の零戦二十九機、艦攻三機を、ラバウルの南東百六十浬に位置するブカ島に急造された飛行場に派遣する。日高もその一員として、ブカ島に進出した。

「蚊が多くて、湿っぽくて、ひどい環境でしたよ。あっという間にほとんどの隊員がマラリアにやられてしまい、地上で戦力が半減するようなありさまでした」

——このときから七十一年後の平成二十五(二〇一三)年、私はブカ島を訪ねたが、人口が増えた以外は、日高から聞いた話とさほど変わっているとは思えなかった。現代でもけっして快適とは言いかねる環境である。飛行場は、日本海軍が設営し、日高たちが使った飛行場を、滑走路を舗装しただけでほぼそのまま使っている。滑走路の端には、旧日本軍の高角砲が、赤錆びた姿で空を睨んでいた。

「八月二十九日、ブカ基地の空母零戦隊二十二機は、ラバウル基地からの陸攻十八機と合同してガ島の敵飛行場を空襲しました。手前にあるルッセル島あたりから逐次高度を上げていき、高度八千メートルでガ島上空に突入することになっていたんですが、私の機は酸素マスクの故障で高度を上げることができず、単機で編隊を離れ、高度三千メートルでヘンダーソン飛行場の上空にさしかかりました。いま思えばわれながら大胆不敵ですが……。

するとそのとき、いきなり目の前を曳痕弾が飛んだんです。振り返るとグラマンＦ４Ｆが一機、私の後ろについている。射撃のうまい奴なら、一撃で墜とされていたところです。それで、格闘戦に持ちこんで二、三回旋回したんですが、逆に敵機に回りこまれて、尾部にバンッと被弾した。Ｆ４Ｆは手強かったですよ。もうだめかと思ったところに、翔鶴零戦隊の佐々木原正夫二飛曹機が駆けつけてくれて、右横からダダダーッと、あっという間にその敵機を墜としてくれました。みごとな攻撃でした。被弾は一発だけでしたが、敵弾は方向舵の下にある油圧パイプを撃ち抜き、そのために尾輪が出ない。地面に尾部をこすりながら、かろうじてブカ基地に着陸することができました」

翌八月三十日には、陸軍部隊のガダルカナル島上陸を支援するため、空母零戦隊十八機がガ島飛行場を空襲、敵戦闘機と空戦を繰り広げ、敵機十二機撃墜（うち不確実二）の戦果を挙げたが、日本側も九機が未帰還、一機が不時着した。

この頃、敵戦闘機は零戦との格闘戦に入ることをなるべく避け、頑丈な機体特性を生かして上空からの一航過で日本軍の爆撃隊を攻撃すると離脱する『一撃離脱』の戦法をとるようになっていた。零戦に追跡された場合はただちに他の一機が救援できるよう、二機を一組として戦う。急降下速度の劣る零戦で敵機を捕捉することは容易なことではなかった上に、日高の例でもわかるように、いざ格闘戦になっても、F4Fは意外に手ごわかった。この頃から零戦の優位はゆらぎ、損失も急激に増してゆく。日高は十月一日付で臨時瑞鶴分隊長の任を解かれ、瑞鳳戦闘機隊分隊長に復帰している。

進撃途中での空戦——南太平洋海戦

昭和十七年十月二十六日、ソロモン海域で、日米機動部隊がふたたび激突した。「南太平洋海戦」と呼ばれるこの戦闘で、日本側は米空母ホーネットを撃沈、エンタープライズに損傷を与え、飛行機七十四機を失わせたが、翔鶴と瑞鳳が被弾、飛行機九十二機と搭乗員百四十五名を失った。

「アメリカの機動部隊が出てきているらしい、というので敵を求めて遊弋していましたが、数日間はなにも起こらなかった。索敵機は出していましたが、互いになかなか敵を見つけられなかったんですね。天候はおだやかで、海も凪いでいて、眠気を誘うような航海でした。私は、ライカで飛行甲板上の零戦を撮影し、それを艦内の暗室で現像、プリントまでやったり、要するにのんびりしていたわけです」

このとき、日高が撮影した瑞鳳艦上の零戦や搭乗員の写真からは、大規模な戦闘が間近に迫ってきているような緊張感は感じられない。

「そうして、気分的に少しだれた感のあった十月二十六日早朝、突如、という感じで、索敵機から敵機動部隊発見の一報が届いたんです」

敵発見の報を受け、翔鶴、瑞鶴、瑞鳳の第一航空戦隊からあわただしく発進したのは、零戦二十一機（翔鶴四、瑞鶴八、瑞鳳九）、九九艦爆二十二（瑞鶴）、九七艦攻二十（翔鶴）、計六十二機。日高は、瑞鳳零戦隊九機の指揮官である。

攻撃隊が発艦した直後、瑞鳳は、索敵に飛来したダグラスＳＢＤドーントレス艦爆の投下した爆弾を飛行甲板に受けた。

「そのとき私は、ライカを私室に置いて出ていました。瑞鳳から爆煙が上がるのを見て、しまった、持ってくればよかったと思いましたが、あとの祭りでした。しかし、日本とちがってアメリカの索敵機は、爆弾を搭載して、艦隊を発見したら単機で爆撃までしてくるんですね。アメリカ人は勇敢だなあ、と思いました」

第一次攻撃隊が、敵をもとめて高度三千メートルで進撃する途中、空母ホーネットより発進したSBD艦爆十五機とすれ違った。敵は右前方、高度二千メートル。発艦してから間もないと見えて、まだ編隊も組めずにバラバラに飛んでいた。高度差千メートル、距離もよし、日頃の射撃訓練をそのまま再現したような絶好の条件である。が、日高は、「任務は直掩」と、その敵機をやり過ごした。

さらに十分後、今度はエンタープライズから発艦したF4F、グラマンTBFアベンジャー艦攻各八機、SBD艦爆三機と遭遇した。敵機は右前方からこちらに向かってくる。先ほどとまったく同じ条件である。日高隊はちょうど太陽を背にして優位な態勢にあった。日高の脳裏を、ミッドウェー海戦の悲劇がよぎった。母艦がやられては、戦は負けである。

「いまならこの敵をやっつけても攻撃隊に追いつける」

そう思った次の瞬間には、日高は攻撃開始のバンクを振って、訓練どおり、敵機が自分の機の右主翼前縁、先端から三分の一の位置にさしかかったところで切り返し、敵編隊に突入していった。

「そのときの心境を言葉にするのはむずかしいんですが……あっと思った瞬間に迷わず反転しました。太陽の方向から奇襲を受けた敵機は、次々と火を噴いて墜ちていきました。敵戦闘機は、攻撃隊をかばっているつもりか、くるくると旋回するばかりで反撃してこない。敵機に一撃をかけたのち、高度をとって全体を見渡すと、墜落した敵機が、海面にピシャン、ピシャンと水しぶきを上げるのがいくつも見えました」

またたく間に十四機を撃墜（米側記録ではF4F三機撃墜、一機損傷、TBF四機撃墜）。

F4Fの戦意のなさに比べて、TBFの旋回機銃は意外に命中精度もよく、侮れないものがあった。一撃目で、日高の三番機・高木鎮大三飛曹機が被弾し自爆、続いて松本善平三飛曹機も同じく旋回機銃にやられ、自爆している。光元治郎一飛曹機も被弾、エンジンカウリングを吹き飛ばされた。

しかも思いのほか空戦に時間をとられ、一段落したときには味方攻撃隊の姿はもはや視界からは消えていた。日高が上空でバンクを振って列機を集合させると、日高機は増槽をつけたままだったが、列機のうち五機は増槽を落としていて、しかもほとんどの者が機銃弾を撃ち尽くしていた。日高は、味方攻撃隊を追うことをあきらめざるを得なかった。

日高隊には、さらに追い撃ちをかけるような、隠れた出撃時の不手際があった。日高は語る。

「通常、母艦から発進する時は、母艦の現在位置を記したチャート（航空図）を、航海士が指揮官に渡すんですが、急な出撃にチャートの作成が間に合わず、チャートが受け取れないまま発艦していたんです。瑞鳳は、飛行甲板の下に艦橋があって、艦橋と飛行甲板との連絡がよくなかった。チャートをくれ、と言おうにも、主要幹部はみんな飛行甲板の下にいますから、飛行機の上からそれを伝えるすべがない。発進は一刻を争う。現に、発艦直後に瑞鳳は被弾していますからね。

えい、仕方がない、攻撃隊とはぐれなければ還ってこられるだろう、クルシー（無線帰投装置）もあるし、と思い、そのまま発艦したんですが……。飛行甲板上の端に艦橋がある、いわゆる島型艦橋の空母なら、こんなことにはならなかったかもしれません」

「我位置不明」

ともあれ空戦には勝利したが、攻撃隊と離れてしまい、こんどは戻るべき母艦の位置がわからない。クルシーのスイッチを入れてみたが、空戦時にかかったGのせいか、航路計の針が回るばかりで、故障していて使えない。バンクを振って列機を呼び寄せ、手信号で聞いてみても、クルシーが故障していない機は一機もなかった。

「機動部隊の零戦は、出撃前にトラック島で、無線通信やクルシーを使っての帰投訓練を相当積んできていました。クルシーは、母艦から発信する電波を操縦席の後ろについたループアンテナでキャッチして、電波の方向を示す航路計の針にしたがって飛べば母艦に帰れるという装置です。これさえ使えれば、ドンピシャリで帰れるという自信をつけた上での実戦だったんですが……。肝心のクルシーが使えないのではどうしようもない。私は、機首を進撃方向とは反方位に向けた上で、万一の場合に損失を分散できるよう、列機を小隊ごとに散開させました」

そのうち、第三小隊の三機は、ちょうど敵艦隊攻撃から帰投途中の艦攻隊と合流できて早々に瑞鶴に帰還。日高と光元治郎一飛曹の第一小隊は、索敵の要領で、四角い空域をだんだん広げながら飛んでみたが、味方艦隊は見つからない。

「私は指揮官だから仕方ない。しかし、光元を死なせるのはかわいそうだな、と思いました。そのうち、どうも針路が西に寄っているような気がして、駄目でもともと、思い切って東に九十度変針してみた。するとやがて、盛んに艦位を知らせる瑞鶴からの無線電話の声が、レシーバーを通じて耳に届いたんです」

モールス信号の「電信」ではなく、到達距離のみじかい「電話」の音声が聞こえるということは、味方艦隊は近くにいるに違いない。だが、自分が飛んでいる位置がわからなくては、艦位を教えられてもどうにもならない。日高は、電話で瑞鶴に、

「我（ワレ）位置不明。黒煙ヲ上ゲラレタシ」

と、目印の黒煙を上げてくれるよう要請した。艦隊としては、黒煙を上げることは敵機の目標になる恐れがあるので、躊躇する状況である。しかし幸い、ほどなくして左前方、水平線上に黒煙が高く上がるのが見えた。駆逐艦が展張した黒煙だった。

日高機、光元機の二機は、なんとか無事に、唯一被弾のなかった瑞鶴に着艦することができた。午後一時過ぎのことである。午前五時二十分に発艦してからすでに八時間あまり、燃料の残量は三十分を切っていた。二機とも、空戦のときに増槽を落さなかったのが幸いだった。日高が帰還できたのは、増槽をふくめた零戦二一型の長大な航続力と、「栄」エンジンの信頼性の賜といえた。

「しかし、残念なことに、内海秀一中尉、川崎正男一飛曹の第二小隊は、待てど暮らせど還ってきませんでした。二機とも、空戦時に増槽を落していて、燃料不足になったのかもしれません……」

内海中尉は海軍兵学校で日高の二期後輩の六十八期出身、飛行学生を四ヵ月前に卒業したばかりだった。仙台出身で、東北訛りの抜けきらない純朴な好青年だったという。

川崎一飛曹は乙種予科練六期出身で、飛行練習生を昭和十三年に卒業したベテラン搭乗員だった。日高とすれば、若い内海中尉には川崎一飛曹がついているから大丈夫、との思いもあったが、その願いはかなわなかった。

空戦で自爆した松本三飛曹は、操縦練習生四十八期を昭和十五年一月に卒業、支那事変以来歴戦の搭乗員で、開戦初頭のフィリピン空襲では第三航空隊に属し、分隊長・宮野善治郎大尉の三番機として活躍した。高木三飛曹は、丙種予科練二期、昭和十六年十一月に飛行練習生を卒業し、まだ若いが真面目で度胸があり、日高が特に目をかけて直接の三番機に指名していた。

「ここで死なせてしまった四人とも、ほんとうに惜しい男たちでした……」

振り返る日高の目には、涙が光っていた。

日高隊の空戦で、味方空母に向かう敵攻撃隊による損害を未然に防ぐことができたが、このために攻撃隊掩護の零戦が九機減って十二機となり、敵空母上空に待ち構えていた三十八機のグラマンF４Fとの交戦で苦戦を余儀なくされた。

翔鶴零戦隊四機は、八機のグラマンと空戦、四機を撃墜したが、一機が行方不明となり、ほか一機が燃料が尽きて不時着水。真珠湾攻撃の雷撃隊指揮官で「雷撃の神様」とも称された村田重治少佐が指揮する翔鶴雷撃隊は、グラマン十四機の攻撃をかいくぐって、猛烈な対空砲火のなか雷撃を敢行したが、二十機のうち指揮官機をふくむ十機が撃墜され、六機が燃料切れで不時着水、帰投した四機も全機が被弾するという損害を出した。

瑞鶴零戦隊八機は、グラマン三十数機と空戦、うち十四機を撃墜と報告したが、二機が未帰還、一機は不時着水。二十一機の瑞鶴艦爆隊は、グラマン二十数機の攻撃を受けながらも敵空母を攻撃したが十二機が撃墜され、五機が不時着水、帰艦できたのは四機にすぎなかった。

「独断専行」か「独断専恣」か

日高が率いる瑞鳳零戦隊が命令どおり、攻撃隊の護衛についていれば、味方攻撃隊の犠牲を少なくできたかもしれない。しかし、そうするとみすみす敵機による味方機動部隊への攻撃を許すことになり、ミッドウェー海戦の二の舞になったことも考えられる。

航空作戦は状況の変化が大きく、現場指揮官の判断で臨機応変の対応が求められることが多い。判断の結果がよければ「独断専行」として追認されるが、悪ければ「独断専恣」として懲罰の対象にもなりうる。

日高はこのとき、懲罰を受けることはなかったが、こんにちの目でその判断の是非を論じるのはむずかしい。

「軍人であるからには、命令を守るのが絶対。勝手な判断でそれを破ると、作戦そのものに齟齬をきたす。機数の割りふりは司令部が考えること。母艦上空には上空哨戒の零戦もいるわけだから、直掩隊は攻撃隊を守り、攻撃を成功させることに集中しないと」

という批判的な声は、戦後、歴戦の元搭乗員の間でも根強く残っていた。いっぽう、飛行隊長や分隊長を務めた指揮官クラスのなかには、

「私が日高さんの立場なら、相当悩んだ上で、同じ行動をとったかもしれない」

と、理解を示す人が多かった。空母隼鷹飛行隊長として同じ南太平洋海戦に参加した志賀淑雄（当時大尉）は、

「指揮官の判断は、『行く道、来る道、戻る道、通り直しの出来ぬ道』。日高君のこと

を、誰も責められないと思う」

と言い、同じく南太平洋海戦で、日高が護衛するはずだった艦爆隊指揮官の実兄・石丸豊大尉を亡くした岩下邦雄（大尉、横須賀海軍航空隊戦闘機分隊長）も、

「私も、艦爆隊の直掩で出撃したことがありますが、いまだにどうすれば損害を防ぐことができたのかわからない。日高さんの判断を非難する気はありません。日高さんは兄のクラスメートですし、日高さんも辛かったと思います」

と語っている。石丸大尉は、空母ホーネットに爆弾を命中させたが、すさまじい対空砲火に被弾、後席の偵察員が戦死し、自らの身体にも敵弾を受けた。なんとか味方艦隊上空にたどり着いたものの、そこで力尽きて不時着水し、駆逐艦夕霧に救助されるが、「ズイカク」と一言発して事切れたと伝えられている。

——否定するか肯定するか、あるいは容認するか否か、いずれの考えをとるにせよ、現場指揮官が遭遇し、瞬時の判断を求められた究極の局面として、戦後、航空自衛隊でも「自分が日高大尉の立場ならどのように行動するか」を考えさせる、幹部教育の教材に使われるほどの得がたい教訓を、この戦いは残した。

「い」号作戦

日高の戦いは、その後も続いた。いったん内地に帰還したのち、昭和十八年二月にはふたたびトラックに進出。そこからさらに、ニューギニア北岸のウエワク、ニューアイルランド島カビエン基地に進出し、輸送船団の上空直衛などの任務につく。

二月には、ついに日本軍はガダルカナル島から撤退し、ソロモン、ニューギニアの戦いは、戦線を維持するだけで精一杯の苦しいものになっていた。

いま、敵航空兵力に打撃を与えて優位に立たなければ、ますます苦戦を強いられるのは明らかである。だが、この方面に展開している基地航空隊を合わせても、作戦可能な飛行機は、零戦九十機をふくむ約百六十機にすぎない。聯合艦隊司令長官・山本五十六大将は、第三艦隊（機動部隊）司令長官・小澤治三郎中将に、指揮下にある全空母機を率いてラバウルに進出することを命じた。母艦部隊の進出航空兵力は、空母瑞鶴、瑞鳳、隼鷹、飛鷹に搭載されている零戦百三機、艦爆五十四機、艦攻二十七機、計百八十四機だった。

この航空兵力をもって、ガダルカナルとニューギニア、二方面の敵に空襲を繰り返し、戦局を挽回する。この作戦は、いろは四十八文字の最初の一字にあやかって「い」号作戦と名づけられた。

山本長官は、この作戦の重要性を明示するために、ラバウルで陣頭指揮に当たることし、参謀長・宇垣纏(まとめ)少将以下、司令部幕僚のほとんどを率いて、四月三日、ラバウルに進出。山本長官の将旗は、旗艦武蔵からラバウル市内に設けられた臨時の司令部に進められた。明治五(一八七二)年に海軍省が創設されて以来、七十一年の歴史のなかで、艦隊の最高指揮官がその司令部を前線の陸上基地に置いたのは、はじめてのことであった。

「い」号作戦は、四月七日から十四日まで実施され、その間にのべ零戦四百九十一機、艦爆百十一機、陸攻八十一機、計六百八十三機が出撃している。総合戦果は巡洋艦一、大型駆逐艦二、輸送船十八、計二十一隻を撃沈、輸送船八隻を大破、輸送船一隻を小破、飛行機百三十四機撃墜(うち不確実三十九)、十五機以上を地上撃破と報告された。わが方の自爆、未帰還は零戦十八、艦爆十六、陸攻九の計四十三機。

——だが、実際の戦果は報告されたよりもはるかに少なかった。米側資料では、この期間、ソロモン、ニューギニア戦線を通じて、喪失したのは駆逐艦一隻、油槽船一隻、輸送船二隻、飛行機二十五機にすぎない。小さな成果とは言えないまでも、このために払った犠牲と比較すると、作戦が成功したとは言いがたかった。

緑色の応急迷彩

日高ら瑞鳳飛行機隊がトラックを発ち、ラバウルに進出したのは四月二日のことである。出発に先立って、ソロモン戦の戦訓にしたがい、上空でより目立たなくするため、それまでグレー一色だった母艦の零戦の機体上面に、緑色の応急迷彩がほどこされることになった。飛行隊長・佐藤正夫大尉や分隊長の日高までもが駆り出され、搭乗員と整備員が総出で機体にスプレー塗装をほどこす。

「表面がザラザラで、零戦が薄汚い姿になったなあ、と思いました」

と、日高は言う。

ラバウルから飛行機隊が出撃するとき、山本長官は白の第二種軍装に身を固めて、帽を振って見送った。

四月十四日、日高は、ラバウル東飛行場の列線で、兵学校で一年先輩だった第二〇四海軍航空隊飛行隊長・宮野善治郎大尉とばったり出会った。

「宮野さんとは、大分空で一時期一緒になって以来、二年半ぶりの再会でした。世間知らずの私から見た宮野さんは、世間慣れした大人の雰囲気が感じられたものです。肌合いもまったく違っていて、尊敬していたものの近寄りがたかった宮野さんが、このときは親しく声をかけてくれました。ふた言、三言の立ち話、細かな言葉のやりと

りは覚えていませんが、別れ際に宮野さんが、

『母艦乗りはいいなあ、たまに出てきてすぐに帰れるんだからなあ。俺たち基地部隊は毎日(が出撃)だよ』

と言われたことははっきりと記憶しています。『その通りだ』と思いました。ラバウルの基地航空部隊はまさに休む間もなく、毎日のように戦闘で消耗しているのを知っていましたから。宮野さんも、その後二ヵ月で戦死してしまいました」

作戦を終えて、山本五十六聯合艦隊司令長官は、幕僚を引きつれ、ブイン方面に激励視察に赴くことになった。四月十八日、一式陸攻二機に分乗してラバウルを発った山本長官一行は、目的地のブイン手前で待ち伏せていた米陸軍の戦闘機、ロッキードP-38ライトニング十六機の攻撃を受け、陸攻は二機とも撃墜され、長官は戦死した。

「このとき、護衛についた戦闘機は六機だけだったそうですが、作戦を終えたわれわれ母艦部隊をそのままトラックに返さず、長官機の護衛につけていれば、違う結果になったかもしれません……」

昭和十八年六月、日高は福岡県の築城海軍航空隊分隊長を命ぜられ、ひさびさの内地勤務になった。ところが、それもわずか五ヵ月で、十一月には空母隼鷹飛行隊長兼

分隊長に発令される。

隼鷹、飛鷹、龍鳳からなる第二航空戦隊の飛行機隊は、損耗いちじるしい基地航空部隊に代わってラバウルに送り込まれることになり、昭和十九一月後半、順次ラバウルへ移動し交代を完了。日高は一月二十六日のラバウル基地上空邀撃（ようげき）戦を皮切りに、連日の激しい空戦に指揮官として参加している。

零戦隊は渾身の力を振り絞って戦ったが損害も大きく、二月十七日、十八日とトラック島が米機動部隊の急襲を受け、集結していた航空部隊が壊滅したことで、聯合艦隊はついに、航空兵力をラバウルから引き揚げさせることを決めた。ラバウルの航空部隊は、一部の残留部隊をのぞいて二月末までにトラックに後退。以後、ラバウルで組織的な航空作戦が行われることはなかった。

わずか半月のみじかい期間だったが、日高の率いる零戦隊は、事実上、「ラバウル航空隊」最後の零戦隊だった。

「昭和十九年三月、第二航空戦隊の飛行機隊は、それまで各母艦に付属していたものを一本化して、第六五二海軍航空隊となりました。私は戦闘機飛行隊長として龍鳳に乗艦し、来たるべき決戦に備えていました。

ボルネオ島のタウィタウィで訓練をすることになったんですが、問題は、ふつう母艦航空部隊は基地で訓練して、コンパスの自差修正をやった上で、作戦のときだけ母艦に搭載されるところ、このときは母艦に乗ったままで……。無風状態が続いて訓練がままならない上に、鉄板に囲まれた艦内では、コンパスの自差修正が完全にはできない。だから、索敵機の報告にも誤差が出る。司令部がみんな、飛行機のことを知らなかったんですね。

日本の飛行機の航続力を生かして、敵の攻撃圏外から出撃する『アウトレンジ戦法』が提唱されていましたが、搭乗員の平均的な練度から言っても、そんなことはできるものではありませんでした」

六月十九日から二十日にかけ、マリアナ諸島沖で日米機動部隊が激突した「マリアナ沖海戦」で、日本側は空母大鳳、翔鶴、飛鷹の空母三隻と飛行機の大半を失い、惨敗した。

「私は、二航戦戦闘機隊の総指揮官として出撃する予定でしたが、直前になって、急性虫垂炎で緊急手術を受けることになり、飛ぶことができませんでした。

海戦中に母艦にいたことはそれまでなかったですから、空襲を受けたときは怖かったですよ。戦闘機乗りが飛べないというのは、こんなに歯がゆいことかと思いました。

攻撃隊の犠牲の多さに愕然としたことは忘れられません」

終戦の日の空戦

敗残の機動部隊は内地に帰り、日高は茨城県の神之池海軍航空隊飛行隊長を経て、昭和十九年十一月、同じく茨城県の谷田部海軍航空隊飛行隊長となる。

谷田部空では、戦闘機の訓練部隊として、大学、専門学校から海軍を志願した予備学生十三期生、続いて学窓から徴兵で海軍に入り、その後、試験を経て予備学生になったいわゆる「学徒出陣」組の十四期生らの飛行訓練を行った。

予備学生十三期の望月慶太郎少尉が、当時の日高のことを記憶していた。

「実戦部隊への転勤が決まったとき、日高隊長に、『隊長、敵機に後ろにつかれた時はどうすればいいんですか?』と訊ねたところ、隊長いわく『操縦桿をぐりぐり動かせ!』……思わず、『操縦桿をぐりぐり動かすとどうなるんですか?』と聞き返したら、『どうなるかわからないだろう?　だから敵機もついてこられないんだよ』という返事でした」

さらに昭和二十年五月一日、少佐に進級した日高は、同日付で戦闘第三〇四飛行隊長に発令された。

「戦闘三〇四飛行隊は、第二五二海軍航空隊に属し、新型の零戦約五十機を掩体壕に温存して敵の本土上陸のさいの主力戦闘機隊となるべく、千葉県の茂原基地で訓練を重ねていました。やがて空襲がひどくなり、訓練どころではなくなって、福島県の郡山基地に移り、六月、七月とそこで訓練して、七月末に茂原に帰りました。

八月十四日の晩、明日正午、天皇陛下の重要放送があるから必ず聴くように、と言われましたが、まさかそれが終戦を告げるものだとは思わなかった。八月十五日の朝には敵機動部隊の艦上機が関東上空に来襲して、邀撃に上がってるんですからね」

八月十五日午前五時三十分、房総沖の敵機動部隊から発進した艦上機約二百五十機が、ダメ押しをするかのように関東上空に来襲した。霧の濃い早朝だった。厚木基地を発進した森岡寛大尉率いる三〇二空の零戦八機、雷電四機、茂原基地を発進した日高率いる二五二空戦闘三〇四飛行隊の零戦十五機がこれを邀撃、三〇二空がグラマンF6F四機、二五二空が英海軍のシーファイア（スピットファイアの艦上機型）、フェアリー・ファイアフライ複座戦闘機、グラマンTBFアベンジャー攻撃機各一機を撃墜した。

この空戦で三〇二空は零戦一機、雷電二機を失い、搭乗員三名が戦死、二五二空は零戦七機を失い、五名が戦死している。

茂原基地が爆撃を受けたので、基地からの無線指示に従い、日高は福島県の第二郡山基地に着陸した。ところがここで、日高機は地面の窪みに脚をとられ、転覆してしまう。

「締まらない結果でしたが、これが、私が零戦に乗った最後の飛行になりました」

〈昭和二十年九月十五日　予備役被仰付〉

と、日高の奉職履歴には記されている。これまでの飛行時間二千時間。日高は二十八歳。前年に結婚した妻と、生まれたばかりの長男がいた。

ジェット機のテストパイロットに

「とりあえず高輪の家に帰りましたが、東京にいても進駐軍は来るし、仕事もないし、おもしろくない。そこで母の実家の鹿児島に行き、充員召集を受けて復員援護事務所で事務官として働きました。それからまた東京に出て、実家の縁で、西郷隆盛の孫で参議院議員の西郷吉之助事務所の手伝いをして。それから昭和二十五（一九五〇）年頃、こんどは同期生の紹介で医療の臨床実験を手伝いながら、明治学院大学の夜学で英語を勉強しました」

昭和二十七（一九五二）年十一月、警察予備隊が改組した保安隊に、旧軍の少佐にあたる「3等警察正」の階級で入隊、

「弾着観測の飛行機に乗れるというので試験を受けたんです。空を飛べるんなら陸上でもいいや、と。それで、翌年四月、浜松にあった保安隊航空学校に、第一期学生長要員として入ったんですが、身体検査で肺に肋膜炎の痕が見つかり、ライセンスがとれないという。困っていたら、海軍戦闘機隊の大先輩・小福田租さんに、新しくできる航空自衛隊に来い、と声をかけられて……」

昭和二十九（一九五四）年九月一日、発足後間もない航空自衛隊に入った。

「最初は宮城県の松島基地で、『リフレッシャー教育』と称してアメリカ人教官の指導でT－6の操縦訓練を受け、次にジェット機コースとして、やはりアメリカ人教官から、福岡県の築城でT－33の操縦を教わりました。交信はすべて英語だし、ブランクがあったので最初は苦労しましたね。航空自衛隊に入ったときは三十七歳になっていましたが、ジェット機に乗れてほんとうによかった。自衛隊に入っても、パイロットになれない旧軍の搭乗員も多かったですからね。

次にF－86F戦闘機。F－86Fは、じつにいい飛行機だったですね。零戦もいい飛行機でしたが、やはりエンジンが非力だったし、私はF－86Fのほうが好きです。ア

メリカ製であっても、ジェット機のほうが操縦していてやはり気分がいい。その後、テストパイロットとして、イギリスから輸入したバンパイア——これは、開発中の国産練習機T－1に、イギリスのブリストル・オルフェースのエンジンを搭載する案があって、その参考のために一機だけ購入したものですが——などを担当しました」

昭和四十二（一九六七）年、航空自衛隊を1等空佐で退官、富士重工のテストパイロットになる。ここでは、富士重工が開発した国産初のジェット練習機T－1を担当した。

「T－1の初飛行は、海軍の大先輩で、昭和二十年、日本初のジェット機『橘花（きっか）』の初飛行をやった高岡廸さんが担当し、私はT－33で随伴飛行をやりましたが、その後のテストは私が行ないました。富士重工の宇都宮飛行場は狭くて周囲に立木があり、母艦への着艦なみにむずかしい飛行場でしたが、T－1はじつに着陸性能がよくて、楽々降りられる。練習機として操縦が易しすぎるんじゃないかと思ったぐらいです」

日高は昭和五十一（一九七六）年、五十九歳で富士重工を退職するまで、大好きな飛行機に乗り、大空を飛び続けた。自衛隊での飛行時間は二千四百四十時間五十五分、富士重工で千二百十時間二十三分。海軍時代と合わせれば総飛行時間は五千六百五十二時間八分に達していた。

——ひと通り、日高の人生航跡を語ってもらうのに、いったい何度会ったことだろう。その都度、私には新たな発見があった。

形見分け

あるとき、日高と航空史研究の渡辺洋二氏、私の三人で、三菱重工小牧南工場の史料館に、復元された零戦を見学しに行ったことがあった。このとき操縦席に座った日高は、零戦の計器や操作の多くを忘れていたことにショックを受けたという。日高は、渡辺に頼んで零戦のコクピットの図面を取り寄せ、数ヵ月後、

「すっかり思い出しましたから、もう一度行きましょう」

と、雪辱に行くという、負けん気なところを見せた。二度めの三菱史料館見学には、元二〇三空戦闘三〇三飛行隊、予備学生十三期の土方敏夫（大尉）が同行した。同じ東京生まれの日高と土方は、とても気が合うようだった。

そんないきさつで、日高、土方、渡辺、私の四人で「新宿中村屋でカレーを食う会」「美々卯でうどんすきを食う会」と称して新宿で会う、というのが毎月の恒例になった。

そして平成十八年、『零戦隊長―二〇四空飛行隊長宮野善治郎の生涯』の出版を控え、執筆の最後の追い込みをかけているときに日高から電話で呼ばれ、本のなかで、日高の戦いについても書いてよいとの許しを得た。最初に日高に取材依頼をしてから十年あまり、会ってから四年が経過していた。

日高は、いつもお洒落で恰好がよかった。聞けば、二十代の頃から八十代半ばになるまで、体型がほとんど変わらなかったという。いつも仕立ての良いジャケットに、趣味のよいシャツ、ネクタイを合わせて、スマートに着こなしていた。

宮野善治郎大尉（戦死後中佐）の命日である六月十六日には、宮野大尉の三番機だった大原亮治（飛行兵曹長）と一緒に靖国神社で昇殿参拝もしたし、毎年七月に行なわれていた二五二空「舟木部隊」（昭和十九年、硫黄島で戦った頃の二五二空）の慰霊昇殿参拝にも、

「二五二空は私が最後にいた航空隊だし、舟木忠夫司令には空母鳳翔でお世話になったから」

と、二五二空戦友会を一手に引き受けていた角田和男（中尉）とともに出席していた。谷田部海軍航空隊の戦友会「谷田部空の会」の集いで、茨城県の谷田部空跡地に

も行った。

そんな日高の様子に異変が感じられたのは、平成二十（二〇〇八）年の夏頃だっただろうか。緑内障をわずらい、急に目が悪くなったようで、会っても、目の前で声をかけないと気づかない。駅や街の案内表示も見えないらしかった。

その頃、日高から、保管していた海軍時代の書類や辞令、写真などが、段ボール三個に分けて、宅急便で私のもとへ送られてきた。

「後々、誰の手に渡るか、あるいは処分されるか、わからないのは忍びないので、持っておいてください。お役に立つなら、ご自由に使ってください」

と。おそらく、形見分けのつもりだったのだろうと思う。

「これまでに話したことも、私はもう、書いていただいて構いませんから」

やがて、あれほど頻繁だった日高からの音信はプッツリ途絶え、平成二十二（二〇一〇）年夏、訃報が届いた。七月十五日に亡くなったという。享年九十二。

＊

「国のために死ぬことが名誉のように言われていた時代だったけど、私は必ずしもそうは思わなかった。長く生きて奉公することが国に尽くす道。自分が死んだら敵が喜ぶだけ、だから死ぬもんか、と思っていました。

しかし振り返ってみると、少年時代の夢がかなってパイロットになれて、存分に空を飛ぶことができた。つくづく恵まれた人生だったと思いますね」

いまも、日高の笑顔と声は脳裏から離れない。だが、日高が、南太平洋海戦で戦死した部下たち全員の顔写真を肌身離さず持ち歩いていたこと、そして、それらの写真とともに足繁く靖国神社に詣で、頭を垂れていたことを、私は知っている。

自身の判断について一切の弁解をしなかった日高だったが、柔和な笑顔の向こうに隠された指揮官の苦悩は、その生が終わるまで続いた。

——少なくとも私は、このことをずっと忘れずにいたいと思っている。

兄所有のライカを首から下げた日高少尉。帽子の針金を抜いて好みの形につぶしている

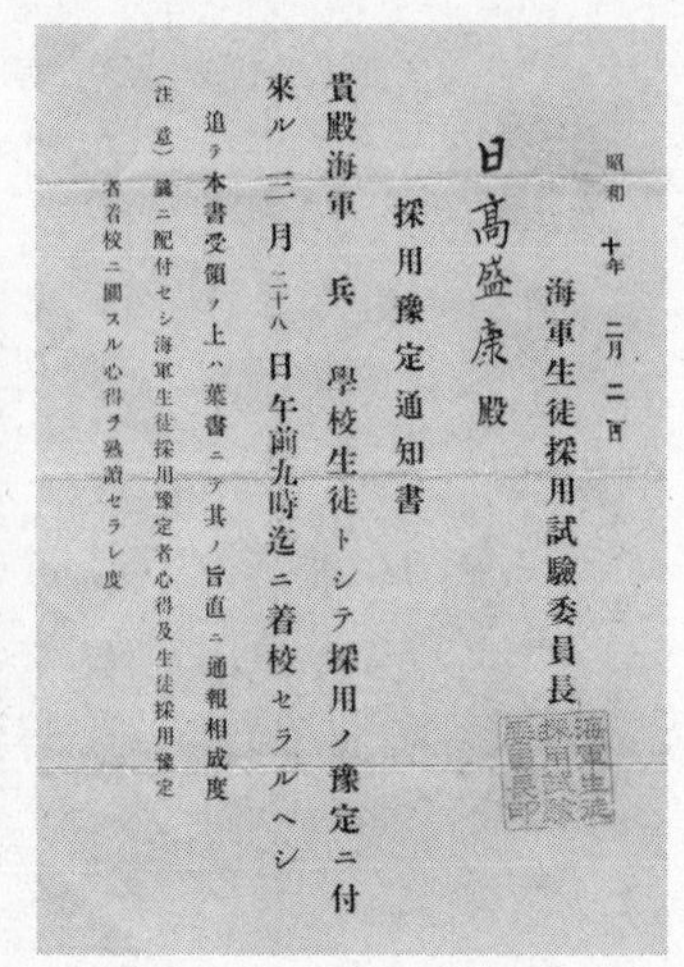

昭和十年二月二日

海軍生徒採用試驗委員長

日高盛康殿

採用豫定通知書

貴殿海軍兵學校生徒トシテ採用ノ豫定ニ付
來ル三月二十八日午前九時迄ニ着校セラルヘシ

追テ本書受領ノ上ハ葉書ニテ其ノ旨直ニ通報相成度

(注意)曩ニ配付セシ海軍生徒採用豫定者心得及生徒採用豫定
者着校ニ關スル心得ヲ熟讀セラレ度

昭和10年、海軍兵学校に合格。採用予定通知書

昭和15年正月、菅平スキー場で飛行学生のクラスメートと。左から下田一郎、日高、植山利正、須藤朔の各少尉。日高のカメラはライカⅡ型

昭和17年10月、空母瑞鳳艦上で零戦二一型の前に立つ日高大尉

瑞鳳の飛行甲板に係止された零戦二一型

指揮所に座って同僚と話し込む日高大尉。右は納富健次郎大尉

昭和20年5月、少佐に進級し、戦闘三〇四飛行隊長となった日高

羽切松雄（はきりまつお）

敵中着陸、二度の重傷

昭和十三年頃、蒼龍時代

羽切松雄（はきり・まつお）

大正二（一九一三）年、静岡県に生まれる。昭和七（一九三二）年、海軍四等機関兵として横須賀海兵団に入団。飛行機搭乗員を志し、昭和十（一九三五）年八月、操縦練習生を二十八期として卒業。昭和十五（一九四〇）年八月、第十二航空隊の一員として漢口基地に進出。十月四日の成都空襲では敵飛行場に強行着陸するという離れ業を演じる。以後、横須賀海軍航空隊で各種の飛行実験に従事したのち、昭和十八（一九四三）年七月、第二〇四海軍航空隊に転じ、ソロモン諸島方面に出動。九月二十四日、ブイン上空で被弾、重傷を負い、内地に送還されるが、再起後、横須賀海軍航空隊で飛行実験と防空任務につく。「ヒゲの羽切」と呼ばれ、腕と度胸と頭脳を兼ね備えた、海軍戦闘機隊で知らぬ者のいない名物パイロットであった。終戦時、海軍中尉。戦後は運送業を手がけ、富士トラック株式会社社長。また、富士市議会議員を十二年、静岡県議会議員を十六年勤めた。平成九（一九九七）年一月歿。享年八十三。

N.Koudachi

昭和十五年九月十三日、重慶上空での中国空軍戦闘機との初空戦で一方的勝利をおさめた零戦隊は、続いて十月四日、五日と、こんどは成都の敵飛行場を急襲、所在の敵機を壊滅させた。

この十月四日の戦いで、零戦隊のうち四機が、討ち漏らした敵機や指揮所の焼き討ちを企図して、成都大平寺飛行場に強行着陸を敢行、このことは「破天荒の快挙」（読売新聞）として内地でも大きく報道され、子供向け絵本の題材にもなった。

言うまでもなく、戦闘機は空中で戦ってこそ、その威力を発揮する。いかに零戦が強く、仮に中国軍が弱かったとしても、敵兵が防備を固める飛行場の真っただ中に着陸するとは、大胆不敵と言うべきか、蛮勇と捉えるべきか。

このとき、敵飛行場に着陸した四名の零戦搭乗員のうち、唯一、戦争を生き抜いたのが羽切松雄である。

羽切は、髭をピンと張った独特の容姿から「ヒゲの羽切」と呼ばれ、対米戦が始まってからも、激戦地ソロモン諸島や本土上空で活躍。敵の機銃弾に肩を射抜かれるほどの重傷にも屈せず、最後まで戦い抜いた。闘志と腕と度胸、そして頭脳を兼ね備えた名パイロットとして、海軍航空隊では知らぬ者はいない。

私が羽切と出会ったのは、戦後五十年の平成七年九月、長野県で開催された戦友会でのことだった。するどい眼光、小柄な体躯から発散される圧倒的な迫力に圧倒されながらも、勇気を振り絞ってインタビューをお願いすると、

「ありがとう！」

と、意外な反応が返ってきた。大きな声だった。

数日後、静岡県富士市で羽切が経営する「富士トラック株式会社」の社長室を訪ねた。

「僕は耳が遠くなっちゃってね。若い頃、戦闘機のエンジンの爆音や急激な気圧の変化にさらされたせいだと医者は言うんだけども、質問は大きな声でお願いしますよ」

機関兵から操縦練習生へ

羽切は大正二年十一月五日、静岡県田子浦村（現・富士市）で、半農半漁を営む羽切家の次男として生まれた。田子浦村は肥沃な土地と温暖な気象に恵まれ、水産資源も豊富で豊かな村であったが、大正末期から昭和のはじめの大不況の時代、家は長男が継ぐので村にいても居場所がなく、仕事もない農家の次男、三男はこぞって陸海軍

を志願した。

羽切も、高等小学校を卒業して家業を手伝っていたが、昭和七年、満十八歳のとき、海軍を志願、同年六月一日、横須賀海兵団に入団する。海軍の志願兵は狭き門で、この年、田子浦村から応募した十二名のうち、試験に合格したのは三名のみだった。内訳は、少年航空兵（予科練）一、水兵一、機関兵一で、羽切は、海軍で技術を身につけて将来の就職につなげようと、機関兵を選んだ。

海兵団での基礎教育を卒え、三等機関兵に進級した羽切は、重巡洋艦摩耶（まや）乗組を命ぜられる。摩耶は高雄型重巡洋艦の三番艦で、昭和七年六月に竣工したばかりの最新鋭艦である。海軍の花形ともよべる艦だったが、機関科での若年兵に対するしごきは想像を絶するものだったという。

「殴られ通しに殴られて、ほとほと機関兵が嫌になり、摩耶に搭載されていた水上偵察機の雄姿に魅了されて、いつしか飛行機搭乗員を志すようになりました」

周囲の嫌がらせに耐えながら操縦練習生試験を受け続けた羽切は、何度めかの試験にやっと合格。昭和十年二月、第二十八期操縦練習生として、晴れて霞ケ浦海軍航空隊の門をくぐった。

「六ヵ月の過密スケジュールによる訓練は厳しいものでしたが、機関兵の勤務の厳しさと比べれば、何ということはありませんでした。古賀清登、黒岩利雄といった戦闘機の名パイロットが教員を務めていて、その指導のおかげで戦闘機専修に選ばれたんです」

昭和十年八月、操縦練習生を卒業、千葉県の館山海軍航空隊で、戦闘機搭乗員としての訓練を受けることになる。館山空は、当時、各機種混成の延長教育部隊で、ここで一緒に訓練を受けたなかに、海軍兵学校五十九期の横山保中尉（のち中佐）がいた。のちの零戦隊の名指揮官として名高い横山中尉は、華があって戦場で部下を惹きつける、不思議な人間的魅力があった。この出会いが、羽切のその後を決定づける、運命的な出来事だった。

蒼龍「ヒゲの羽切」誕生

昭和十年十一月、青森県の大湊海軍航空隊へ転勤。大湊空は、海軍における飛行機の耐寒、耐雪の実験および訓練を行なう唯一の航空隊である。飛行場に降り積もった雪を圧雪し、車輪の代わりに橇をつけた飛行機を飛ばすが、圧雪には、旧式の三式艦上戦闘機の両翼を切り取り、脚に畳八畳分ほどのフライパンのような鉄板をくっつけた「新鋭圧雪機」を使った。雪深い辺境の地の勤務は、周囲からは気の毒がられたが、恐山(おそれざん)でのスキー大会、夏の大湊祭り、遠泳競技など、羽切にとっては楽しくも平和な青春の一コマだったという。

大湊で約二年を過ごすうち、昭和十二年七月七日には盧溝橋(ろこうきょう)で日中両軍が激突、これをきっかけとして支那事変がはじまる。

昭和十二年十月、三等航空兵曹になっていた羽切のもとへ、新造の空母蒼龍への転勤命令が届いた。はじめての実戦配備である。蒼龍戦闘機隊の使用機は九六戦で、横山保大尉が分隊長として着任していた。羽切はさっそく、横山大尉の二番機として搭乗割が組まれ、この固有編成は蒼龍での二年間、変わることはなかった。またこの頃、同じ昭和七年海軍入団の同年兵、羽切、深沢等、小畑高信の各三空曹が、申し合せたように髭をたくわえ、自慢し合うようになった。はじめは、隊長、分隊長も苦い顔をしていたが、それでも伸ばし続けるうち、それも「個性」と公認されるようになったという。

「ヒゲの羽切」の誕生である。

昭和十三年五月、蒼龍飛行機隊は南京大校飛行場に進出。南京市街の上空哨戒や、六十キロ爆弾二発を搭載しての陸戦協力など、休む間もない任務についた。羽切は六月末、基地に来襲した中国空軍のソ連製ツポレフSB(エスベー)爆撃機を東山市郎一空曹と協同撃墜、初戦果を挙げている。横山大尉の二番機として、三番機大石英男三空曹と三機で出撃、敵地上空で編隊宙返りをやってのけたこともあった。

十二試艦戦の空中分解

昭和十四年十二月、二空曹になっていた羽切は、横須賀海軍航空隊（横空）に転勤を命ぜられた。当時の横空戦闘機隊は、飛行隊長・花本清登少佐、分隊長・下川万兵衛大尉以下約二十名からなり、下士官搭乗員も元岡村サーカスの新井友吉、「片翼帰還」の樫村寛一、輪島由雄（よしお）、東山市郎、そして三上一禧（かつよし）と、海軍きっての名パイロットが揃っていた。各々が「ひねり込み」など、独自の技を競い合っていたが、なかでも、羽切は、訓練でしばしば手合わせをした樫村兵曹の空戦技術が忘れられないという。

また、民間から献納された「報国号」の命名式の祝賀飛行など、日頃鍛えた技倆のありったけを披露する場にも恵まれ、羽切にとってはまたとない修練の場だった。

ちょうどその頃、のちの零戦の原型、十二試艦上戦闘機試作一号機が横空にあった。羽切はこの飛行機の実用実験にも携わった。

「振動は多少、気にかかりましたが、上昇力は抜群で、『これは速いなあ』と思った。上下や左右の運動には安定感があり、乗り心地は最高でした」

と、羽切は回想する。新時代の戦闘機としての資質を備えた機体であることを、テストパイロットたちは肌で感じ取っていた。ただ、引込脚、可変ピッチプロペラ、二十ミリ機銃搭載など、新機軸を満載したゆえのトラブルは多く、ときに人命にかかわるような事故も起きた。

昭和十五年三月十一日には、海軍を除隊して航空技術廠（空技廠）でテストパイロットを務めていた奥山益美職手（しょくて）が操縦する十二試艦戦試作二号機が、横空上空で空中分解、奥山は脱出したものの落下傘から体が離れ、墜死するという痛ましい事故が発生した。奥山（殉職後、工手（こうて））は、急降下中のプロペラの過回転状況を調査するため、テスト飛行をしていたもので、急降下中、衆人注視のもとで突然、空中分解を起こしたのだ。

一部始終を目撃していた羽切は語る。

「突然、キューンとするどい金属音が聞こえ、続いてパーンと、ものすごい炸裂音がして、みんないっせいに上空を仰ぎました。

『空中分解だ！』

エンジンらしい黒いかたまりがすごい勢いで落ちてゆき、続いて機体がバラバラになって部品が飛び散る。その瞬間、投げ出されたようにパッと落下傘が開きました。よかった、搭乗員は無事だったかと思いましたが、よく見ると様子がおかしい。鉄棒にぶら下がったように、ときどき両足をバタバタ振っている。両手でつかまっているんだ、と直感しました。もう少しだ、頑張れ、と心のなかで叫びながら見守るうち、高度百メートル足らずだったと思いますが、ついに力尽きて体が落下傘から離れてしまったんです。

しばらくして、殉職した搭乗員は、ぼくの同年兵だった奥山君であることがわかりました。気風のいい男で、誰にも負けない操縦技倆の持ち主でしたよ」

空中分解した十二試艦戦二号機の部品は、そのほとんどが拾い集められ、空技廠飛行機部第三工場に並べられて、さっそく事故原因の調査が始まった。

調査にあたった空技廠の海軍技師・松平精によると、事故の原因は、

「水平尾翼の後縁に取り付けられた昇降舵が、速度が上がることでフラッターを起こすのを防ぐためのマスバランス（左右の昇降舵を結ぶパイプに取り付けられた錘）が、事故発生までの離着陸のショックで折損していたために起きた『昇降舵フラッター』」

であった。部品強度の不足と、金属疲労が合わさって起きた事故と考えられ、解決

策としてすぐに部品の補強が行なわれた。

漢口進出

昭和十五年三月、羽切は、周囲のすすめで遠縁にあたる文子と結婚。六月末、旧知の横山保大尉が、大村空から横空に転勤してきた。十二試艦戦で一個分隊を編成し、戦地に送り出すためである。横山大尉は慣熟飛行の傍ら、戦地行きの搭乗員の選抜を進めた。そのことを知った搭乗員や整備員は、われ先にと戦地行きを希望したという。横空の下川大尉も横山大尉の要望を全面的に受け入れ、横空戦闘機隊のベストメンバーを横山分隊に譲った。七月に入ると、空技廠から送られてくる機数も増えて、他機種の実験は棚上げされ、テスト飛行の全力が十二試艦戦に注がれるようになった。七月二十四日、十二試艦戦は海軍に制式採用され、零式艦上戦闘機（零戦）となった。七月二十六日、横山大尉率いる六機が漢口基地の第十二航空隊に到着する。

羽切が下川大尉の指揮下、漢口に進出したのは八月十二日のことだった。

八月十九日、零戦の重慶初空襲のときは、羽切は横山大尉の二番機として出撃。しかしこの日は敵機と遭遇せず、むなしく帰投した。九月十二日の第三回出撃のときも参加したが敵を見ず、飛行場を銃撃して建物を炎上させたのみであった。

「そして翌十三日、進藤三郎大尉が発案した特殊な戦法（いったん引き返したと見せかけて、ふたたび敵地上空に舞い戻る）で敵を捕捉し、二十七機撃墜の大戦果を挙げたわけですが、これはもう、何としても悔しかったですね」

重慶の空から姿を消した中国空軍は、さらに奥地の成都に後退して戦力の回復に努めていた。十月四日、零戦八機をもって成都の敵戦闘機を撃滅することになり、横山大尉以下、前回の出撃で選に漏れた搭乗員を中心に、搭乗割が組まれた。

「重慶上空の一番槍は逃してしまいましたが、こんどは成都への一番乗り。よし、敵を徹底的にやっつけるぞ、と心に期するものがありました」

と、この日横山大尉の二番機として参加した羽切は回想する。

成都一番乗りの〝秘策〟

出撃前夜。漢口の搭乗員宿舎で、四人の搭乗員がひそかに話し合いを持っていた。この宿舎は、日本軍による占領前は監獄として使われていた建物で、雑居房ごとに数名の搭乗員が起居している。酷暑の漢口で、窓のない監獄部屋は暑くてたまらず、毎日、冷房用の大きな氷柱が支給されている。この夜、集まったのは東山市郎空曹長、羽切松雄一空曹、中瀬正幸一空曹、大石英男二空曹。いずれも横空から十二空へ、零戦とともに転勤してきた搭乗員たちである。羽切は語る。

「十二空の零戦の搭乗員は、主に横空から来た搭乗員を中心としたA班、十二空の現地で編成されたB班と分かれていたわけですが、初空戦では主にB班の連中が戦果を挙げたわけだから、われわれA班としては、試作一号機からテストをしてきた誇りがあるから面白くない。横山大尉も同じ気持ちだったろうと思います。それで、出撃の前の晩にこの四人が集まって、よし、明日は成都一番乗り、徹底的にやろうじゃないかと話し合いました。大石が、『もし撃ち漏らした敵機があったら、飛行場に着陸してやっつけよう』と言い出し、皆、即座に賛成しました。そして、着陸時にもし転覆したりしたら、二人で尾部を持ち上げたら助けられるという約束までしていました」

同じ宿舎にいた岩井勉二空曹は、

「私もこの出撃に参加したくてたまらず、血判を押して横山大尉に提出しましたが、『お前は重慶でいいことをしておきながら（初空戦に参加したことを指す）、また成都へ行かせろとは虫が良すぎる』と叱られ、しぶしぶ引き下がりました。私は、予科練で一期先輩の中瀬一空曹と同室でしたが、その晩、東山分隊士（分隊長の補佐）がやってきて、『おい、明日はやるぞ。マッチとぼろ切れと拳銃を用意しておけ』と言って出て行った。当時、十二空ではいくつかのグループがあって、特に彼ら横山グループは、よくひそかに集まって、賭け麻雀などやっていました（海軍では麻雀は禁止されていた）。宿舎が元監獄で、音が外に漏れないから都合がいいんです。敵中着陸の件も、麻雀をやりながら相談したんではないかな」

という。そういえば、四人である。

肝心の横山大尉がこの計画を知っていたかどうか、羽切は、

「相談はわれわれ四名だけでやりましたが、おそらく東山分隊士が横山大尉に相談していたと思います。たぶん知っておられたんじゃないでしょうか」

と、横山大尉の関与をほのめかす。敵中着陸のアイディア自体は、昭和十三年七月十八日、南昌攻撃で艦爆隊の小川正一中尉、小野了三空曹らが敵飛行場に着陸、地上にあった敵機を焼き払った例があり、羽切たちも成功を信じて疑っていなかった。

「上空は味方機が制圧しているし、敵の戦意は乏しいし、よしいける、と思っていました」

敵中着陸

十月四日午前八時三十分、漢口基地を出撃した零戦八機は、途中宜昌で燃料を補給、成都に向かった。この日は高度三千メートルほどのところに雲が層をなしており、零

戦隊は偵察機の誘導のもと、雲の上を飛行した。

午後二時十五分、成都上空に到着。横山大尉は空中に敵影なしと判断して地上銃撃に入ったが、そのとき、羽切は、ふと左前方に敵機、ポリカルポフE－16を発見した。

「敵機だ！　と、間髪をいれずにそれに突進しました。距離二百メートルまで肉薄して、敵機をＯＰＬ照準器に捉え、ダダダーッと一連射。命中！　敵機はたちまち火を吐いて墜ちていきました。二十ミリ機銃の威力はすごい、と思いましたね。あとで横山大尉が、『いやあ、羽切、あれはうまく墜としたなあ』と絶賛してくれましたよ」

羽切は上空を見渡したが、そこにも敵機はいない。もう敵機はいなかった。作戦通り、温江飛行場を偵察したが、そこにも敵機はいない。機首を転じて太平寺飛行場上空に突入すると、そこには一目で囮ではないと判別できる、本物の飛行機が約二十機、翼を並べていた。

零戦隊はそれぞれの目標に向かって、入れかわり立ちかわり銃撃を加えた。零戦の二十ミリ機銃は、こんな地上銃撃の際にも絶大な威力を発揮した。

「ふと下を見ると、飛行場に零戦が一機、スーッと降りていくのが見えました。ぼくはそのとき、戦闘の興奮で、昨夜の約束のことなどすっかり忘れていました。こりゃいかんと思って、飛行場上空を一周して着陸しましたが、大石、中瀬に続いてぼくは三番目でした」

羽切は、飛行場の真ん中に飛行機を停めると、風防を開いて地面に飛び降り、拳銃を手に、引込線に向かって脱兎のごとくに走った。燃え上がる敵機からの火の粉があたり一面に降りそそぎ、熱気が飛行服を通して肌が焼けるように感じられた。

「約百メートル、時間にしたら三十秒ほどでしょうか。やっとの思いで敵機に取りついてみると、それは巧みに偽装された囮機でした。えい、いまいましい、と、他の獲物を探そうとしたら、周りをバン、バンと狙い撃ちの曳痕弾が飛んでゆく……と思ったが、いま思えば、燃える敵機の機銃弾が弾けて飛んでいたのかも知れません。敵兵の姿はまったく見えなかったですから」

身の危険を感じた羽切は、やおら立ち上がって愛機に向かって全力疾走、離陸したのは一番最後になった。攻撃後は高度三千メートルで集合の約束になっていたので高度をとると、三機の機影が見えた。

「脚が出たままの姿だったので、『敵飛行場に着陸した仲間が、脚を入れるのを忘れてやがる』と思いながら近づいてみると、それは味方機ではなく、敵のカーチス・ホーク75戦闘機でした。よしきた！　と思いながら、敵が気がつかないのを幸い、死角の後下方から四、五十メートルの距離まで接近し、右端の二番機に一撃すると、そいつはあっけなく左に傾いて墜ちていきました。残る二機も、二対一なのに逃げるばかりで向かってこない。それを追いかけて三、四撃して、ようやく田んぼのなかに一機を撃墜しましたが、ぼくにとっては思いがけない戦果となりました。結局、単機で、一番最後に基地に戻りました」

この日の戦果は撃墜六機、地上炎上十九機に達した。

漢口基地で横山大尉が、十二空司令・長谷川喜一大佐に戦闘状況を報告する。はじめは上機嫌で聞いていた長谷川大佐が、敵中着陸のくだりになると、とたんに顔色を変えた。長谷川大佐は、

「指揮官たる者の思慮が足りない！　敵飛行場に着陸するなど戦術にあらず、蛮勇である！」

と、横山を怒鳴りつけた。横山は、まったく悪びれることなく、

「『撃滅せよ』との命令を果たそうとしたまで。部下たちの行動の全責任は、指揮官たる私にあります」

と言い切った。

賞賛と批判と

羽切たち四名の敵中着陸は、海軍による戦意高揚の恰好の宣伝材料として、結局、

追認される。新聞紙上でも大きく報じられ、「ヒゲの羽切」は一躍、全国にその名を轟かせることとなった。羽切の話。

「新聞では針小棒大、敵機を焼き払ったことになっていますが、実際にはそこまではできなかった。目的は半ばで達せられなかったけども、でかいことをやり遂げたという、満足感は大きかったですね。横山大尉も、ようやったとご満悦でしたよ」

東山空曹長、中瀬一空曹の二人は敵指揮所に放火したとも伝えられるが、戦闘詳報にはそれに該当する記録はなく、定かではない。

この敵中着陸については、後年、戦史家からは批判の声も上がっている。

なかでも、海軍兵学校七十一期出身の戦闘機搭乗員（大尉）で、特攻兵器「桜花」で編成された第七二一海軍航空隊分隊長を務めた湯野川守正（戦後、空将補）は、「独断専行」と題した論考（『海軍戦闘機隊史』零戦搭乗員会・原書房）のなかで、

〈中には、敵飛行場に降着し、敵機の焼き討ちを企図した暴挙といわれる筋合いの行動（昭和十五年十月四日）もあるが、それさえも、賞揚されるという結果が出たことがある。

本行動が命令によるものか、着陸した四人の独断専行によるものかは不明瞭である。

（中略）

もしも、命令であったとしたら、最新式兵器である零戦が、被弾又は搭乗員の死傷によって再離陸できない場合も考慮に入れるべきであり、本命令は適切を欠いたものであろう。命令によらない行動とすれば、本件は独断専行ではなく、独断専恣に属する行動であったと考えられる。〉

と、厳しく指摘している。だが、羽切は、

〈この頃は過ぎたる独断専行や蛮勇も、失敗しない限りむしろ奨励された時代であった。決して軽挙妄動とは思わない。〉

と、遺稿となった手記の中で反論している。

「独断専行」については、日高盛康少佐の稿でも触れたが、現地の指揮官が予期せぬ状況の変化に遭遇した場合、上級司令部ならどう考えるかを判断し、それに沿った行動を独断でとるのが「独断専行」、自分一人の勝手な判断で、上層部の意に反した行動をとるのが「独断専恣」と、言葉の上ではっきりと区別されていた。

敵中着陸の翌十月五日、零戦隊は飯田房太大尉の指揮で重ねて成都を攻撃、地上銃撃で十機を炎上させ、ふたたび中国空軍主力は壊滅した。

頻発する事故

零戦隊の中国奥地に対する出撃は、昭和十六年になっても続き、その都度、一方的な戦果を挙げ続けた。漢口に、また暑い夏がやって来た。

この頃、敵の反撃に力がなく、搭乗員も整備員も気が緩んでいたのか、十二空では小さなミスによる怪我や、記録に残らないような破損事故が頻発していた。この一年で、搭乗員の多くが新人と入れ替わり、零戦初登場の頃の不安や緊張を知るものが少なくなっている。零戦が強いのは当然、といった態度で、はじめから戦争を舐めてかかっているものも少なからずいる。羽切たち前年からいる歴戦の搭乗員たちは、弛緩した空気をこのまま放置すれば、いずれ大事故になるのでは、と危惧していた。

七月のある晩、漢口の元監獄の宿舎で、先任搭乗員の羽切（一等飛行兵曹。六月一日より下士官兵の階級呼称が変更され、航空兵、航空兵曹→飛行兵、飛行兵曹となる）と次席の三上一禧（同）が、下士官兵搭乗員総員に整列をかけた。

「お前たち、敵が弱いからといって気を抜くな。敵は自分たちの心の中にも潜んでいるんだ。油断するな！　これから気合いを入れてやる！　足を開け、ケツを出せ」

と、野球のバットで、並んだ搭乗員たちの尻を、何発も、力の限りに殴った。

練習生の頃ならともかく、第一線の航空隊で、一人前の搭乗員を相手にこのような制裁が行なわれることは、きわめてまれなことである。羽切も三上も、航空隊で部下を殴ったのは、これが最初で最後であった。

「飛行機の事故は即、死につながる。お前たちをつまらんことで死なせたくないんだ。勘弁しろよ」

羽切は、心の中で叫びながら、殴り続けた。羽切の髭面は、涙でくしゃくしゃになっていた。殴りながら、三上も泣いていた。

八月十一日、成都攻撃が、真木成一少佐の指揮下、行なわれることになった。第二中隊長は鈴木實大尉。だが、出撃の前日、鈴木大尉は試飛行を終えて着陸した際、車輪が回転せず、そのままつんのめる形で転覆、頸椎骨折の重傷を負う。事故の原因は、車輪の部品の錆びつきによるものと考えられた。黄砂の付着が腐蝕を早めたのかもしれないが、整備不良であることは明らかである。羽切や三上の抱いていた危惧が、的中した形になってしまった。

中国大陸での海軍航空隊の作戦は終わろうとしていた。昭和十六年九月十五日、零戦隊は内地に引き揚げることになる。これは、来るべき対米英戦争に備えるためであった。

前年九月十三日の初空戦からの一年間で、零戦隊の挙げた戦果は撃墜百三機、地上撃破百六十三機に達していた。損害は、昭和十六年二月二十一日、十四空の蝶野仁郎空曹長が昆明で、五月二十日、十二空の木村美一一空曹が成都で、六月二十三日、十二空の小林喜四郎一飛（一等飛行兵）が蘭州でと、計三機が敵の地上砲火に撃墜されたのみ。空戦で敵機に撃墜された零戦は一機もいなかった。

人体の限界に挑んだ荷重試験

内地に帰還した羽切は、戦闘機搭乗員の教育部隊である筑波海軍航空隊の教員になった。約十ヵ月足らずの教員生活の間に、ついに大東亜戦争が始まった。練習生の訓練にもいっそう気合が入ったが、昭和十七年四月一日付で羽切は准士官である飛行兵曹長（飛曹長）に任官。同時に進級した角田和男飛曹長とともに准士官学生を命ぜられ、筑波空を去った。准士官学生では、分隊長を補佐する分隊士として必要な、人事関係や戦闘報告の書類のつくり方からテーブルマナーまで、士官として身につけるべき基礎を勉強する。

昭和十七年八月、羽切はふたたび横須賀海軍航空隊に復帰した。この頃にはもう、羽切飛曹長と言えば、剛勇無双、しかも緻密な頭脳をもった理論派として、また、髭をピンと張った独特の容貌から、海軍でも知らぬ者のない名物搭乗員となっていた。

横空では、超低空を高速で飛んで爆弾を投下、海面に反跳させて敵艦の舷側に命中させる「反跳爆撃」や、空中で炸裂して敵機を撃墜する「三号爆弾」のテスト、零戦の各種改良型、局地戦闘機雷電の実用実験など、多忙な日々を送ったが、なかでも圧巻は、昭和十八年はじめに行なった零戦による荷重実験だった。

空母瑞鶴に搭載された零戦が空戦中、前上方攻撃から機体を引き起こし、後下方攻撃に移ろうとした際に補助翼がガタガタになり、空中分解寸前で帰還したことから、横空ではただちにその原因を究明するための実験を行なうことになり、羽切がこの実験を担当した。

「体の限界までプラスG（重力）をかけてくれ」との命令のもと、事故機と同じ零戦三二型で高度五千メートルより急降下、時速三百二十ノット（約五百九十三キロ）の高速で強引に引き起こし、羽切は完全に失神したが、数秒後、かろうじて意識を回復し、無事着陸することができた。機体に異常はなかった。

荷重計を見ると、なんと八・六G（自分の体重の八・六倍の重力が頭上にかかる）を示していた。通常、宙返りなどの特殊飛行でかかるのは五G程度で、七Gともなると、視界が暗転し、一瞬目が見えなくなる「ブラックアウト」と呼ばれる現象が起きる。耐Gスーツのなかった当時、八・六Gはほとんど人体の限界と言ってよかった。

飛行実験の翌日、空技廠の航空医学の専門家が、羽切の精密検査にやってきたという。

このとき、羽切は「海軍一の強心臓」であるとの伝説が生まれた。

伝説の男の弱点

ただ、名パイロット羽切にも苦手とすることがあった。それは、無線電信である。

羽切が卒業した部内選抜の操縦練習生は、すでに基礎訓練を修了した一人前の下士官兵のなかから選ばれるため、採用されればいきなり操縦訓練が始まる。そのため、無線の機械や通信技術を学ぶカリキュラムはほとんどなかった。いっぽう、はじめから飛行兵になることを前提に海軍に入隊する予科練習生（予科練）は、基礎教育の間にじっくりと無線電信の訓練も行なわれるのだ。

予科練の訓練では、一分間にモールス符号で八十五字以上とれることが求められているから、それをマスターしている搭乗員は、音声の電話の感度が悪くて電信（トンツー）になっても困ることはない。逆に操練出身者で、モールス符号が不自由なくとれるのは、通信兵から転科してきた人ぐらいである。

教育課程を修了すると軍服の左腕に「特技章」がつくが、これも操練が鳶の羽根をかたどったシンプルなデザインであるのに対し、予科練を経て飛行練習生を卒えた者は鷲のマークで、操練より格が一段上にみなされる。進級も、操練より予科練の出身者のほうがずっと速かった。

腕で知られた羽切も、横空で基地からの無線誘導で邀撃に上がる訓練をするとき、予科練出身の搭乗員がすばやくモールス信号を了解して次の動きに移れるのに、自分はモールスの速さについてゆけず、ずいぶん悔しい思いをしたという。

戦闘機同士の音声による無線電話がどうやら使い物になったのは、敵機による日本本土空襲が激しくなった大戦末期のことである。

ラバウルで零戦の不調を見事解決

昭和十八年七月、羽切は、第二〇四海軍航空隊（二〇四空）に転勤を命ぜられ、前線に出ることになった。二〇四空は、前年ラバウルに進出した第六航空隊が改称したもので、以来、約一年にわたってラバウル、ソロモン諸島方面の主力戦闘機隊として活躍している。だが、四月十八日、護衛任務についた聯合艦隊司令長官・山本五十六大将の搭乗機が撃墜され、六月十六日には零戦隊きっての名指揮官と謳われた宮野善治郎大尉が戦死するなど、苦しい戦いを強いられていた。七月当時の飛行隊長は、かつて重慶上空で零戦初空戦の指揮をとった進藤三郎少佐である。

その頃の模様を、二〇四空の一員だった大原亮治（当時、二飛曹）は、

「ヒゲの羽切分隊士来たる、の知らせに、先輩たちは手を取り合って喜んでいました。私は初対面でしたが、ほんとうに心強く思ったものです」

と回想する。

羽切が着任してみると、二〇四空の主力は最前線のブーゲンビル島ブイン基地に進出していて、ラバウルには、副長・玉井浅一中佐以下の留守部隊がいるのみだった。

生え抜きの戦闘機乗りである玉井中佐は羽切に、

「羽切君、君が横空から出てくるようでは、内地にはもう、古い搭乗員は残っていないんだろうなあ」

と、しんみりした調子で声をかけた。

羽切が飛行場を見渡すと、留守部隊なのに零戦が二十数機も並べられている。内地で、前線では飛行機が足りないと聞かされてきた羽切は、不審に思い玉井中佐にたずねてみた。

「うん、内地から整備済みで送られてくるんだが、振動が多くて使えないんだよ。そうだ、羽切君。君は横空から来たんだから、しばらく試飛行でもやりながら、早く戦場に慣れてくれ」

羽切は、さっそくその日から零戦の不調の原因解明にとりかかった。長年の経験にのっとってテスト飛行を重ね、ついに原因は燃料の混合比の濃すぎと判明する。高温の南方では、内地よりも空気が薄いことがその原因だった。

特殊な原因による二〜三機のほかは、問題はほとんどこれで解決し、数日のうちに二十機以上を前進基地のブインに送ることができた。

玉井中佐は、

「さすがベテラン！　たいしたもんだ」

と感心しきりであったが、羽切はこれだけで、敵機数十機撃墜に匹敵する働きをしたことになる。

最愛の列機を失う

羽切のラバウル方面での初出撃は、七月二十五日のレンドバ島邀撃戦だった。

この日、八機を率いて出撃、敵の舟艇群を銃撃して帰途についたが、基地に着陸してはじめて、二機いなくなっていることに気づいた。

「二機がいつやられたかわからず、改めてソロモンの空の戦いの激しさを思い知らされました。支那事変とは戦争の質が全然違いましたね。

ぼくが着任した頃には、敵も相当研究していて、けっしてこちらのペースに乗ってきませんでした。なかなか、一度に二機も三機も撃墜できるものじゃない。ぼくは一回に一機撃墜して、それで無事に帰ってくるのを目標にしていました」

羽切は、二〇四空の戦闘記録を見ると、よくも体がもったと思えるほど、連日、中隊長として列機を率いて出撃している。この頃の乗機は零戦二二型。三二型の強力なエンジンと二一型の優美な主翼をあわせたような型で、羽切は歴代の零戦各型のうち、この二二型が一番バランスがよく好きだったという。

中隊長は本来、大尉か中尉が勤める配置だが、士官搭乗員の相次ぐ戦死で指揮官が足りなくなり、この頃になると羽切のような准士官（飛曹長）や上飛曹、ときには一飛曹がその任につくことさえあった。ふたたび、大原亮治の回想――。

「羽切さんは眼光するどく、顔は笑っていても目は笑っていなかった。あたりを払う迫力がありましたが、反面、じつに人情味のある、細やかな心遣いの人でした。出撃するとき、一緒に編隊を組んで、風防のなかのあの髭を見ただけで、よし、今日も大丈夫だ、という安心感が湧いてきたものでした」

物量にものをいわせて攻めてくる米軍部隊に対し、一日に数回の出撃を強いられることもめずらしくなかった。羽切は、八月十五日、ベラベラ島の敵上陸部隊攻撃で三度も出撃し、三度めに最愛の列機、渡辺清三郎二飛曹を失ったことが忘れられない、と言う。渡辺二飛曹は昭和十五年、志願して海軍に入り、昭和十七年、操縦練習生の後身である部内選抜の丙種予科練三期を経て戦闘機搭乗員になった。これまで最前線で約一年、二〇四空の戦闘機搭乗員のなかでは最多の出撃が、四機の撃墜戦果とともに記録されている。

「三度めの出撃を引き受けて、搭乗員休憩所に行ってみると、渡辺はマッサージを受けながら、『また行くんですか』と疲れ切った表情でした。

『そうなんだ。明日はたっぷり休ませるから、今日はもう一度頑張ってくれ』そう言って励ましてはみたものの、なにか心に引っかかるものがありました」

ベララベラ島へは高度八千メートル以上で進入したが、突然、上空から十数機の敵戦闘機に奇襲される。羽切はとっさに一機を追って急降下したが、その後ろに敵機が二機、ピタリと追尾していた。その後ろには羽切機の急を救おうと、渡辺機。そのまた後方にも多数の敵機。危ない！　と思ったとたん、渡辺機が火を噴いた。

「新潟出身でまだ若かったが、戦場慣れした優秀な渡辺は、ぼくがもっとも頼りにしていた男でした。ぼくのミスが彼を死なせてしまったことに、いまも責任を痛感しています」

被弾、重傷を負う

約二ヵ月間、二〇四空の先頭に立って戦い続けた羽切も、ついに九月二十三日、ブイン上空で被弾、重傷を負ってしまう。

この日、早朝から空襲警報で発進した零戦二十七機が、ブイン西方で敵戦闘機約百二十機と激突。たちまち激しい空戦が繰り広げられた。羽切はいつもの目標を越え、二機を撃墜して三機めを攻撃しようとした瞬間、ものすごい衝撃を感じた。

「一瞬、操縦席が真っ暗になり、竜巻に放り込まれたようでした。機は海面めがけて墜落してゆく。操縦桿をいくら引き起こしても機首が起きない。

とっさに操縦桿に目を向けて驚きました。一生懸命引き起こしているはずの操縦桿に右腕はなく、勝手に座席の右下で汽車のピストンのように激しく上下している。『やられた！　右腕だ！』……やっと気づいて、ぼくは左手で右手を持ち上げると、両手で操縦桿をぐっと引き起こすと同時に、エンジンのスイッチを切りました」

右肩の後方からグラマンF４Fの十二・七ミリ機銃弾が貫通、鎖骨、肩甲骨を粉砕する重傷で、二度と操縦桿は握れない、という軍医の診断だった。

羽切は内地に送還されることになり、十月十日、病院船「高砂丸」でラバウルをあとにした。ラバウルを離れるその日、南東方面艦隊の航空参謀になっていた横山保少佐が、わざわざブインから見送りに来てくれた。

「羽切、もう戦闘機乗りはあきらめて、内地で療養に専念して、一日も早く元気になって後輩の指導をしてくれ。頼むぞ」


しかし、内地に帰った羽切は、驚異的な精神力でリハビリに励み、肩より上には絶対に上がらないと言われていた右腕を、棒を使って上げる訓練を一日何千回となく繰り返した。そして、ついにはふたたび操縦桿を握れるまでに回復し、わずか半年後の昭和十九年三月には三たび横空附となり、大空に復帰した。

「大きな怪我をすると後方に下がる人が多いなか、羽切さんだけは最後まで、戦わんかなの気迫を失わなかった。毎日、竹刀をもって黙々とリハビリに励み、飛行長が搭乗割を書かなくても、『おい、飛べる飛行機ないか』と飛び上がって行った」

二〇四空時代から引き続き、横空でも羽切と一緒になった大原亮治の述懐である。

戦後、この負傷のことで、役場から傷痍軍人恩給の申請を勧めてきたが、羽切は、この通り、腕は動くからいりません、と言ってことわってしまったという。

そんななか、ラバウルから帰還した直後の十一月十八日に長女・由美子が病死。羽切は、娘が、重傷を負った自分の身代りになってくれたような気がしてならなかったという。また、米軍の大型爆撃機B－29の本土空襲が激しくなっていた昭和二十年三月二日には、妻・文子が熱病のため二十六歳の若さで急死、プライベートでは重ねての不幸に見舞われた。

文子が亡くなったときには、空襲の激化で車の手配がつかず、居を構えていた金沢八景の借家から汐入（しおいり）まで、折からの雪が降り積もった約七キロの道のりを一人でリヤカーをひき、遺体を火葬場に運んだという。

だが、羽切は隊ではそんなそぶりを微塵も見せず、当時、横空で一緒にいた隊員たちは誰もそのことを知らなかった。生き残った戦友たちが、羽切が戦いのさなか、妻子を喪っていたことを知るのは、戦後数十年が経ってからのことである。

本土防空戦での悲劇

その後も羽切は、数次の本土防空戦で、押し寄せる敵機と戦い続けた。

昭和二十年二月十六日には、関東上空に飛来した米機動部隊艦上機の大編隊との空戦で、新鋭機・紫電改に搭乗してグラマンＦ６Ｆヘルキャット一機を撃墜。

「Ｆ６Ｆは胴体がずんぐり太く、いかにも強そうな戦闘機でした。三浦半島の先で敵編隊を発見すると、ぼくは一機を狙って優位な態勢から一撃をかけました。が、敵はすぐさま立て直して前下方から撃ち上げてきた。ぼくは強引にこの敵機の腹の下にもぐり込んで、死角の後下方から二十ミリ機銃四挺を発射、胴体から白煙を引きはじめたのを見て三撃め。数十発は命中したと思います。こんどはどす黒い煙を吐いて、地上めがけて墜ちていきました。さらに次の敵機を狙いましたが、すかさず反撃されて射撃ができない。ふと後方を振り返ると、別の敵機がぼくをめがけて攻撃してくる……。F6Fは、ソロモンで戦ったグラマンF4FやボートシコルスキーF4U、ロッキードP−38やカーチスP−40などと比べて空中性能が段違いによく、搭乗員の戦意も旺盛で、弾丸が命中してもなかなか火を噴かない。これは手ごわい相手だと感じました」

この空戦で、零戦で出撃した羽切の三番機・山崎卓(たかし)上飛曹は、空戦中に被弾、操縦が不能となったので横浜市杉田付近の山林に落下傘降下したが、傘体が木の枝にひっかかり、宙づりになったところを、駆け付けた地元警防団に米軍パイロットと間違われ、撲殺されるという悲劇が起こった。

空襲で殺気立っている民間人は、落ちてくるのは全部、米兵だと信じてしまっていたのかもしれない。山崎上飛曹は、ラバウル以来歴戦の搭乗員で、横空では下士官兵搭乗員の総元締めである先任搭乗員を務めていた。

「部下のなかには、現地を銃撃に行ってやろうかと息巻く者もいました。もちろん、そんなことするはずがありませんが……山崎君は、惜しみても余りある戦死だった。このような事故を二度と繰り返さないよう、以後、海軍航空隊では、飛行服や飛行帽に日の丸を縫いつけて、味方識別のマークにすることになりました」

最後の空戦

羽切は、三月には零戦でB－29一機を撃墜、四月十二日には、テスト中の二十七号ロケット爆弾を両翼に搭載した紫電改を駆って、B－29の大編隊を邀撃している。

二十七号爆弾とは、従来、爆撃機との戦闘に使われていた空対空爆弾、「三号爆弾」をロケット爆弾としたもので、発射すると、あらかじめ定められた秒時ののち、時限信管により発火、炸裂する。炸裂すれば、黄燐を使用した135個の弾子が60度の角度で敵機を包み込むというものである。

「江ノ島上空で情報を待っていると、『敵大編隊、大島通過』、次いで『下田上空』との無線電話が入りました。全速力でそちらへ向かうと、B－29の大編隊が見えました。その数、約百機。その上空には、無数の敵戦闘機が見える。一番機の塚本祐造大尉機は、敵の真正面に針路をとり、静かにバンクして『攻撃開始』を下令しました。B－

29に対して、浅い前下方攻撃。みるみる敵機は近づいてくる。敵の防禦放火が、大小無数の曳痕弾となってあたり一面に飛び交います。距離五百メートル、ここだ！　と思ってロケット弾の発射ボタンを力いっぱい押したんですが、どうしたことか反応がない。畜生！　肝心なときに不発か、と思ってももう間に合わない。あっという間にB－29の巨大な機体が眼前に迫り、すかさず左フットバーを蹴って急反転しました。その瞬間、バリバリッと背中で音がしたかと思うと、身体全体に砂利を投げつけられたような衝撃を感じました。

機首をめぐらして離脱、エンジンを切って足元に目をやると、右膝あたりの飛行服が破れていて、急に痛みを感じました」

敵弾の弾片で、右膝の皿を砕かれる重傷だった。結局、これが羽切の最後の飛行となった。

羽切は入院を余儀なくされ、海軍病院として使用されていた熱海の古屋旅館で、八月十五日、終戦を告げる玉音放送を聴いた。

四ヵ月におよぶ療養中に気持ちも落ち着き、終戦を知ってもとくに動揺はなかった。いったん横空に帰って残務整理をしたのち、八月二十三日には故郷に復員した。信頼していた戦友に、海軍の退職金を持ち逃げされるアクシデントはあったが、やるだけやったとの思いからさばさばした心境だったという。羽切は満三十一歳だった。

会社社長から地方政治の道へ

復員した羽切は、しばらく家業の半農半漁の仕事を手伝って過ごしたが、昭和二十一年、請われて田子浦の青年団長となる。終戦の混乱で青年団が犯罪集団と化していて、それをまとめて正常化するには、死線を超えてきた羽切しかいない、と、当時の船山啓次郎村長に白羽の矢を立てられたのである。

「村祭りの日、対立するグループ同士が、棒きれや鋤(すき)、鍬(くわ)を手に広場に集まってくる。ぼくはその真ん中で、腕組みをして立ってる。ときどき、誰かが動きそうになると睨みつける。ぼくになにか言いたそうな顔をしているやつもいるが、なにも言ってこない。そうしているうち、互いに手をだしあぐねたのか、いなくなりました。そんなことが何度か続き、約三年がかりで青年団を正常な状態に戻すことができました」

そのことがあって、昭和二十九年、町村合併で富士市が誕生したとき、第一回富士市議会議員選挙にかつぎ出され、思いがけず地方政治の道に進むことになった。その間、昭和二十二年には貞子と再婚、二十八年には弟らとともにトラック会社（富士トラック株式会社）を創業している。

市議会議員を十二年半つとめた後、昭和四十二年には自由民主党から静岡県議会議員に立候補して当選。以後、四期十六年間にわたって県議をつとめることになる。

昭和五十五年、三十数年ぶりにかつての隊長・横山保中佐と再会したが、いつから歩行困難になったのか、付き添いの人の肩につかまってようやく歩く姿に愕然とし、疎遠になっていたことを詫びたという。横山は、羽切の議員バッジに戸惑いを感じているようだったが、その日は戦後の話はまったく出ず、昔話に花が咲いた。横山が亡くなったのはその翌年のことだった。

昭和五十八年の選挙でまさかの落選。それを機に政治からは手を引き事業に専念。静岡県トラック協会会長を八年間にわたってつとめた。

「ぼくは思い返してみるとね、戦後三十何年というもの政治に没頭して、戦争のことを考えたり、戦友会に出席したり、ほとんどしてこなかったし、する暇もなかった。もったいないことをしたと思っています。

政治家として二十八年半、海軍は十三年でそのうち戦闘機に乗っていたのが約十年。しかしその十年がね、言うに言えない充実感があった。欲も得もなく純粋に一生懸命に生きて、苦しいこと、楽しいこと、いつまで経っても忘れられない思い出がたくさんあります。海軍の頃は、自分自身の働きについても満足しているし、誇りにも感じています。

ところが政治家ということになるとね、なにかこう、駆け引きをして、大言壮語してはったりを言ってみたり、同志でありながら足の引っぱり合いをしてみたり、嫌でも汚い金に手を染めざるを得ないようなこともありました。自分自身にも不信感がありましたしね。地元にはそれなりに貢献できたと思うけれども。

政治の仲間はその後のお付き合いはできないが、海軍のほうはいまもなつかしい友達が、どこへ行っても残っています。

やはり人生振り返って、ぼくは政治家であるより戦闘機パイロットであった、そのことのほうに誇りを感じています」

＊

羽切は、私が出会った平成七年にはすでに、癌におかされていた。家族には前立腺癌で手遅れ、と宣告されていたが、本人には告知されていなかったという。

富士市の羽切方に何度か赴き、インタビューに応えてもらったが、最後に羽切と会ったのは、平成八年、熱海で開かれた二〇四空会（二〇四空の戦友会）のときだった。

温泉で、羽切の右肩に残るグラマンF4Fの十二・七ミリ機銃弾によるすさまじい貫通銃創の傷跡を見たとき、私は思わず息を呑んだ。宿を発つ日の朝、ほかの元隊員たちと一緒に羽切の部屋に挨拶に行くと、羽切はまだ浴衣姿のままだった。

そこでおそるおそる、

「肩の傷跡の写真を撮らせてください」

と頼むと、羽切は気軽に「あいよ」と、浴衣を脱いでくれた。

羽切の具合が悪く、入院したらしいと聞かされたのは、それからほどなくのことだった。あわてて手紙を出すと、羽切からの返事は、「近ごろ体調が悪く、気力も衰えてきています」というものだった。これはよくないと思い、重ねて手紙を書いたが、それに対しての返事はなく、かわりに自宅の畑で採れた梨が送られてきた。

平成九（一九九七）年一月十五日、死去。享年八十三。

戒名は、静興院大乗日松居士。

八・六Gに耐え、敵の機銃弾さえものとはしなかった肉体も、病魔には勝てなかった。いまでは数少なくなった、「男の中の男」と呼ぶにふさわしい人だった。

昭和10年、第28期操縦練習生の頃。右端が羽切練習生

昭和13年、空母蒼龍時代、九六戦とともに。当時25歳

昭和15年8月19日、零戦初出撃の日、支那方面艦隊司令長官・嶋田繁太郎中将に見送られて漢口基地を出撃する搭乗員たち。前列左より横山大尉、羽切一空曹、東山空曹長、進藤大尉、北畑一空曹、白根中尉

昭和15年、漢口基地で

昭和16年4月、漢口基地で零戦の尾翼に撃墜マークを描く羽切

昭和17年1月、筑波海軍航空隊教員の頃

昭和18年正月、自宅前で

昭和20年2月、横空列線待機所で待機中の羽切少尉（右）と戸口勇三郎飛曹長。後方には紫電改、零戦が並んでいる

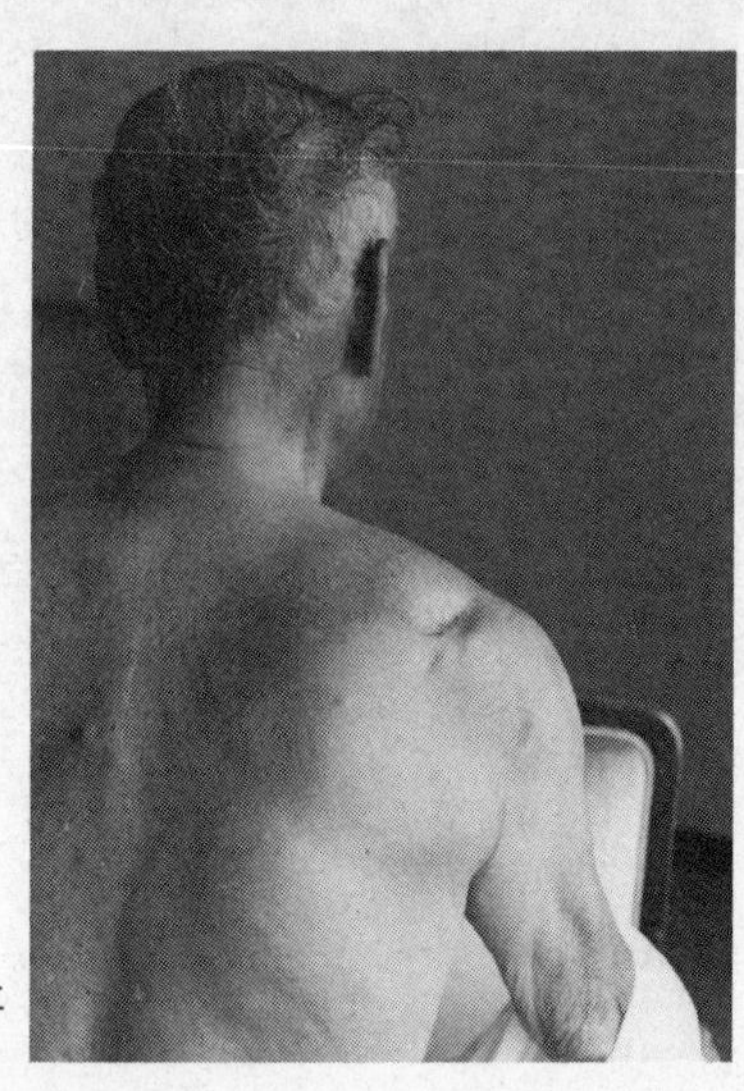

背中に生々しく残る機銃弾による傷痕

角田和男（つのだかずお）

ラバウル、硫黄島、特攻、戦後の慰霊行脚

昭和十七年頃、飛曹長時代

角田和男（つのだ・かずお）

大正七（一九一八）年、千葉県に生まれる。昭和九（一九三四）年、予科練（のちの乙種予科練）五期生として横須賀海軍航空隊に入隊。昭和十三（一九三八）年、飛行練習生を卒業し、戦闘機搭乗員になる。空母蒼龍乗組だった昭和十四（一九三九）年、南寧空襲で初陣を飾り、昭和十五（一九四〇）年、第十二航空隊の一員として、零戦を駆って出撃を重ねる。筑波海軍航空隊教員として日米開戦を迎え、昭和十七（一九四二）年八月、第二航空隊戦闘機分隊士としてラバウルに進出。翌十八年六月、内地に帰還するまでの約十ヵ月にわたり、ソロモン航空戦を戦い抜いた。昭和十九（一九四四）年六月、第二五二海軍航空隊の一員として硫黄島に進出。さらに十月、フィリピンに進出し、特攻隊直掩機として出撃を重ねた。昭和二十年一月、台湾に脱出したのちは第二〇五海軍航空隊に転じ、特攻隊員として終戦を迎えた。海軍中尉。本人の記録によると、単独での撃墜戦果は十三機、協同撃墜約百機にのぼる。戦後、茨城県の荒地を開拓し、農業に従事。また、戦没者の慰霊巡拝に後半生を捧げた。平成二十五（二〇一三）年二月歿、享年九十四。

N.Koudachi

平成十三（二〇〇一）年九月十一日、アメリカで起きた同時多発テロ事件。

突然の、想像を絶したニュースに世界が震撼したこの日、テレビで繰り返し放送されるニューヨーク・世界貿易センタービルに旅客機が突入する映像を、八十二歳の角田和男は、自宅のソファで涙を抑えながら見ていた。

斜めになって高層ビルに体当りする旅客機の爆発のすさまじさ。あのぶつかり方は、明らかにビルを狙って操縦しているというのが、角田にはわかる。

角田は、同じような場面を、ずっと以前にも見たことがある。時代も、目的も、場所も、全く違っていたが、角田の瞼には、五十七年前、上空から瞬きもせずに見つめた特攻機の体当りの状況が、まざまざと甦ってきた。

昭和十九年十月三十日、二百五十キロ爆弾を積んだ第一神風特別攻撃隊葉櫻隊の零戦六機は、フィリピン・レイテ島沖合いのスルアン島東方で米機動部隊に突入した。角田は特攻機を掩護し、その戦果を確認する直掩機として、その一部始終を見届けていたのだ。

私が、角田と初めて会ったのは、戦後五十年の節目を迎えた平成七（一九九五）年八月のことだ。角田は、戦後、茨城県の開拓地に入植し、農業を営んでいるという。稲穂が黄色く色づき始めた田んぼの脇にある角田の自宅前に車を停めたとたん、

「百姓のじじいを見にきてもしょうがないでしょう」

と、大きな声が聞こえた。声の主は角田だった。角田は、当時存命だった約千百名の元零戦搭乗員のなかでも、飛行時間、実戦参加回数ともにもっとも多く、昔の仲間の誰からも一目置かれる存在である。だが、穏やかな容貌からは、かつて戦闘機乗りであった頃の姿を想像するのはむずかしかった。

角田はこのとき七十六歳。私は三十二歳で、写真週刊誌の専属カメラマンとして、報道の仕事に従事しながら、零戦搭乗員を訪ね歩く取材を始めたばかりだった。

角田は、元毎日新聞社の新名丈夫（しんみょうたけお）、今日の話題社の戸高一成から手記の執筆を勧められ、農作業の傍ら五年がかりで書き上げた。平成元（一九八九）年、その手記『修羅の翼』を今日の話題社から刊行。だが、無理がたたったか平成二年に脳梗塞で倒れ、杖の手放せない身体になっていた。それでも、自身が関係した部隊の戦没者慰霊祭に出席し、戦友の遺族を訪ねることをできる限り続けている。

初対面の私に、角田は、特攻隊で突入を見届けた隊員たちの姿を涙をうかべて語っ

てくれた。深い哀しみを秘めた澄んだ瞳が印象的だった。この瞳に、どれほど凄惨な戦いが映ってきたのだろうと、ふと考えた。

虚飾のない、真情にあふれた角田の人柄に、私はしだいに心惹かれるようになっていった。四季折々に違った表情を見せる茨城の広大な風景も私を魅了した。何度もインタビューに通ううち、角田も私に心を開いて、戦友会や慰霊祭に誘ってくれるようになった。

小作農から難関の予科練へ

角田和男は、大正七（一九一八）年十月十一日、房総半島南端に近い千葉県安房郡豊田村（現・南房総市）に小作農の次男として生まれた。

世界恐慌後の不景気で米価は暴落し、大正末期には一俵十四、五円の値がついた米が、昭和五、六年にはわずか五円になっていた。農村は疲弊し、収穫の半分を地主に納めなければならない小作農の暮らしは困窮を極めていた。

家を継ぐのは長男だから、次男の角田にはいずれ居場所がなくなる。といって、就職口のあてがあるわけでもない。角田には、ひそかに思いを寄せる少女がいたが、彼女は自作農の娘で、このままでは結婚の申し込みなどできそうにない。

角田が海軍を志願したのは、とくに空に憧れたわけでも、国のために働きたいと思ったからでもなかった。海軍に入れば二十歳までに一人前の軍人になれ、そうなると結婚して所帯を持つこともできるだろう。もしかすると下士官から准士官、特務士官（兵から累進した士官）となって、一生働けるかもしれないと思ったからだ。

昭和九（一九三四）年、十五歳のとき難関の海軍少年航空兵を志願、第五期予科練習生（予科練）として六月一日、横須賀海軍航空隊（横空）に入隊した。昭和九年十一月から十一年三月まで、約一年半にわたって指導を受けた横空の副長兼教頭は、のちに第一航空艦隊司令長官として角田に特攻を命じる大西瀧治郎大佐（のち中将）だった。

予科練での基礎教育は三年二ヵ月におよんだ。

「一般科目の座学や体育、飛行機乗りになるのに必要な無線や気象、内燃機関などの勉強はもちろん、鍛冶で日本刀を鍛造する実習まで行いました」

と、角田は言う。予科練の卒業間際には戦艦、巡洋艦から潜水艦にいたるまで、日本海軍が保有する一通りの艦での仕事や生活を体験する「艦務実習」も行なわれた。

のちに戦争が激しさを増すと、教育期間がどんどん短縮され、飛行機搭乗員が短期間の速成教育を受けただけで前線に送り出されるようになったが、角田たちのクラスは、海軍が理想と考えていた教育を、じっくりと時間をかけ施されたのだ。

昭和十二（一九三七）年八月、飛行練習生となって霞ヶ浦海軍航空隊に転じた角田は、大きなG（重力）のかかるアクロバット飛行の訓練を受けた晩など鼻血が溢れて眠れず、それでも「搭乗員不適」の烙印を押されたくない一心で、凍てつく深夜、すでに氷の張った大浴場の浴槽で頭を冷やし、止血するような苦労も味わった。

その甲斐あって念願の戦闘機操縦専修に選ばれ、昭和十三年三月からは大分県の佐伯海軍航空隊で戦闘機の飛行訓練に明け暮れた。

零戦で初戦果をあげる

角田が予科練を卒業する直前の昭和十二年七月七日、北京郊外の盧溝橋で起きた日中両軍の衝突に端を発する「北支事変」の戦火は八月には上海に飛び火し、「支那事変」と呼ばれるようになっていた。

戦闘機乗りとなった角田は、昭和十四（一九三九）年十月、空母蒼龍に乗組み、九六式艦上戦闘機に搭乗して南寧空襲に参加、初陣を飾った。昭和十五（一九四〇）年、漢口基地の第十二航空隊に転じ、同年夏、新たに配備された零式艦上戦闘機

（零戦）講習員の一人となる。

角田は八月二十日、九月十二日と零戦による重慶空襲に参加したが、二度とも敵機に遭遇することはできなかった。進藤三郎大尉の率いる零戦十三機が、中国空軍のソ連製戦闘機約三十機と交戦、一機の損失もなしに二十七機を撃墜（日本側記録）したのは、九月十三日のことである。

角田は、零戦の初空戦にこそ出撃を逃したものの、十月二十六日に参加した成都攻撃で、初めての敵機撃墜を果たした。このときの相手は複葉練習機で、零戦のスピードがあまりに速すぎるため一撃をミスし、エンジンを絞って突っ込み、ようやくこれを仕留めることができた。だが、ただ逃げ回るだけの敵機に、子供を相手に本気で喧嘩でもしたあとのような、いやな気持ちはいつまでも消えなかったという。

戦いの渦中にあっても、角田は、弟、妹が上の学校に通うために必要な学費の仕送りを欠かしたことがなかった。だがその間に、角田を海軍に駆り立てた初恋の人は、家庭の事情で他家に嫁いでしまったという。一人前の下士官になって、結婚も夢ではないと思っていた矢先だっただけに、角田は大きな衝撃を受けた。

「まあ、いい。戦闘機乗りはいつ死ぬかわからない。愛する人を悲しませずにすんだのはかえってよかった」

と、自分を納得させてみたものの、心にすきま風が吹くような寂しさが残った。

最後の准士官学生

角田はその後、筑波海軍航空隊教員となって内地へ帰り、ここで日米開戦を迎える。この頃、土浦の映画館で、初恋の彼女に後ろ姿の似た女性と出会い、交際をはじめた。

昭和十七(一九四二)年四月一日、准士官である飛行兵曹長に進級すると、横須賀海兵団准士官学生を命ぜられ、ここでは隊員の人事や戦闘記録などの書類の書き方など、分隊長を補佐する分隊士になるために必要な教育を受けた。

この「准士官学生」は、戦火の拡大により、角田たちを最後に事実上廃止されている。そのため、角田以後に准士官に任官した者は、分隊士としての仕事を予備知識なしでいきなり任され、第一線で戦いながら苦労して覚えていくしかなくなった。

つまり角田は、予科練から准士官学生まで、一切の速成教育を受けず、戦闘機を操縦して戦うことはもちろん、部隊の人事や戦闘記録まで司ることのできる、日本海軍でも稀有な資質をもつ搭乗員だったのだ。

准士官学生だった十七年五月、交際していたくま子と結婚したが、それもつかの間、ほどなく実戦部隊である第二航空隊(二空)に転勤を命ぜられる。

二空は、アメリカとオーストラリア間の補給路を遮断し、米軍のオーストラリアからの反攻を阻止することを目的に横須賀基地で編成された。飛行機定数は零戦十六機（実数は十五機、うち補用三機）、九九式艦上爆撃機（九九艦爆＝急降下爆撃機）十六機。司令は山本栄中佐（のち大佐）、飛行長・八木勝利少佐、戦闘機分隊長・倉兼義男大尉で、角田は戦闘機分隊士となった。

二空の零戦は、当初は全機が新型の二号戦（零戦三二型）で揃えられていた。二号戦は、エンジンを高高度性能にすぐれた二速過給器つきの栄二一型に換装、両翼端を従来の一号戦（二一型）より五十センチずつ短くし、角形に整形した。一号戦と比べると最高速力と横転性能が向上し、二十ミリ機銃の携行弾数が片銃六十発ずつだったのが百発ずつと増加している。反面、航続力はやや犠牲になっていた。

二空は客船を改造した特設空母八幡（やわたまる）丸に便乗し、昭和十七年八月六日、最前線のニューブリテン島ラバウル基地に進出。角田の苦難の戦歴がここから始まる。

副長兼飛行長兼分隊士

角田がラバウルに到着した翌日の八月七日、米海兵隊が、ラバウルの南東五百六十浬（約千キロ）に位置し、日本海軍が飛行艇基地を置いていたソロモン諸島のツラギ島に突如として上陸、次いでその南側対岸で日本海軍が飛行場を建設中だったガダルカナル島にも上陸を開始した。

台南海軍航空隊の零戦十七機が、陸攻隊とともにガダルカナル島沖の敵輸送船団攻撃に出撃したが、それと入れ違いにラバウルに米陸軍のボーイングB－17重爆撃機十三機が来襲、二空零戦隊は早くも実戦の洗礼を受ける。

角田は敵機の前上方より二撃を加えたが燃料タンクに被弾。敵機の旋回機銃の命中率のよさに驚くとともに、着陸すると膝がガクガクふるえて困ったという。

この日から、二空はガダルカナル島攻防戦に投入され、さらに、ニューギニア南東部のポートモレスビーに配備された米軍機の活動が活発化すると、東部ニューギニア戦線にも駆り出されることになった。

ちょうど使いごろのベテラン搭乗員の域に達していた角田は、二空零戦隊の中心的存在として、空戦に、あるいは味方輸送船団の上空直衛にと、風土病のマラリアを発症しても休む間もないほどの出撃に明け暮れた。

日本海軍は、それまで少数精鋭主義を貫いてきたため、搭乗員の絶対数が少なく、戦争が始まって急速養成されるようになったものの、消耗に補充が追いつかない。なかでも一年に数名から十数名しか養成してこなかった戦闘機隊の士官搭乗員の不足は深刻で、本来ならば古参の大尉か少佐が率いるべき零戦三十六機の大編隊を、飛行兵曹長の角田が率いて飛ぶことさえあった。

　角田は山本栄司令の信任もあつく、ひそかに「大人（だいじん）」のニックネームで呼ばれていた。前線基地に派遣されるときなど、司令の下に准士官以上の隊員が角田一人しかいないようなこともある。そんなときには、角田は司令の相談役も務めた。ニューギニアのラエ基地で、司令に、「角田飛曹長は副長兼飛行長兼分隊士だなあ」としみじみ言われたことを、角田は憶えている。

　昭和十七年十一月一日、海軍の制度変更で二空は第五八二海軍航空隊（五八二空）と改称され、それと同時に零戦隊が三十六機に増勢された。飛行隊長として進藤三郎大尉が発令され、また、飛行学生を卒業したばかりの鈴木宇三郎中尉、野口義一中尉の二名の若手士官が新たに分隊長として着任してきた。だが、新任中尉の分隊長が指揮官として出撃するときも、基地を発進すれば中尉は角田機の一歩後ろに下がり、階級が下の角田が編隊の先頭に立って事実上の指揮官を務める。その働きぶりは、まさにソロモン方面の海軍戦闘機隊の屋台骨を支えているといって過言ではなかった。

　敵機だけではなく、急変しやすい南洋の天候も、零戦搭乗員たちにとって大きな脅威であった。

角田には、昭和十七年十一月十三日、ガダルカナル島沖で被弾し漂流中の戦艦比叡の上空直衛に向かい、悪天候で比叡を発見できず帰投する際、積乱雲に閉じ込められて超低空飛行を続けるうち、ぴったりついてきた三番機を海面に激突させた苦い思い出がある。

「昭和十八（一九四三）年二月二十日、零戦十五機を率いて輸送船団上空直衛の任務についた帰途にも、巨大な積乱雲に閉じ込められました。視界は三〜四メートル、自分の飛行機の主翼に描かれた日の丸がやっと見えるぐらいです。雲に入る前、全機を単縦陣にして、後続機は前を飛ぶ零戦の尾翼にプロペラが触れるほどの距離につくよう、手信号で合図しました。私の計器飛行だけを頼りに約二十分、全機が無事に雲の上に出たときは、ほんとうにホッとしましたね……。当時の若い搭乗員は皆、優秀で勘がよく、一番機の私が頭上で手を前後に振るだけでサッと単縦陣になったり、片方にちょっとバンクしただけで、その方向にサッと梯形陣をつくってついてくる。そんな列機の技倆もあってのことですが、この積乱雲のなかでの編隊飛行は、有視界飛行しかできなかった単座戦闘機として、おそらく世界にも例を見ない空前絶後の出来事ではないかと自負しています。昭和十六年、私が筑波空で教員をしていたとき、戦闘機搭乗員の教員を集めて計器飛行のやり方を教え込んでくれたのが、海軍における計器飛行のエキスパートだった小田原俊彦大佐でした」

P－38への所見

大東亜戦争の初期には零戦に圧倒されていた米軍も、この頃になると高性能な新型戦闘機を次々と実戦に投入してきた。昭和十八年四月十四日、ニューギニア東岸のラビ上空で、双発双胴の米陸軍戦闘機・ロッキードP－38ライトニングと遭遇したとき、全速で追っても追いつけなかった角田は、戦闘詳報の「所見」のなかで、

〈P－38の水平速力はやや零戦より勝り、上昇、下降においては相当の差あり。敵に戦意なき場合、これを捕捉すること極めて困難なり。〉

と書いて司令部に提出した。零戦の性能の限界を知り、上層部が早く対策をたててほしいとの思いをこめたつもりだったが、その日の夕食後、これを読んだ司令部偵察機搭乗員の同期生、大原猛飛曹長が顔面を蒼白にひきつらせて角田を詰問に来た。

「この戦闘報告はなんだ。いままでどの部隊からも、『零戦に勝る敵戦闘機がある』という報告はない。貴様は意気地がない。司令部の参謀連中からはさんざんの悪評だ。貴様のために『二空の戦闘機隊は敗戦主義者だ』と決めつけられているんだ。P－38が怖いなら戦闘機乗りをやめてしまえ。俺は恥ずかしくて司令部に座っておれんじゃ

ないか」

とまくしたてる大原飛曹長に、角田は、

「あれは他人の報告や意見ではない。俺が三回、自分で追って追いつけなかったんだ。ワシントンは零戦では落とせないぞ。俺が言わなきゃ、司令部はいつまでもわからんじゃないか」

と反論した。前線視察中の山本五十六聯合艦隊司令長官の搭乗する一式陸上攻撃機がP－38に撃墜され、長官が戦死したのはそのわずか四日後のことだった。

どうか爆弾が当りますように

日本海軍の一大拠点であったラバウルには、戦闘部隊だけでなく病院や慰安所の施設も完備していた。

「慰安所は士官用、下士官兵用と分かれていて、士官用の慰安婦はたいてい日本人でした。日本人は沖縄の人が多かったんですが、下士官兵用の多くは業者に騙されて、朝鮮から来た女性でした。慰安婦はみんな若いですよ。数え年で十七、八ぐらいですか。二十歳という人が最高でしたね。法律的なことは知りませんが、本人たちは、戦死したら特志看護婦として靖国神社に祀ってもらえると言っていました。そういうふうに教えられていると。だから、空襲があっても防空壕に入らない子もいたんです」

角田は、「天皇陛下のために兵隊さんの奥さんの代わりを務めようと決心しました」と健気に語る朝鮮半島出身の若丸という慰安婦が、

「いまさら生きて帰れない、戦死したい」

と言って空襲があっても防空壕に逃げようとしないのに同情し、

「天皇陛下のためにとこの道を選んだ少女がいるのなら、万一の場合は陛下に代わって、お詫びの印に死んでやろう」

と、空襲下、若丸とともに防空壕に入らず一夜をともにしたことがある。若丸は、

「今日は爆弾が当る、当る」と歌うように口ずさみ、「神様、仏様。どうか爆弾が当りますように」と祈りながら角田の胸に顔を埋めた。角田は、この子の運命がなんとかならないものかと考えながら、「当れば仕方がないが、なるべく爆弾は当りませんように」と祈った。彼女がその後どうなったか、角田には知るすべがない。

「金は、確かに儲かるんですよ。昭和十八年当時で、若い子たちがそれぞれ三万円ぐらいの郵便貯金を持っていました。内地で千円もあれば家が建った時代、少尉の給料が月七十円だった頃のことです。内地に帰れば横浜あたりで店でも開くには十分な資金でしたが、あの子たちにそんな経営能力があったかどうか……」

角田はまた、「死ぬのが怖くなった」と、飛行場に出てこなくなった中堅の下士官搭乗員に、

「そう簡単にアメちゃんに墜とされてたまるか。閻魔の関所は俺が蹴破る。地獄の底までついて来い！」

と気合いを入れたこともあった。その搭乗員は角田の言葉に持ち前の明るさを取り戻したが、次の出撃で、艦爆隊を敵戦闘機から守ろうと、単機でボートシコルスキーＦ４Ｕコルセア十五機の編隊に挑み、撃墜されて戦死した。取り返しのつかない苦い記憶である。

ブインの別れ

ブーゲンビル島のブイン基地に進出していた昭和十八年六月、角田に厚木海軍航空隊への転勤が発令された。角田は十ヵ月ぶりに内地に帰還することになるが、その頃にはもう、二空編成以来の搭乗員は数名を残して、ことごとく戦死してしまっていた。

「支那事変での片翼帰還で有名な樫村寛一飛曹長は、兵歴は私より一年古いのに、予科練出身の私のほうが飛曹長進級が半年早く、それだけで絶対に私の右に出ようとしない奥ゆかしい人でした。空戦技術は天下一品で、誰にも負けない技倆を持ちながら、

『おそらく私は駄目だねえ。こんどは必ずやられる。わかりますよ』と予言めいたことを言っていましたが、その言葉の通り、戦死してしまいました。

筑波空で受け持ち、手を取って操縦を教えた篠塚賢一二飛曹は、歩き方まで私にそっくり真似するほど慕ってくれて、野口中尉の列機を務めていましたが、野口中尉が戦死した次の空戦で未帰還になりました。

山本司令は、ほんとうに情に厚く、生還を期しがたい無理な作戦を命じるときは大きな両目いっぱいに涙をためて訓示するのが常でしたし、未帰還の部下が出ると、いつまでも飛行場で待っているような人でした。

ほかの戦友、部下たちのことも、思い出は尽きません。後ろ髪を引かれる思いで、ふたたび会うこともないであろう戦友たちに送られて、ブイン基地を後にしました」

硫黄島の負け戦

厚木空は、基地航空隊向けの戦闘機搭乗員を錬成するため開隊された部隊で、角田はその教官を務めることになる。その後、第二五二海軍航空隊に転じた角田は、昭和十九（一九四四）年六月三十日、硫黄島に進出。七月三日、四日と、来襲した米海軍のグラマンＦ６Ｆの大編隊を邀撃した空戦に参加している。この空襲は、六月中旬に米軍が上陸したマリアナ諸島のサイパン、テニアンへの日本軍の救援の動きを封じるためのものだった。

「私が硫黄島に進出したときには、すでに六月二十四日の空戦で、飛行隊長の粟（あわ）信夫大尉以下、十機を失っていました。七月三日、四日の邀撃戦でも、十三機撃墜の戦果と引き換えに十四機を失い、帰還した零戦も、艦砲射撃で全機が破壊されて、二五二空はあっという間に壊滅したんです。私も、三日の空戦でグラマンF6Fを一機撃墜しましたが、あまりにひどい負け戦で、手柄の自慢話をする者もいませんでした。

唯一、被弾して海に不時着水していた筒口金丸上飛曹が、夜になって島に泳ぎつき、還って来たのが明るい話題でした。補給のない島では、戦死者が出ると『遺品整理』と称して官給品はみんなで分配してしまいます。筒口上飛曹のぶんもすでに整理済みで、着替えの服もありませんでしたが、黙って寝たふりをしていたら、暗闇をごそごそと這い寄って来ては返していき、朝までにはみんな戻って来たそうです。筒口は、『分隊士、ここではうっかり戦死もできません。仲間に裸にされてしまいますよ』と笑っていました。――彼もその後、フィリピンで戦死しましたが」

七月六日、残存搭乗員は迎えの輸送機で内地に帰ることになり、地上員も二五二空を残して引き揚げた。角田はさらに十二日、大急ぎでかき集めた零戦十二機をもってふたたび硫黄島に進出、数次の戦闘を経て八月十九日、内地に帰還した。だが、硫黄島における二五二空零戦搭乗員の戦死者は二十八名にのぼり、壊滅状態になったため、内地では再編成が始まっていた。

「人間爆弾」搭乗員募集

ところで、この頃、海軍部内では、飛行機に爆弾を積んだまま敵艦に突入する捨て身の作戦が議論に上るようになっていた。搭乗員の確実な死を前提とした類例を見ない戦法に、はじめは消極的だった軍令部も、昭和十九年二月十七日、聯合艦隊の泊地だったトラック島が米機動部隊艦上機による大空襲で壊滅的な打撃を受けたことで「体当り戦闘機」「装甲爆破艇」をはじめとする新兵器を開発することを決定する。昭和十九年五月には、第一〇八一海軍航空隊の大田正一少尉が、大型爆弾に翼と操縦席を取りつけ、操縦可能にした「人間爆弾」の着想を、同隊司令・菅原英雄中佐を通じて空技廠長・和田操中将に進言、航空本部の伊東祐満中佐と軍令部の源田實中佐とが協議して研究を重ねることになった。八月に入ると、航空本部は大田少尉の「人間爆弾」試案に㊅の秘匿名をつけ、空技廠に試作を命じた。のちの桜花である。㊅の試作が決まったのを受け、昭和十九年八月上旬から下旬にかけ、日本全国の航空隊で、「生還不能の新兵器」の搭乗員志願者を募集した。ただし、その「新兵器」がどんなものであるか、その時点では明かされていない。

千葉県の館山と茂原の両基地で再建中の二五二空でも、「新兵器」搭乗員の募集が行われた。茂原基地では、司令・藤松達次大佐より、この新兵器は絶対に生還のできないものである旨の説明があり、紙が配られ、官職氏名と「熱望」「望」「否」のいずれかを記入して、翌朝までに提出するよう達せられた。

「青天の霹靂だった」

と、角田は回想する。先任搭乗員の宮崎勇上飛曹が、司令の言葉が終わるやいなや二、三歩前に進み出て、整列している下士官兵搭乗員をふり返り、

「お前たち、総員国のために死んでくれるな!」

と、どすの利いた大声で叫んだ。間髪をいれず、「ハイッ!」と、五十数名の搭乗員の声が一糸乱れず響き渡った。彼らは全員が、その場で「熱望」として提出した。部下たちが志願するなら、生死をともにするのは分隊士である自分の役目である。角田も用紙に「熱望」と書いて提出した。

だが、歴戦の搭乗員の中には志願しなかった者もいる。岩本徹三飛曹長の意見ははっきりしていた。

「死んでは戦争は負けだ。戦闘機乗りはどこまでも戦い抜き、敵を一機でも多く叩き墜とすのが任務じゃないか。一回の命中で死んでたまるか。俺は『否』だ」

フィリピン進出

昭和十九年十月十日、米機動部隊が沖縄に来襲した。この機動部隊を捕捉、撃滅するため、内地の各航空基地にあった第二航空艦隊（二航艦）麾下の第一線部隊に出動命令がくだる。角田ら二五二空零戦隊は十四日、台湾に進出し、「台湾沖航空戦」に参加、ここで敵機動部隊に打撃を与えられなかったばかりか大きな損害を出した。さらに十七日、米軍攻略部隊の先陣が、フィリピン・レイテ島の東に浮かぶ小さな島、スルアン島に上陸を開始、それを迎え撃つため聯合艦隊司令部が「捷一号作戦」を発動（十月十九日）すると、二五二空もフィリピンに前進した。「捷一号作戦」は、戦艦を主力とした大艦隊がレイテ島の敵上陸船団を砲撃、撃滅することが主眼になっていて、航空部隊にはそれを支援するため、敵空母の飛行甲板を封じることが求められている。

「記録では、二航艦のフィリピン進出は十月二十二日とありますが、私たちは捷一号作戦の発動を聞かされて、すぐに戦闘三一六飛行隊長・春田虎二郎大尉以下十五機でます。

台湾・高雄基地を離陸、フィリピンに向かいました。着いたのは十九日だったと思います。

航空図には、クラーク地区は付近一帯を大きく囲んで『クラーク航空要塞』と書いてあるだけでしたが、春田大尉はフィリピンの地理に明るく、クラーク地区の北から、バンバン北、バンバン南、マバラカット東、マバラカット西、クラーク北、クラーク中、クラーク南、アンヘレス北、アンヘレス南、そしてマルコットと、海軍が使用する飛行場だけで十ヵ所があることを教えてくれました。

マバラカット西飛行場に着陸し、うす暗い小道の脇にある竹藪に囲まれた一軒家を宿舎にあてがわれました。宿舎は南洋特有の高床式、床の高さは二メートルほどで、床には割竹が敷き並べてある。翌日から飛行場待機に入って、飛行場の中央付近東側に天幕を張り、そこに机を一個置いて二五二空の指揮所にしました。

そのうち、飛行機も整備員も後を追って進出してきて、二五二空飛行長・新郷英城少佐や戦闘三一七飛行隊長・小林實少佐らもやってきた。

そして十月二十三日、可動機二十五機が揃ったので、二五二空に初めて出撃命令が出ました。その出撃のさい、二〇一空の、爆弾を積んだ戦闘機隊がわれわれの前に離陸したのを見送ったんです。あとで聞くと、二〇一空では零戦に二百五十キロ爆弾を積んで敵艦に体当りすることになり、あれがその特攻隊、すなわち敷島隊の出撃だったとのことでした。敷島隊はこの日は敵艦隊が発見できずに帰投、二十四日、二十五日の出撃とあわせて三度、見送りました」

十月二十四日未明、索敵機の敵艦隊発見の報告を受け、第二航空艦隊に出撃命令がくだる。用意された機数は零戦百十一機、紫電（局地戦闘機）二十一機、彗星艦爆十二機、九九式艦上爆撃機三十六機、天山艦攻十一機、計百九十一機にのぼったが、艦爆、艦攻の機数が少ない上に、艦爆の多くは、二年前のソロモン航空戦ですでに旧式化が顕著になり、搭乗員が「九九棺桶」と自嘲していた九九艦爆だった。

角田は、二五二空指揮官・小林實少佐の第二小隊長としてマバラカット西飛行場から出撃した。機数は二十六機。だが角田機は、エンジンの点火装置に不具合を生じ、やむなく引き返す。角田の二番機・桑原正一上飛曹の報告によれば、その直後、雲の上からグラマンF6Fの奇襲を受け、小林少佐機は火ダルマとなって墜落したという。二五二空は七機の撃墜戦果と引き換えに十一機を失った。ほかの攻撃隊も、悪天候のため敵艦隊を発見することもままならないまま、グラマンの大群の襲撃を受け壊滅した。神風特別攻撃隊が、最初に敵艦への体当りに成功したのはこの翌日、十月二十五日のことである。

十月二十九日、角田は、米軍の手に落ちたレイテ島のタクロバン、ドラッグ両飛行場の銃撃のため、春田大尉の指揮下、零戦十二機でマバラカット西飛行場を出撃した。

「しかしこの日は故障機が多く、攻撃が行なえずに夕刻、レガスピーに不時着しました。この頃の飛行機は品質が悪く、故障のために命を落とす搭乗員も大勢いた。しかし私は、内地で出撃待機していた頃、勤労動員の女学生が一生懸命働いている姿をまのあたりにしてますから、彼女たちが必死の思いで作ってくれた飛行機で故障があっても文句は言えない、この飛行機で戦って死んでも本望だと思っていました」

と、角田は回想する。

突然の特攻隊指名

もはや、フィリピン各基地の指揮系統は寸断されている。上級司令部との連絡がつかないので、レガスピーに不時着した春田大尉や角田たちは、翌日の行動のことは自分たちの判断で決めるしかなかった。

十月三十日。春田大尉の発案で、タクロバンの敵飛行場の黎明攻撃をしてから指揮機能のあるセブ島に向かうこととし、まだ暗いうちに敵の地上陣地に銃撃を加えてからセブ基地に着陸した。基地で朝食を出してもらい、一服していると、午前十時頃、基地指揮官の二〇一空飛行長・中島正少佐に呼ばれ、突然の出撃命令を受ける。

「ただいま索敵機より情報が入り、レイテ沖に敵機動部隊を発見した。ただちに特攻隊を出さなければならないが、搭乗員に若い者が多く、航法に自信がもてないので春田隊の直掩を命ずる。任務を果たした場合は帰投してよろしい。だが、戦死した場合は特攻隊員と同様の待遇をする」

突然の特攻隊指名に、角田は驚いた。中島少佐は、声を一段高くして言葉を継いだ。

「直掩機は敵機の攻撃を受けても反撃はいっさいしてはならぬ。爆装隊の盾となって弾丸を受け、爆装隊に対する敵機の攻撃を阻止すること。戦果を確認したならば帰投してよろしい。制空隊も、二個小隊の突入を確認したなら、離脱帰投してよろしい。もし、離脱困難の場合は最後まで戦闘を続行すること」

角田は、顔がこわばるのを感じた。これまで、ソロモンや硫黄島で無数の修羅場をくぐり抜けてきた角田でさえ、これほど厳しい命令を受けたのは初めてのことだった。

中島少佐はさらに、突入が成功すれば新しく隊名を命名する、と付け加えた。この特攻隊は、のちに葉櫻隊と呼ばれることになる。

角田の回想――。

「昼食に配られた稲荷寿司の缶詰を、出発前に食べてみたら、そのまずいこと。貴重品の缶詰で、ほんとうはうまいはずなんです。でも、ぼそぼそで味も何も感じられなかった。そっと若い隊員たちを見わたすと、サイダーだけ飲んで、『おい、俺はとても喉を通らないぞ』といたずらっぽく言って、見送りの整備員に缶詰をわたす者もいましたが、半数の者は、うまそうに、まるで遠足に行った小学生のように嬉々として立ち食いしている。私は、特務少尉ともあろう者が、この期におよんで弁当を食い残したとあっては恥だと思い、ころがっていた丸太に腰をかけ、サイダーで流し込んで形だけは悠々と平らげました。まったく、砂を噛む思いとはこのことです。あの若者たちには遠く及ばない、と思いました」

ただ一機での直掩

出撃準備を完了して、発進。針路百度（東方やや南寄り）、高度三千メートル。この日は好天で、視界はきわめて良好だった。角田は、爆装機の右上方百メートルの位置につく。

レイテ島を過ぎてまもなく、春田大尉機がエンジン故障で引き返す。ただ一機で三機を護ることになった角田は、敵戦闘機に遭えば、直掩機が一機でも二機でも死ぬことには変わりはない、と覚悟を決めた。

午後二時三十分、スルアン島の東方百五十浬の地点で、中型空母一隻、小型空母二隻を主力とする敵機動部隊を真正面に発見。敵艦隊の針路は南、速力は十八ノット、距離三万メートル。角田は翼をバンクして、突撃を下令した。爆装の三機は編隊を解き、全速で敵艦に向かった。艦隊上空に敵戦闘機の姿は見えない。

ふたたび角田の回想。

「操縦席の隊員の表情までは見えませんでしたが、全力で突入する気魄に全く差異は見られませんでした。突入といっても、零戦は空戦用にできているので、急降下すると機首が浮き上がってしまい、また高速になると舵が重く鈍くなるので正確にぶつかるのはむずかしい。私には、彼らの苦労が泣きたいほどよくわかりました。

それでも、中型空母に向かった一番機・山下憲行一飛曹機は、その前部飛行甲板にみごと命中、大きな爆煙が上がりました。二番機・広田幸宜一飛曹機は、戦艦の煙突のすぐ後ろに突入、三番機・櫻森文雄飛長は、一番機のぶつかった穴を狙いましたが、この頃になってようやく猛烈になった防禦砲火に被弾、完全に大きな火の玉になりながらも空母飛行甲板の後部に命中、さらに大きな爆発の火焰を上げました。まさに人間業とは思えない、ものすごい精神力でした」

数分後、もう一隊の崎田清一飛曹機はいまだ沈まぬ敵空母を見て、その飛行甲板中央に突入。山澤貞勝一飛曹機、鈴木鐘一飛長機は別の小型空母に突入、大爆発した。制空隊の二機、新井康平上飛曹機、大川善雄一飛曹機は、敵戦闘機十数機を艦隊の東北方に引きつけて空戦を繰り広げたが、二機とも還らなかった。いずれも二十歳前後の若者で、とくに櫻森飛長はまだ十七歳の少年だった。

出撃前夜の特攻隊員の姿

「昭和十五年、第十二航空隊に属して戦ったときは、私のいた十ヵ月の間に、搭乗員の戦死者は一人も出ませんでした。十七年八月から十八年にかけ、ソロモンで戦った第二航空隊（途中、第五八二海軍航空隊と改称）は、補充を繰り返しながら一年で壊滅、しかし一年はもちました。

ところが、十九年六月に硫黄島に進出した二五二空は、たった三日の空戦で全滅しました。続いて十月、再編成して臨んだ台湾沖航空戦では、戦らしい戦もできなかった。――そんな流れで戦った搭乗員の立場からすると、フィリピンでの特攻というのは、ある意味、もうこうなったらやむを得ないと納得できる部分もありました。でも、同じ特攻隊でも、爆装で行くのと直掩で行くのとでは、心理状態は全然ちがうと思うんですよ」

その夜、セブ基地にほど近い山の中腹にある士官宿舎では、中島少佐の音頭とりで「天皇陛下万歳」三唱が繰り返され、戦果を祝う宴が催された。セブの士官宿舎は立派なコンクリート造り二階建ての、もとは役所の庁舎に使われていた建物で、室内には煌々と電灯がともり、窓には遮光用のカーテンが引いてある。

ビールの栓が抜かれ、乾杯が行なわれ、士官たちの間で賑やかに話がはずむ。だが、下座の片隅に控えていた角田は、昼間見たばかりの特攻機突入の光景が眼の底に焼きついていて、笑う気分にはとてもなれなかった。

いたたまれない思いでいたところ、同じ日に直掩機として出撃した畑井照久中尉も同じ思いだったらしく、

「角さん、どうも今夜はここで眠れそうにないですねえ」

と話しかけてきた。

「兵舎へ行って搭乗員室に泊まりましょうや」

角田は答え、二人でそっと宴席を抜け出した。

暗闇の坂道を登って、椰子の葉を葺いた掘っ立て小屋のような搭乗員宿舎の入口に近づいたとき、突然、飛び出してきた者に大手を広げて止められた。

「ここは士官の来るところではありません」

声の主は、倉田信高上飛曹だった。真珠湾攻撃以来のベテランで、角田の前任地・厚木海軍航空隊では、直属の部下だった搭乗員である。

「なんだ、倉田じゃないか。どうしたんだ」

角田の声に倉田上飛曹も気づいて、

「あっ、分隊士ですか。分隊士ならいいんですが、士官が来たら止めるようにといわれ、ここで番をしていたものですから」

士官に搭乗員室を見せたくないのだという。ドアを開けてみると、電灯もなく、廃油を灯した空缶が三、四個置かれているだけの薄暗い部屋の正面に、ポツンと十名ばかりが土間に敷いた板の上であぐらをかいているのが見えた。無表情のままこちらを見つめる目に、角田はふと鬼気迫るものを感じた。

倉田上飛曹によると、正面にあぐらをかいているのは特攻隊員で、隅にかたまっているのはその他の搭乗員だという。

その日、喜び勇んで出撃していった搭乗員たちも、昨夜はこのようであった、目をつぶるのが怖くて、ほんとうに眠くなるまであのように起きている。他の搭乗員も遠慮して、ああして一緒に起きている、との説明だった。

しかし、こんな姿は士官には見せられない。特に飛行長には、絶対にみんな喜んで死んでゆくと信じてもらいたい。だから、朝起きて飛行場に行くときは、みんな明るく朗らかになりますよ——。

割り切れない思いを胸に、角田と畑井中尉はまたトボトボと坂道を下り、明るい士官室へと引き返した。角田は、

「今日のあの悠々たる態度、嬉々とした笑顔。あれが作られたものであるなら、彼らはいかなる名優にも劣らない。しかし、昼の顔も夜の顔も、どちらも真実であったかもしれません」

と回想する。

大西長官の温かい手

十一月六日、セブ基地よりマバラカット基地へ零戦四機の空輸を命じられた角田は、飛行中にエンジンが故障、マニラのニコルス飛行場に不時着した。着陸直前にエンジンが止まり、そのまま滑空して、間一髪で滑走路にすべり込む。エンジンのシリンダーが一本、材質不良のためか裂けてしまっていた。

着陸すると、「飛行機は当基地に置いて、陸路マバラカットまで帰るように。ただ

し、当基地の特攻隊に一名欠員が出たから、このなかから一名選抜して、特攻隊員として残すように」との、第一航空艦隊司令長官・大西瀧治郎中将じきじきの命令を受ける。

「このなかから一名」残せ、と言われれば自分が残るしかない。列機の搭乗員に、帰隊したらこのことを報告するよう命じ、まるで角田の到着を待っていたかのように司令部の前庭で行なわれた第三神風特別攻撃隊梅花隊、聖武隊の命名式に臨んだ。

「突然のことに頭のなかは真っ白になって、ひたすら緊張するばかりでした」

と、角田は言う。

整列した搭乗員は十一名。その正面にずらりと並んだ将官、参謀の数はざっと見ても三十人をゆうに超えるだろう。死地に赴く搭乗員よりも命ずる側のほうがはるかに多い、頭でっかちの海軍の末期的症状が、はっきりと現われていた。角田は、

「ほんとうに一機一艦ぶつかれば戦争に勝てると思うのか、全機が命中しても、残るのは敵の艦だということぐらい、長官や参謀の誰かが零戦の後ろに乗って、レイテ湾上空を一回りしてみればわかることだろうに」

と思った。が、思ってもそれを口に出せないのが軍隊である。だが、そんな角田のもやもやとした気分は、ほどなく吹き飛ぶことになった。

「大西中将は訓示のあと、緑の美しい芝生の上で、目に沁みるような白布に覆われた、長い机を前に並んだ搭乗員たちの顔を、右端に立った隊長・尾辻是清中尉から、閲兵式のように順に見て回られました。そして、私の前では、特に私の右手を両手で包むように握り、食い入るように目をするどく見つめて、『頼んだぞ』と、気魄のこもった声で一言、言われました。大きな、温かい手でした」

大西中将は、角田が予科練時代の横須賀海軍航空隊副長兼教頭、漢口の第十二航空隊にいたときも、聯合航空隊司令官として角田の上官だった。予科練時代、「必勝の信念確立」という標語を掲げ、練習生を鍛え上げたのが、強く印象に残っている。

「その大西中将に、『やれ』という命令じゃなく『頼んだぞ』と言われた。私は中将の位がそれほど偉いとは思いませんでしたが、頼む、と言われたことで心のなかがカーッと熱くなるのを感じた。その瞬間、これまで抱いてきた不平、不満、疑問が全て消し飛んでしまい、完全に肚が決まりました」

一幅の名画

梅花隊六名、聖武隊五名は、ともに尾辻是清中尉の指揮下に入る。角田は、直掩機四機の指揮官ということに決まった。爆装七機、直掩四機という編成である。

出撃待機中の十一月十日、早朝から雨が降った。正午になっても索敵機が出せないので、この日の出撃待機は解かれることになった。休業と決まれば、搭乗員たちはあっという間に街に出てしまう。角田も小雨のなか、散歩に出かけた。ぶらぶら歩いてゆくと慰安所の裏口に出た。そこには尾辻中尉が立っていて、角田の足音に気づき、

「静かに！」

という。そして手まねで言われるがままに板塀の向こうを見ると、帳場の玄関を開け放して、五、六人の搭乗員と同数の慰安婦が、トランプ遊びに熱中しているところだった。

純白の揃いの服を着た慰安婦は十八、九歳、茶色の飛行服姿も同年代。わいわいとはしゃぎながら遊びに興じている。角田は、その姿に、一幅の名画を見るような神々しさを覚えた。そして、

「私が行くと搭乗員たちが遠慮しますから」

と、そっと見守る尾辻中尉の人柄に、生きた観音様を見るような思いがしたという。

この日の午後、突然、レイテ湾東方に敵機動部隊発見との報告が入る。待機を解かれていた搭乗員たちに急遽、出撃命令がくだり、角田たち梅花隊は、中央分離帯のグリーンベルトを外して臨時の滑走路として使われていたマニラ湾岸道路から発進した。

しかし、この日は敵艦隊を発見できず、日没とともに反転した。

翌十一月十一日朝にも梅花隊、聖武隊は、司令部はじめ大勢の報道班員に見送られ、マニラ湾岸道路を発進している。

「いよいよ離陸というとき、毎日新聞の新名丈夫さんが片膝をついて、カメラを構えて私のほうを狙っているのがわかりました。それを見て、ああ、ここでニッコリ、と思ったけれど、顔がこわばってしまって私は笑えませんでしたよ。ところが、若い搭乗員でニッコリ笑って出て行くのがいる。すごいと思いましたね」

離陸すると、角田の飛行機のエンジンの調子が悪い。引き返せば攻撃に間に合わないので、角田は、レガスピーで燃料を補給するときに直してもらおうと、そのまま直進を続けた。正午頃、レガスピー基地に着陸。ただちに整備員に調整を頼む。しかし、調子はよくならない。尾辻中尉以下は、すでにエンジンを始動して待機している。

角田は、二、三、四番機の搭乗員たちに交代を頼むが誰も応じようとしない。最後の手段として、尾辻中尉に、

「隊長命令で誰か交代する者を指名してください」

と頼んだが、尾辻中尉は、いつもと変わらず静かな口調で答えた。

「私たちは死処は一緒と誓い合った者同士です。いまここで、誰に残れとは言えませ

ん。分隊士は他部隊からの手伝いですから、残ってください。誘導機がいなくても私がなんとかしますから。そして飛行機が直ったら原隊に帰ってください。長い間ご苦労様でした」

死にに征く者が残る者に「ご苦労様でした」とは！……角田はもはや、一言も返す言葉がなく、うなだれて隊長機の前を離れたという。

梅花隊、聖武隊は、この日、敵艦隊を発見できずセブ基地に着陸したが、翌十二日、物資を揚陸中の敵輸送船攻撃に向かう途中、敵戦闘機P－38と遭遇、空戦となり、尾辻機ほか三機は突入を果たせないままに撃墜された。

大西中将の「特攻の真意」

梅花隊、聖武隊の発進を見送った角田は、十一月十五日、特攻部隊に指定されていた第二〇一海軍航空隊に転入することになった。特攻作戦は拡大の一途をたどっていて、二〇一空は、各部隊からの新転入者で活気を呈していた。

記録が現存しないので日付は定かではないが、十一月下旬のある日のこと。マバラカットからダバオへ零戦四機を空輸することになり、角田がその指揮官に選ばれた。飛行場の指揮所には、若い士官が数人いたが、ダバオまでの航法に自信が持てないという。

こんなとき、頼りにされるのが角田のような叩き上げの特務士官だった。いまや、角田に匹敵する飛行経験を持つ搭乗員は、全フィリピンでも数えるほどしかいない。角田は、飛行長・中島正中佐（十一月一日進級）に託された封書を持ち、弁当を受け取ると、この日初めて会った列機三人を引きつれて、マバラカット西飛行場を離陸した。雲ひとつない快晴だったが、途中、四番機が合図もせず急に左旋回すると、セブ基地のほうへ飛び去った。のちに報告があったところでは、四番機の飛行兵長はマラリアの発熱のため、セブに着陸したという。角田は残る列機とともに、三機でダバオ基地に着陸した。

ダバオ基地で第一航空艦隊参謀長・小田原俊彦大佐に中島中佐からの手紙を手渡すと、そこには、列機三機を体当たりさせたあと、角田少尉は単機で爆装突入せよ、と書かれてあった。

ダバオには、フィリピン南部の航空基地を統括する第六十一航空戦隊司令官・上野敬三中将、マニラの司令部から派遣されていた小田原大佐、六十一航戦先任参謀・誉田守中佐、そして、第二〇三海軍航空隊の漆山睦夫大尉らがいて、その夜、角田たち三名の歓迎会を催してくれた。

上野中将は、角田が飛行練習生の頃の霞ヶ浦海軍航空隊副長、のちに乗り組んだ空母蒼龍の艦長だった。小田原大佐は昭和十六年、角田が筑波空で教員をしていたとき、計器飛行のやり方を一から教えてくれた教官である。誉田中佐も、昭和十八年、角田が厚木海軍航空隊で教官を務めたときの整備長で、いずれも縁の深い人たちだった。角田の列機は、辻口静夫一飛曹、鈴村善一二飛曹の二名である。

元はフィリピン軍が兵舎に使っていたというガランとした大きな建物。体育館のように床は板張りで、間仕切りもない。その真ん中にアンペラ（絨毯）が敷かれていて、そこに草色の第三種軍装を着た上野中将以下四名と、飛行服姿の角田以下三名が向かい合って座った。照明は小さな裸電球で、けっして明るくはない。

ダバオは食糧が不足しており、出されたのは魚肉の缶詰と白湯、しばらくして基地の特務少尉が持ってきてくれた、一升瓶に七分目ほど入った椰子酒だけだった。

宴も半ばの頃、小田原参謀長が、

「皆は特攻の趣旨はよく聞かされてるんだろうな」

と切り出した。

「聞きましたがよくわかりませんでした」

角田が答えると、小田原大佐は、

「教え子が、妻子をも捨てて特攻をかけてくれようとしているのに、黙り続けていることはできない」

と、大西中将から「他言無用」と言われていたという「特攻の真意」を語り始めた。それは要約すれば、

「特攻はフィリピンを最後の戦場にし、天皇陛下に戦争終結のご聖断を仰ぎ、講和を結ぶための最後の手段である」

ということだった。だとすると、特攻の目的は戦果ではなく、若者が死ぬことにあるのか――。

「うまいこと言われて、自分も欺かれてるんじゃないか」

ふと疑念が浮ぶが、しかし、特務士官一人を特攻で殺すためだけのために、ここまで立ち入った話を参謀長がするとは思えない。

「気になったのは、上野中将がこの席で一言も口を開かなかったことでした。上野中将は、かつては部下に進んで声をかけ、細かな注意を与える上官だった。その上野中将がずっと黙ったままでいることは、少々奇異に感じられました。もしかすると、上野中将は、特攻に対し、否定的な考えを持っているのかもしれない。であるならば、いまの話は、大西中将から上野中将に対する伝言を、小田原参謀長が教え子に語りか

ける形で伝えようとしたのではないか、と思いました」

中島飛行長の「絶叫」

角田、辻口一飛曹、鈴村二飛曹の三機は、ダバオ基地から数次の出撃を繰り返したが、いずれも突入の機会を得なかった。

あるとき、敵戦艦群を発見、猛烈な対空砲火を浴びたことがある。鈴村二飛曹はスッと前に出てきて角田機の横に並ぶと、下を指差して突っ込む合図をしてきた。

「が、そのときの爆装機は、二百五十キロ爆弾を積めないようなおんぼろの一号戦（零戦二一型）で、搭載していたのは敵輸送船に向けての小さな六十キロ爆弾二発。これでは戦艦にぶつかってもへこみもしないだろうと思ってやめさせました。私の顔色ひとつ見誤っても突っ込んでいきそうで、ひやひやしました。さまざまな場面で、鈴村の豪胆さには驚かされることが多かったですね」

昭和二十（一九四五）年一月六日、敵艦隊がルソン島のリンガエン湾に侵入、艦砲射撃を開始すると、それを迎え撃つため、海軍航空部隊は総力を挙げて特攻隊を出撃させた。この日の朝、二〇一空飛行長・中島正中佐は、マバラカット基地の指揮所前

に全搭乗員を集合させ、

「天皇陛下は、海軍大臣より敷島隊成功の報告をお聞き召されて、『かくまでやらねばならぬということは、まことに遺憾であるが、しかし、よくやった』と仰せられた。よくやったとは仰せられたが、特攻を止めろとは仰せられなかった。陛下の大御心を安んじ奉ることができないのだから、飛行機のある限り最後の一機まで特攻は続けなければならぬ。飛行機がなくなったら、最後の一兵まで斬って斬って斬りまくるのだ！」

と顔面を蒼白にひきつらせ、狂気のように軍刀を振り回して訓示した。それはもはや、「訓示」というより「絶叫」といったほうがふさわしかった。

角田は、この中島中佐の様子を見て、

「ついに飛行長、狂ってしまったか」

と暗然とした気分になったという。

マバラカットでもマニラでも、すでに食糧は不足している。この頃になると食事は、朝、昼、晩ともにサツマイモだけ、直径六十ミリほどのものなら一本、三十ミリほどのものなら二本が支給されるに過ぎない。これから特攻に出撃する搭乗員にのみ、大きいサツマイモ二本と塩湯が供された。

最愛の部下を特攻に差し出す

一月七日、飛行機を失った搭乗員たちはバンバン基地に集められ、第一航空艦隊先任参謀・猪口力平大佐から、これから搭乗員はルソン島北部のツゲガラオ基地に移動し、そこから輸送機で台湾に引き揚げることが達せられた。使えるトラックは五、六台しかない。ほとんどの搭乗員は徒歩での移動を余儀なくされた。バンバンからツゲガラオまで、直線距離で三百数十キロ、歩く距離はその二倍にはなる。

制空権を敵に奪われ、日中は行軍できないので、歩くのはもっぱら夜間である。途中、ゲリラの襲撃を受け、味方の誤射で命を落とした搭乗員もいた。

行軍の途中中、ダバオで一緒になった列機の鈴村善一二飛曹が、いつも角田に影のように付き従っていた。鈴村は、角田に好物の酒を飲ませようと、自分の飛行服の下のシャツを脱いで裸となり、それを現地人の一升ほどの椰子酒と交換して届けてくれたりもした。

角田が、約二百名の搭乗員とともに、ようやくツゲガラオに着いたのは出発から十七日後、一月二十五日のことである。

ところが、やっとの思いでツゲガラオに着いた搭乗員たちが飛行場の指揮所前に整列してみると、待っていたのは、

「零戦が整備されているので、ただちに特攻隊員、士官一名、下士官兵三名を選出するように」

という非情な命令だった。四名は休憩の暇もなく特攻に出すが、残りの者は今夜、迎えの飛行機で台湾に送るという。角田は、はなはだ割り切れないものを感じた。このときは結局、一緒に行軍してきた予備学生十三期出身の住野英信中尉が、

「どうせ早いか遅いかの違いですから、私がやります」

と志願して指揮官に決まった。そして、列機をもたない住野中尉のために、残る三名の特攻隊員を士官たちが合議で決めた。ところが、ここまで来たのに自分の列機を進んで差し出す者はいない。三人めがどうしても決まらず、角田は、たまらなくなってもっとも信頼している鈴村二飛曹を推薦した。苦い後悔を覚えながら――。

住野中尉以下の特攻隊は、ただちに発進した。しかし長く露天に置かれたままの零戦は十分な整備がされていなかったらしく、住野機はかろうじて離陸したものの、鈴村二飛曹機は上昇できずに飛行場内に不時着、岡本高雄飛長機も途中、故障で不時着し、住野機だけが直掩機・村上忠広中尉機と二機でリンガエン湾へと向かった。敵艦

が見えたとたん、住野機はまっしぐらに突入してゆく。村上機もそのあとを追う。だが、途中、敵戦闘機の襲撃を受け、そこで村上中尉は住野機を見失った。米軍記録によると、この日の特攻機による損害はなかった。

これが、二〇一空、そしてフィリピンから出撃した最後の特攻機だった。

角田たち搭乗員が、輸送機で台湾の高雄基地に到着したのは、一月二十六日早朝のことである。これでしばらくは休める、と誰もが思ったが、彼らには、翌日から交代で特攻待機の命令が言い渡された。台湾では、フィリピンから帰った戦闘機乗りは自動的に二〇一空の指揮下に置かれ、いままで特攻隊員ではなかった者までもが、否応なしに特攻編成に組み込まれることになった。

胸がふくらむ思い

昭和二十年二月五日、二〇一空が解隊され、フィリピンから戻った搭乗員を中心に新たに第二〇五海軍航空隊が編成された。二〇五空は本部を台中(たいちゅう)に置き、司令は玉井浅一中佐、副長兼飛行長には鈴木實少佐が内地から着任した。二〇五空の特攻隊は「大義隊」と呼ばれることになり、百三名の搭乗員がそれに組み入れられた。

大義隊のなかでもっとも搭乗歴の古い角田(五月一日中尉進級)は、ベテランなるがゆえに爆装は命じられず、直掩機として、仲間や部下たちの体当りを見届ける辛く非情な出撃を重ねた。

五月四日、宮古島南方に敵機動部隊発見の報に、宜蘭(ぎらん)、石垣から計二十五機の「第十七大義隊」が、六隊に分かれて出撃した。

この日、角田が直掩機を務める一隊がイギリス機動部隊を発見、角田は、谷本逸司中尉、常井忠温上飛曹、鉢村敏英一飛曹、近藤親登二飛曹の四機が敵空母「フォーミダブル」「インドミタブル」に突入するのを確認している。

敵艦にまさに突入するときの特攻隊員の心情は想像するしかない。だが、角田には、自らの体験に照らしてのある確信があった。それは、角田が五八二空に属しソロモンで戦っていたときのこと。

「輸送船団の上空直衛をしているとき、爆弾を積んだグラマンF4Fが二十数機で攻撃に来たのに列機がほかの敵機を深追いして、味方船団上空には私一機しかいなくなったことがありました。爆弾を命中させないためには、敵の注意を全部、私に向けさせなければ、そう思って、単機で下から突っ込んで行った。すると案の定、ガンガン撃ってきました。被弾すると、エンジンの爆音の中でも聞こえるぐらい大きな音がするんです。

――撃たれたときは嬉しかったですね、よし、これで俺の作戦は成功したと。射撃しながら爆撃の照準はできませんから、輸送船には一発の爆弾も当たらなかった。ガンガン撃たれながら、それまで固くなっていたのが、フワーッと胸がふくらむ思いがしました。

私は、胸がふくらむ思いを経験したのはそのときだけでしたが、特攻隊員たちも、命中した人はみんな、同じ気持ちだったろうと思うんです。それまでは怖れて体を固くしてるでしょうが、よし、これで命中するぞと、何秒か前にはわかると思います。そのときはおそらく胸をふくらませたんじゃないか。それが自分の経験からして、ひとつの慰めになるんです。そう思わなきゃいられないですよ」

全機特攻、出撃直前に中止

八月十三日、台湾では、高雄警部府の命令で、台湾各地と石垣島、宮古島の日本海軍航空基地に残存する全兵力で、八月十五日をもって沖縄沖の敵艦隊に体当り攻撃をかける「魁(さきがけ)作戦」が発動された。「一億総特攻」の魁となって、全機特攻出撃せよ、というものである。角田は覚悟を決めた。索敵機の撮影した航空写真を見ると、沖縄本島中城(なかぐすく)湾、金武(きん)湾の内外には、無数とも思える敵艦船が海面にひしめいている。作戦計画では、第一陣として爆装機八機に対し一機の直掩機をつけ、直掩機が帰還したらただちにその飛行機に爆弾を積んで第二陣として体当りさせる。出撃するのは、この時点で二〇五空が保有する可動全機、約六十機である。

十五日の朝、エンジンの試運転を行ない、搭乗員が機上で待機しているとき、司令部から「出撃待テ」の指令が届いた。理由も告げられず、搭乗員たちは飛行機を降り、翼の下で待機する。真夏の太陽が真上から照りつけ、飛行服にライフジャケットをつけていると日陰にいても汗が流れた。午後になり、うやむやのうちに出撃は中止されることになった。

角田が終戦を知ったのは、数日後、台中基地に集められた飛行機のプロペラが外されたときだった。

「正直言って、ああよかったと思うと同時に、どうしてもっと早く止めてくれなかったんだと思いましたね。逃げようとも生き残ろうとも思いませんが、早くやめなくちゃ大変だなあとは、ずっと思っていましたから」

台湾には中華民国軍が、GHQの委託に基づき、日本軍の武装解除のために進駐してきた。中国軍の占領方針は、蒋介石総統の「仇に報いるに徳を以てせん」の言葉どおり、旧怨を感じさせない紳士的かつ穏やかなものだった。宿舎が「収容所」と名を変えただけで、日本の軍人は帯刀を許され、自由に外出することもできた。日本にいつ帰れるかわからないので、隊員たちは畑を耕し、自給自足の準備を始めた。

昭和二十年十二月二十六日、突然、角田たち二〇五空の隊員に帰国命令がくだる。その日のうちに台中を引き払うことになり、ここではじめて武装解除を受けた。搭乗員の武装は軍刀と拳銃だけだが、それらを中国軍に引き渡した。一人一人の飛行経歴を記した「航空記録」は、要務士がまとめて焼却した。

基隆港の倉庫で一泊ののち、十二月二十七日、兵装を撤去した小型海防艦にすし詰めの状態で乗せられ、台湾をあとにする。

十二月二十九日、鹿児島に上陸すると、そこは一面の焼け野原であった。海軍の鴨池飛行場があってなじみの深かった鹿児島の街は、山形屋デパートの残骸にかろうじて面影をとどめるのみで、完全に瓦礫の山と化していた。

焼け残った市外の小学校で復員手続きを終え、三十日、隊員たちは復員列車に乗せられて、流れ解散の形でおのおの郷里に帰ることになる。

夜通し汽車に揺られて、三十一日早朝、広島駅に到着すると、ここも一面の焦土だった。だが、原爆の跡には百年は草木も生えないと聞かされていたのに、瓦礫を片づけたところどころに蒔かれた麦が力強く芽吹いているのが見え、その青さが角田の目に沁みた。

「生きてさえいればなんとか暮らせるのか」

と、角田は思った。

開拓農家への誘い

房総半島の突端近くに帰る角田は、東京駅で総武線に乗り換え、昭和二十一年元旦、故郷の南三原の駅に着いた。

角田はさっそく、生家の農作業の手伝いをしながら、職を探した。そんなある日、角田はGHQの占領政策を聞かされて驚いたという。

「財閥解体、農地解放。昭和十一年の二・二六事件で、青年将校がやろうとしていたことと同じじゃないかと。私は貧しい農家の生まれですから、二・二六の行動をいまでも支持しています。あれが成功していたら、満州事変だけでそれ以降の戦争はしなくてすんだと思うんです。いかにもああいう人たちが戦争の導火線になったように言われていますが、全然違うと思います。それで、彼らがやろうとしていたことをアメリカがやってくれて、これは一体どうなってるんだ、と思いました。俺たちは何のために戦争してたんだろうと思って、心底がっかりしましたよ」

昭和二十一年の夏、妻の実家のある常磐線友部駅で降りると、二〇五空の甲板士官だった同年兵の草地武夫少尉とばったり出会った。草地は、茨城県にできた緊急開拓食糧増産隊に入っているという。昭和二十一年四月に発足したばかりの一期生で、ここで一年間、農家を助けて食糧増産に働けば、新しい開拓地が一町五反（約一・五ヘクタール）払い下げてもらえ、自作農になることができる。

「どこへ行っても公職追放で就職は無理だから、百姓になろうよ。土地さえ確保しておけば、また羽を伸ばすこともできるよ」

草地も農家の次男で、子供が三人いる。角田と似た境遇だった。

「一生奉公できると、大船に乗ったつもりでいた海軍でさえ潰れちゃうんだから、こんど就職するときは、いつ会社が潰れても安心して帰れるところをつくっておいてから出直そうよ。いま、十一月一日入隊予定の三期生の募集が行われている。奥さんの実家に寄留して茨城県民になれば応募資格はできるよ」

草地の熱心な勧誘に心が動いた。確かに、食糧増産は急務だ。腹が減っては戦はできない。――突然のように、フィリピン・ルソン島で、サツマイモ二本と塩湯を口にしただけでリンガエン湾の米軍輸送船団に突っ込んでいった特攻隊の戦友のことが思い出された。角田は、これからは百姓として生きていくことを決意した。

七坪の小屋で

昭和二十一年暮れ、角田たち十八歳から四十六歳までの三十数名は、茨城県緊急開拓食糧増産隊三期生として、茨城県内原町（現・水戸市）の、旧満蒙開拓青少年義勇軍訓練所の兵舎に入った。ここで、開拓農業を基礎から教わるのである。さらに二ヵ月後、角田たちは、鍬、斧が各々に一挺ずつ、鋸は共同で二挺、天幕二張りと若干の付属物の支給を受けて、神立（かんだつ）地区（現・かすみがうら市）の仮兵舎跡に移された。角田は三期生の代表者に選ばれ、この地区の雑木林に入植することを決め、茨城県開拓課の了解も得た。しかし、このあたりの山林はすべて民有地で、地番、地籍、所有者を調べて地主に払い下げの陳情をしなければならない。

角田は、持ち前の誠実さで地主たちと交渉し、雑木林を払い下げてもらうことができた。そして七坪の小屋を建て、妻、四人の子供たちと六人家族で暮らし始めた。

このあたりの土地は、火山性灰土の酸性土壌で、農業には不向きである。そこで、まずは鶏を飼い、鶏糞を肥料にし、つぎに豚、牛と飼ってその糞も肥料にして、根気よく土地を肥やしていった。昭和三十年、同じ七坪ながら大工に小屋を建て直してもらい、母を呼び寄せる。六人家族が七人家族になり、一人一坪の暮らしは、念願の家を新築する昭和三十九年暮れまで続いた。昭和二十九年には、新たに発足した航空自衛隊から、入隊するよう再三の勧誘を受けたが、

「二度と飛行機は操縦するまい、戦争はするまい」

と、かたくなに拒み続けた。自衛隊に入る気はないが、飛行機の操縦ならいつでもできる自信がある。もし万が一、日本がふたたび戦争に巻き込まれるようなことがあれば、敗戦で牙をもがれ、物資もない日本が戦うにはやはり「特攻」以外に手はないだろう。そのときは真っ先に志願して、第一陣で出撃する決意でいた。

「二〇五空のほかの連中も同じ気持ちだったろうと思います。六十歳を過ぎ、体力に自信がなくなった昭和の終わり頃には、さすがにそんな気持ちも薄れましたが」

と、角田は言う。日本が高度成長期に入りつつあった昭和三十年頃からは、農作業の合間をみては東京・北千住のメッキ工場に季節労働者として通うようになった。農繁期は農業に専念し、畑でサツマイモ、白菜、大根、スイカなどを収穫しては東京の市場に届ける。農閑期には毎朝四時に起き、牛の飼料の草刈をして六時の汽車で北千住に出、工場で残業をして夜十時に帰ってくるという生活で、文字どおり寝食を忘れて働き通しに働いた。

しかし、その間も戦死した人たちのことは頭を離れることはなく、常磐線に乗って

往復四時間、立ちっぱなしの満員電車のなかで、一人一人の若い顔やその最期を思い出しては涙が溢れ、周囲の人に気づかれないよう、ハンカチでそっと目を押さえたりしていた。

昭和三十九年、自宅を新築した頃からは、いくつかの戦友会にも参加することができるようになった。ところが、ようやく生活も落ちついてきたと思った昭和四十四年、妻・くま子が急逝する。

「働きづめでしたからね……。家内は百姓の家の生まれでしたから、私よりも仕事ができるぐらいでした。長女を嫁に出して、長男が大学を出て就職して、次男が跡を取ってくれましたから私と一緒に出稼ぎしながら農業をやって、末っ子も銀行に就職が決まった。ほっとしたのもつかの間、その秋に脳溢血でぽっくりと逝ってしまいました。過労がたたったんでしょうね、かわいそうなことをしました」

妻の死を一つの転機として、角田は戦友たちの慰霊の旅をはじめた。

まずは遺族を探そうと、時間を見つけては早朝から厚生省を訪れた。開館と同時に戦死者名簿を出してもらい、本籍地を確認し、昼食も抜いて閉館まで筆写した。戦闘記録はどうなっているか、防衛庁の図書館にもしばしば出かけた。そして戦死者の本籍が判明するたび、手紙を出したが、返事がなかったり、宛先不明で返ってくることも多かった。

慰霊の旅の始まり

昭和四十九年、角田は、かつての列機・鈴村善一から、

「宮崎県の同期生・櫻森文雄飛長のお墓参りに行きたいが、それには最後の体当りを直接見届けた分隊士に説明してもらうのがいちばんよいと思います。遺族の前では話しにくいでしょうが、当時の状況は私からもよく話しますから、ぜひ同行してください」

と頼まれた。角田が開拓農家で苦労していることは鈴村もよく知っている。名古屋市内で「八剣工業所」という金属加工の町工場を営んでいる鈴村もけっして楽な生活ではなかったが、必死に働いて得たなけなしの私財を、戦死した戦友のため、遺族のために惜しげもなく注ぎ込んでいる。鈴村は言った。

「費用が大変でしょうが、全部私が持つと言っては失礼ですから、名古屋駅までは自費で来てください。あとは旅費、宿泊費など帰宅するまで一切私にお任せください。責任をもってお届けしますから」

生活状況まで見抜いての丁重な要請に、角田は列機の厚意に甘えて応じることにし

た。このとき、櫻森飛長の両親に会い、いまだ癒えない遺族の心情に接したことで、

「これは親御さんの丈夫なうちに、一生懸命自分で回らないといけない」

と、角田は思ったという。

「子供たちと相談して、出稼ぎに行った農閑期の金は俺にくれ、遺族をまわってお参りするから、とそれから本格的に始まったんです」

義理堅い鈴村は、フィリピン脱出の行軍のときのように、そんな角田にいつも影のように寄り添い、戦友会にも一緒に出てくれた。

遺族のなかには、息子や兄弟を失い、国を恨んでいる人もいた。息子が、飛行機の搭乗員になっていたことを知らない母親もいた。同姓の別人に誤って戦死公報が届き、本人の遺族には公報さえ届いていない人もいて、

「今頃になって戦死していたとはどういうことだ。貴方が責任をとってくれるのか」

と、詰問されたこともある。

「うちの息子は死んだのに、どうして貴方は生きてるんだ」

「大勢の中からうちの息子を選んだのは誰か、教えてほしい」

と責められたこともしばしばだった。遺族の深い悲しみに触れるたび、角田の心も痛んだ。角田には、

「国のため、家族のため、一生懸命戦ったのですから誉めてあげてください」

としか言えなかった。

「戦果確認機」の使命

角田の慰霊の旅は北海道を除く日本全国、また硫黄島、台湾、ニューギニア、ソロモン方面にまでおよぶ。

遺族にとって、息子や兄弟を戦争で亡くした悲しみは、過ぎ去った昔のことではなく、生々しい「いま」である。そんな遺族の姿に接していると、「昨日の敵は今日の友」とばかりにアメリカ人と仲直りするというのは、角田にとって考えられないことだった。

「偏狭な考えだと言われてもいい。かわいい部下を大勢殺されて、いまさらアメリカと仲良くなんてできるもんですか」

と、角田はつねづね言っていた。昭和五十年代、元零戦搭乗員の集いに、「エース」と称する元米軍パイロットが来たさいにも、

「エースだと？　貴様、俺の仲間を何人殺した。何をのこのこ日本に来たんだ」

と詰め寄り、周囲をはらはらさせている。

昭和五十二年八月、特攻隊慰霊祭のため、関係者とともにフィリピンへ渡ったとき、角田は、一行で最年長だった櫻森飛長の八十歳になった父親に、櫻森機の最期の状況を、その終焉の地であるレイテ湾を臨みながら報告した。

「この湾に、隙間がないほど敵の艦艇が集まっていました」

角田は言った。

「長官か参謀を零戦に乗せて、その様子を見せたかった。見た上で、命令してほしかった」

あの戦いの日、聯合軍の艦船でいっぱいだった広いレイテ湾には、一隻の船も、また一機の飛行機の姿も見えず、ただ真青に晴れた空と海が広がっていた。

「櫻森飛長が、火の玉になって空母『フランクリン』に命中するところまでを御父様に報告できて、やっと『戦果確認機』としての使命が果たせたと思いました」

と、角田は述懐する。

やがて、寄る年波で、一本だった角田の杖はいつしか二本になり、靖国神社の本殿の階（きざはし）を上り下りするのも一苦労するようになった。慰霊祭に向かう道中、電車のなかで気を失い、救急病院に運び込まれたこともあったが、それでも角田は、関係した部隊の慰霊祭に靖国神社へ行くことをあきらめなかった。

「いまもよく夢に見ます。死んだ連中が出てきて、眠っていてもこれは夢だとわかるから、はじめのうちは、『お前たち、また出てきやがったか！　早く成仏しろ』と追い払うように無理やり目を覚ませたものですが、歳月が経てば経つほど、夢なら覚めないでほしい、もっとゆっくり会っていたいと思うようになりました。でも、そう思えば思うほど、夢ははかなくすぐに目が覚めてしまうんです」

でも……と、角田は言う。

「特攻隊員が敵艦に向かって突入し、目を見開いて、これで命中する、とわかったとき、幸せに胸をふくらませたであろう気持ちは、自分の体験に照らして信じています。ただ、これを戦後世代の人に理解してもらうことはむずかしいでしょうね。ほんとうに胸をふくらませるような、幸せな気持ちになったことがある人が果たしているのかどうか……」

＊

九十歳を超えて歩行がさらに困難になり、外出が意のごとくならなくなったあとも、角田は自宅で、亡き戦友たちを静かに弔い続けた。

角田が倒れたという知らせを受け取ったのは、平成二十四年（二〇一二）秋のこと。脳梗塞らしかった。平成二十五（二〇一三）年二月十四日、歿。享年九十四。

ふつう、この年代になると同世代の友人がほとんどいなくなっているので、葬送の式は寂しいものになりがちである。だが、かすみがうら市の斎場で執り行われた角田の通夜、告別式には、交通不便な場所であるにもかかわらず、親族はもとよりかつての戦友、遺族、著書や慰霊祭を通じて出会った人たち、角田を取材したメディアのスタッフなど、斎場いっぱいの人々が参列し、別れを惜しんだ。

大戦中、誰よりも長く、誰よりも勇敢に戦った角田は、戦後はいっさいの私欲を捨てて、慰霊と巡拝に後半生を捧げた。何ごとも自分のことは二の次で、人を思いやる真心のこもった人柄ゆえ、周囲に愛され、尊敬を集めていた。

「特攻隊員の死はけっして徒死（むだじに）になどではなく、日本に平和をもたらすための尊い犠牲であったと思いたい。でも、親御さんたちの、子を想う姿を見ていると、たとえ平和のためであっても、二度と戦争をしてはいけない、『遺族』をつくってはいけない、とつくづく思います」

最後に会ったとき、特攻を振り返って角田は言った。この言葉が、私にとっての角田の遺言になった。

昭和13年、佐伯海軍航空隊にて、戦闘機専修の乙5期同期生たちと。前列左端が角田

昭和15年、十二空時代、角田一空曹操縦の九六式艦上戦闘機（大西英雄二空曹撮影）

昭和17年5月、結婚記念写真。角田は飛行兵曹長になっていた

昭和17年10月、ラバウルの二空戦闘機隊員。前列左より和田整曹長、輪島飛曹長、倉兼大尉、二神中尉、角田飛曹長。後列左より森田三飛曹、長野一飛、横山三飛曹、山本一飛、石川二飛曹、生方一飛、細田一整曹

昭和17年8月26日の空戦で角田飛曹長が搭乗、被弾したままブナに放置されていたQ-102号機。本機は米軍の手に渡ってテストに使用された。本機はもとは二神中尉の愛機であった

昭和17年暮れ、ラエ基地にて。左より角田飛曹長、大槻二飛曹、明慶飛長

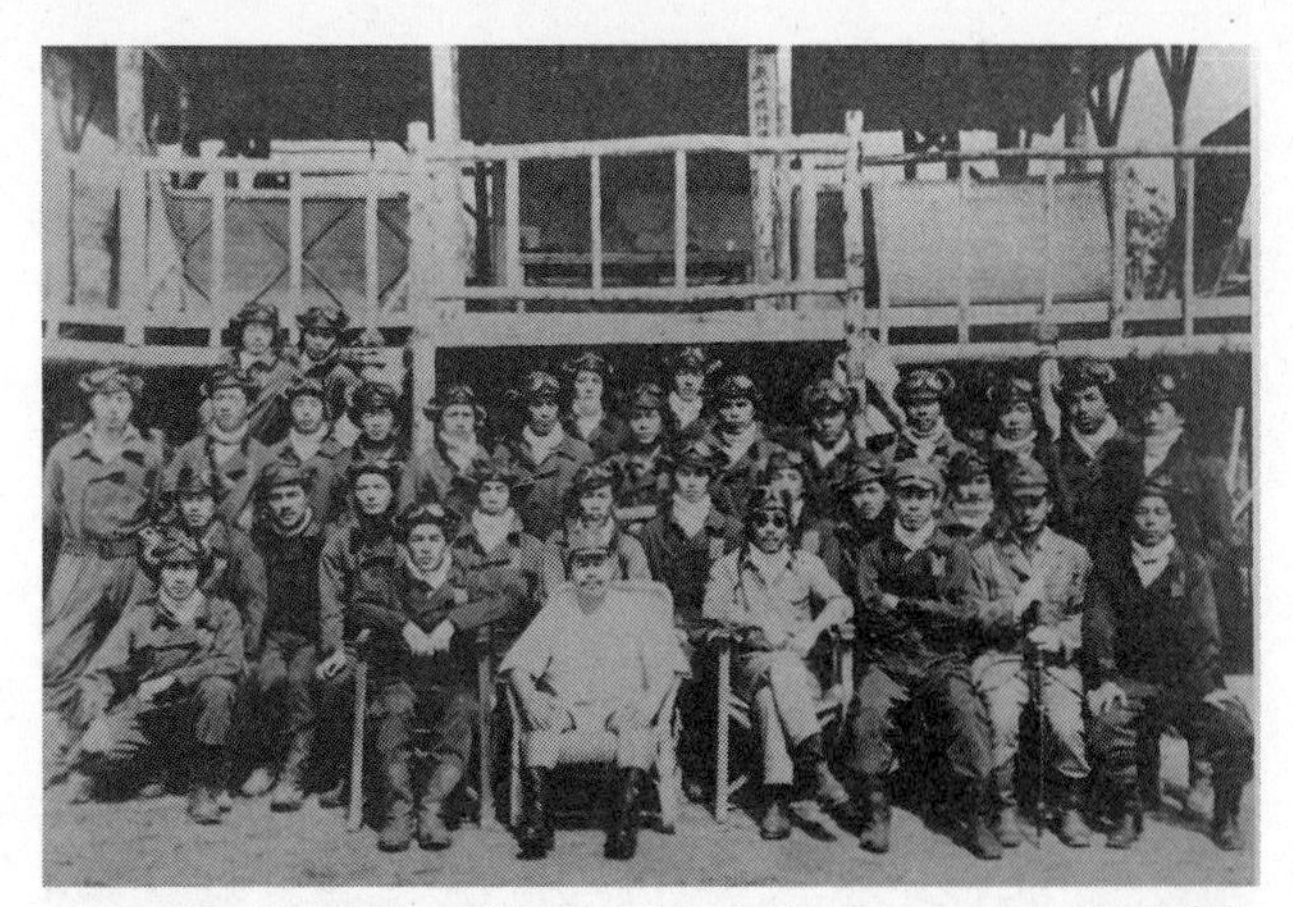

昭和18年6月2日、角田飛曹長がブインを離れる日の五八二空戦闘機隊の隊員たち。椅子に座っている左より鈴木宇三郎中尉、司令・山本栄大佐、進藤三郎少佐、野口義一中尉、角田飛曹長、竹中義彦飛曹長

角田飛曹長の転勤記念に撮られた山本司令との記念写真

昭和19年10月30日、特攻機の突入で炎上する米空母フランクリンとベローウッド。角田少尉は突入の一部始終を間近に見ていた

昭和19年11月6日、角田少尉は神風特攻梅花隊に編入される。左より高井威衛上飛曹、和田八男上飛曹、坂田貢一飛曹、尾辻是清中尉、角田少尉、岡村恒三郎一飛曹

昭和19年11月11日、マニラ湾岸道路から出撃する角田少尉搭乗の特攻直掩機。毎日新聞社の新名丈夫記者が撮影した

大義隊出撃前、整列する搭乗員に訓示をする司令・玉井浅一中佐（壇上）

昭和20年3月9日、特攻待機中の大義隊員。前列左より鈴村善一二飛曹、高塚儀男二飛曹、藤井潔二飛曹、磯部義明二飛曹、永田正司二飛曹。後列左より常井忠温上飛曹、村上忠広中尉、角田少尉、小林友一上飛曹

昭和 20 年 8 月、台湾で終戦を迎え、最後に飛行服姿で写真を撮った

昭和 19 年 11 月 6 日、特攻隊命名式直後の角田

平成 11 年 8 月、自ら畑で丹精込めて作ったスイカを子供に手渡す角田

原田（はらだ） 要（かなめ）

幼児教育に後半生を捧げたゼロファイター

昭和十六年、大分空時代

原田 要（はらだ かなめ）

大正五（一九一六）年、長野県生まれ。昭和八（一九三三）年、水兵として横須賀海兵団に入団。昭和十二（一九三七）年二月、第三十五期操縦練習生を首席で卒業。同年十月、第十二航空隊の一員として中支戦線に出動。昭和十六（一九四一）年九月、空母蒼龍乗組となり、真珠湾作戦（母艦上空哨戒）、ウエーク島攻略、印度洋作戦に参加。昭和十七（一九四二）年六月、ミッドウェー海戦で母艦を失い、海面に不時着水、九死に一生を得る。同年七月、空母飛鷹乗組、十月十七日、ガダルカナル島上空の空戦で敵戦闘機と刺し違えて被弾、重傷を負う。内地に帰還後、教官配置に就き、霞ケ浦海軍航空隊千歳分遣隊（北海道千歳基地）で終戦を迎えた。協同、不確実をふくめ、十四機の敵機を撃墜した記録が残っている。海軍中尉。戦後は郷里で自治会長などを務めたのち、昭和四十三（一九六八）年より託児所、次いで幼稚園を設立、経営。平成二十二（二〇一〇）年に園長を退任するまで、幼児教育に情熱を注いだ。

N.Koudachi

日本海軍機動部隊によるハワイ・真珠湾奇襲攻撃から六十周年となる平成十三（二〇〇一）年十二月七日（米時間）。「零戦搭乗員会」が主催する慰霊旅行に参加した私は、真珠湾を望むオアフ島の式典会場にいた。

この旅行には、真珠湾作戦の参加搭乗員をはじめ、旧海軍の飛行機乗りを中心に約五十名が参加し、八日間の日程で真珠湾攻撃ゆかりの戦跡をめぐった。さらに、日米の戦没者を追悼し、また、互いに戦火を交えたアメリカの退役軍人たちとの交流を行い、双方の体験者が戦争を振り返るシンポジウム、パネルディスカッションなども活発に催された。

米陸軍博物館の売店では、六切り（八×十インチ）に引伸ばされた日本側元搭乗員の飛行服姿の写真が一枚六ドルで売られ、飛ぶように売れていた。米側の要望でサイン会もしばしば開催され、その都度、数百人ものアメリカ人が無邪気に列をつくった。

ただ、同年九月十一日に起きた同時多発テロ事件の影響で警戒は厳重をきわめ、われわれが乗ったバスの前後には必ずＦＢＩの自動車が随伴している。

真珠湾作戦に参加した搭乗員は、各機種あわせて七百六十五名。大半がその後の戦いで戦死あるいは殉職し、生きて終戦を迎えたのは約百四十八名。六十周年の時点で、存命が確認されているのは三十数名にすぎなかった。

そのうち、元零戦搭乗員の原田要（はらだかなめ）（終戦時中尉）、元九七艦攻搭乗員の丸山泰輔（まるやまたいすけ）（同・少尉）が、この慰霊旅行に参加した。別の団体で、元九九艦爆搭乗員の阿部善次（あべぜんじ）（少佐）、そして、第二航空戦隊（空母蒼龍、飛龍）司令官・山口多聞少将の子息、山口宗敏（むねとし）もハワイに来ていて、シンポジウムのときなどしばしば顔を合わせた

真珠湾と、高台にある国立太平洋墓地で行なわれた記念式典には、同時多発テロの際に活躍したニューヨーク市の消防士や警察官、犠牲者の遺族らも招かれ、計約五千人が参列する大規模な式となった。攻撃が開始された午前七時五十五分、参列者全員で、平和を願って黙禱が捧げられる。式典の前後には、日米の元軍人が恩讐を超えて肩をたたきあう姿があちこちで見られた。

原田要は、空母蒼龍に乗組み、機動部隊の上空直衛として真珠湾作戦に参加、その後、昭和十七年六月のミッドウェー海戦では乗艦が撃沈され、九死に一生を得た。原田は、記念式典の会場で、ミッドウェー海戦で戦火を交えたアメリカ海軍の元雷撃機パイロット、ロバート・H・オームと再会を果たした。

オームは、真珠湾攻撃の当日、地上の基地でその惨状を目の当たりにし、ミッドウェー海戦では、乗機が原田ら母艦上空直衛の零戦によって撃墜され、長時間、海面を漂流したのちにようやく救助されたという。

原田も、敵機五機を撃墜したのち、母艦が沈められたため海上に不時着、四時間にわたって漂流し、救助されている。

戦場で直接、命のやりとりをした当事者同士の心情は想像するしかないが、似通った互いの境遇に親しみも増したのかすっかり意気投合、

「会えて本当によかった」

「I like you!」

と固い握手を交わした。

偶然の出会い

原田は戦後、幼稚園を経営、幼児教育に後半生を捧げた。

「この子たちに戦争の悲惨さは二度と味わわせたくない、ほんとうにそう思います。戦争で死んだ仲間たちも、平和を望んで国のためにと死んでいったんです。みんな、本当は死にたくなかったんだからね……。新しい日本を担う子供たちが、社会の一員

として幸せに活躍できる下地を作る、それが結局は平和につながっていくと自負しているし、戦友たちの遺志を受け継ぐことになるんじゃないかと思っています。——それと、相手を倒さなければ自分がやられる戦争の宿命とはいえ、自分が殺した相手のことは一生背負って行かなきゃならない。まったく、戦争なんて、心底もうこりごりですよ」

原田との出会いは、ふとした偶然からだ。戦後五十年を迎えた平成七（一九九五）年夏、神田神保町にある戦記・軍事本専門の古書店「文華堂書店」で、たまたま手に取った海軍関係の名簿に柳田邦雄氏の『零戦燃ゆ』で読んだことのあったその名を見つけ、インタビューを申し込んだのが最初である。

原田は生まれ故郷の長野市郊外で、幼稚園を経営しているという。勇猛果敢な零戦搭乗員が、いまは子供たちに囲まれて暮らしている——そのコントラストに興味を持った。原田との出会いがなければ、私が零戦搭乗員の戦中、戦後の人生を綴ろうと思うことはなかったかもしれない。

それまで私は、零戦についての本を読み、かつて零戦に乗っていたという人と会ったことはあっても、記事にするつもりでインタビューをしたことはなかった。写真週刊誌専属の報道カメラマンとして、その道で経験を積んできたとはいえ、自分の著書などない。今回、自分でいわば勝手に企画したこの取材を、記事や本にする成算など、ハナからなかった。率直に言うと、原田家の呼び鈴を鳴らすまで不安でいっぱいだった。だが、

「いらっしゃい。はじめまして」

なんの屈託もなく迎えてくれた原田の顔を見た瞬間、私はそんな不安がスッと消えてゆくのを感じた。やさしさが年輪となって刻まれているような表情だった。挨拶が終わらないうちに、玄関に顔を出した奥さんが、

「まああ、遠くからご苦労様ですね。どうぞお上がりください」

と、声をかけてくれた。奥さんの名は原田精（せい）、小柄でチャーミングな人だった。玄関先で、私は早くも原田夫妻の温かさに包まれたような気がして、

「大丈夫だ。この取材はなんとかなる」

と確信した。

「戦争のことは思い出したくもないから、これまでほとんど人に話してこなかった」

と言う原田が、私のインタビューに応えてくれたのは、戦後五十年の節目というこ

とが一つと、もう一つは、イラクによるクウェート侵攻を機に、国連が多国籍軍の派遣を決定、一九九一年一月十七日、イラク攻撃を開始した湾岸戦争のニュース映像を見た若い人が、

「ミサイルが飛び交うのが花火のようできれい」

とか、

「まるでゲームのようだ」

と感想を漏らすのを聞き、

「冗談じゃない、あのミサイルの先には人がいる。このままでは戦争に対する感覚が麻痺して、ふたたび悲劇を繰り返してしまうのではないか」

と危機感を持ち、なんらかの形で戦争体験を語り伝えないといけない、と意識が変わったからだという。

「私は戦争中、死を覚悟したことが三度ありました。最初はセイロン島コロンボ空襲で、敵機を追うことに夢中になって味方機とはぐれてしまい、母艦の位置がわからなくなったとき。二度めはミッドウェー海戦で、母艦が被弾して、やむなく海面に不時着、フカの泳ぐ海を漂流したとき。そして三度めは、ガダルカナル島上空の空戦で被弾、重傷を負い、椰子林に不時着してジャングルをさまよったとき。

相手を倒さなければ、自分がやられてしまうのが戦争です。私は敵機と幾度も空戦をやり、何機も撃墜しました。撃墜した直後は、自分がやられなくてよかったという安堵感と、技倆で勝ったという優越感が湧いてきます。しかしそれは長く続かず、相手も死にたくなかっただろうな、家族は困るだろうな、という思いがこみ上げてきて、なんとも言えない虚しさだけが残ります。私はいまも、この気持ちをひきずって生きているのです」

名門中学を中退して、水兵に志願

原田は大正五（一九一六）年八月十一日、長野県浅川村の農家に長男として生まれた。父・誠一は村会議員、消防組頭、在郷軍人会会長なども務める名士だったが、無類の酒好きで家庭を顧みず、物心ついたときから祖父母にかわいがられて育った。祖母は信心深く、いつも「南無阿弥陀仏」を唱え、幼い原田が病気になったときなど神仏に祈り続けてくれたという。

当時はまだ日露戦争（一九〇四－一九〇五）の余韻が色濃く残っていて、子供の遊びも戦争ごっこばかり。軍人に憧れ、将来の夢は陸海軍の大将、そんな時代だった。いたずら坊主で人一倍闘争心が強かった原田だが、勉強の成績はよく、地元の名門・

旧制長野中学校（現・県立長野高校）に進学した。ところが、

「入ってみたら周りはみんな勉強のできるやつばかりで、いつもビリのほうにいました。学問でだめなら、恵まれた身体と闘争心で運命を切り開こうと」

中学校を中退し、昭和八年、満十六歳で海軍を志願、四等水兵として横須賀海兵団に入団する。

「海軍を選んだのは、陸軍ってかっこ悪いんですよね、やぼったいような恰好をして。海軍のほうが服装がスマートで、軍艦に乗っていろんなところに行かれるかと思ったんですが、入ってみたらそんなのは夢のまた夢。寝ているとき以外はすべて分刻みの生活で、いつもおなかがすいて、殴られて、スマートとは程遠い毎日でした」

海兵団での基礎教育課程をおえると、昭和八（一九三三）年九月、駆逐艦潮（うしお）乗組。艦橋にある砲術指揮所の伝令を命じられた。この頃、海軍の飛行機をはじめて間近で見て、空に憧れをいだくようになる。

「飛行機というのがなかなか華やかなんですね。給料は加俸がついてうんといいというし、食事も違うんですよ。牛乳や卵もついて特別扱いなんです。これは魅力的でしたね。

しかも、搭乗員のマークをつけて町を歩くともてるんだ、若い女性に。これはもう、

鉄砲を撃ってるよりそちらに行こうと、まずは航空兵器の学校に行きました」

昭和十年四月、第三期普通科兵器術練習生として横須賀海軍航空隊へ。ここで初めて九〇式機上作業練習機に同乗、離陸したときの感激が忘れられないと原田は言う。

「ところが、飛行機に乗れたのは、機上作業の訓練のときぐらいで、それ以外はもっぱら、機銃や爆弾の整備作業ばかりでした。これは思っていたのとは違うぞ、と」

操縦練習生に採用

半年の教程を経て、昭和十年十一月、二等航空兵として空母鳳翔乗組となる。

「しかし、航空兵とは言え、兵器員では憧れの飛行機に乗せてもらえない。それなら操縦へ行こうと、こんどは操縦練習生に進もうと思いました。搭乗員になるには親の同意書がいるんですが、父が同意してくれない。やむなく勝手に同意書をつくって受験しました。

全国の鎮守府から千五百名ほどが受験して、採用予定者として残ったのが百四〜五十名。そのなかで操縦練習生に採用されたのが五〜六十名。そこからまた、ふるい落とされて卒業したのはたったの二十六名。この頃にもっと搭乗員を養成しておけば、後になって学徒の人たちにかわいそうなことをしないで済んだんじゃないか、と惜情にたえません」

操縦訓練では、操縦歴十年を超え、海軍屈指の名パイロットと言われた江島友一空曹長の指導を受けた。

「操縦の神様みたいな人で、地上では温和な人格者でしたが、いったん空中に上がると、厳しい指導者に一変しました。私の一挙一動に烈火のごとき罵声が浴びせられる。いつものように怒鳴られたある日、ほとほと自信がなくなって、『もうこれ以上、操縦に自信が持てません。練習生を辞めさせてください』と申し出たんですが、すると江島さんは、『お前の操縦は将来期待がもてるから叱るんで、見込みのないやつは叱らない。叱られたら大きな望みがあると思え』と。それ以来、私は、叱られれば自分が期待されてるんだと思えるようになりました。これはいまでも、私の教育哲学になっています」

操縦訓練は八ヵ月にわたって続いた。昭和十二（一九三七）年二月、操縦練習生を卒業。成績は同期生二十六名中一位で、恩賜の銀時計を拝受した。このことは、郷里の信濃毎日新聞にも、

〈原田一等兵首席で卒業「海國信州」の誇り〉

と、二段見出しで報じられた。

選ばれて戦闘機専修となった原田は、大分県の佐伯海軍航空隊で、九〇式艦上戦闘機を使って実用機の操縦訓練を受けたのち、昭和十二年十月には早くも実戦部隊である第十二航空隊に転属となり、中国大陸へ出征した。

「海軍に身を投じた者が戦地に赴く。当時の心境は最高でした」

と、原田。この年、七月七日、北京郊外盧溝橋で日中両軍が激突したのを機に支那事変が勃発。日本軍は中国国民政府の首都・南京攻略をめざしているところだった。

パネー号事件

日中両軍が対峙している上海に進出した原田は、十一月五日、日本陸軍による上海南方の杭州湾敵前上陸作戦の支援のため、九五式艦上戦闘機の両翼下に六十キロ爆弾を一発ずつ、計二発を搭載して出撃、初陣を飾る。その後も南京攻略部隊を空から掩護するため、連日のように爆弾を積んで出撃した。

ところが、南京陥落前日の十二月十二日、思わぬ事件が起きる。

この日、中国兵が大挙して南京を脱出、揚子江を商船やジャンク（小型の木造帆船）に乗って逃走中との情報に、海軍はただちに航空部隊を出撃させた。

この日出撃したのは、十二空の潮田良平大尉以下九五式艦上戦闘機九機、同じく小牧一郎大尉以下九四式艦上爆撃機六機、十三空の奥宮正武大尉以下九六式艦上爆撃機六機、村田重治大尉以下九六式艦上攻撃機三機。原田は潮田大尉の指揮下、これに参加していた。

南京の上流五十キロの揚子江上に、それらしき船舶四隻が多数のジャンクとともに航行しているのを発見。村田隊を先頭に、奥宮隊、小牧隊、潮田隊の順で攻撃を開始した。原田は語る。

「この日も九五戦に六十キロ爆弾二発を積んで行ったんですが、いちばん大きな船を爆撃したら命中して、まもなく沈没しました。戦闘機の爆撃は、ぎりぎりまで肉薄するから案外よく当たるんです。爆撃のあとは、ジャンクに向かって機銃掃射を繰り返しました」

だが、攻撃隊が爆撃した船舶は中国軍の敗残兵が乗った船ではなく、交戦の当事国ではない米アジア艦隊の砲艦パネーおよびスタンダード石油会社の所有船三隻（メイピン、メイシャ、メイアン）であった。

アメリカはただちに日本に対し厳重な抗議を申し入れ、一触即発の国際問題にまで発展した。「パネー号事件」と呼ばれる。

日本側は誤爆を認めアメリカに対して陳謝、千三百二十一万四千ドルにもおよぶ賠償金を支払い、四名の指揮官を戒告処分とすることでようやく事件は決着したが、原田も事情聴取を受け調書をとられた後、在隊わずか三ヵ月たらずで昭和十三年一月五日、長崎県の大村海軍航空隊に転勤を命ぜられた。

「そうとは言われなかったけど、これは事件に対する処分であったと思っています。でも、内地に帰ったら、よくやった、あれで命中しなければかえって日本の名折れだった、と褒められました。形だけの処分だったと思いますね」

話は前後するが、南京陥落直後、非番で上陸していた原田は、揚子江の河畔で、陸軍の兵隊が中国の便衣隊（ゲリラ兵）を処刑している凄惨な現場に出くわした。

「トラックに大勢数珠つなぎに乗せて、つぎつぎ連れてきては、首をはねて胴体を川に蹴り落としていました。女、子供はおらず青壮年の男ばかりです。

普通の服を着ているので見分けがつきませんが、陸軍の兵隊が、これは便衣隊、海軍さんもやってみないですか、と言うので、とんでもない、とすぐにその場を離れました。

あれが、戦後言われるところの南京大虐殺だったかもしれませんが、日本軍が占領したときには中国人の多くは逃げ出していて、南京にはそんなに人は残っていなかった。中国が主張する三十万人という数字はあり得ないと思っています」

初対面の新妻と大分へ

　内地に帰った原田は、大村空を皮切りに、昭和十三年二月佐伯空（大分県）、十二月筑波空（茨城県）、昭和十四年百里空（同）、昭和十五年十月大分空と、教員配置を渡り歩き、多くの後輩搭乗員を育てた。

　大分空にいた頃、郷里のから結婚相手の紹介があり、許可を得て長野県に帰郷。昭和十六年一月一日、原田の生家で、満十七歳の精と結婚式を挙げた。二人は挙式のそのときが初対面だった。精は、原田が操縦練習生を首席で卒業した新聞記事を読んだことがあり、

「銀時計なんてなかなかもらえないのに、偉いことだわね」

と思っていたという。

　結婚式を挙げたものの、事変下の戦闘機乗りの生活は多忙を極める。夜通しの宴会が明けると、翌日にはもう大分に戻る汽車に乗らなければならなかった。

「初対面の新妻を連れての旅は、なんとも照れくさいやら、恥ずかしいやらで、ほんとうに困りました」

と原田。精は、

「一言も口をきいてくれないので、私は退屈しちゃって、もう帰ろうかと思っていました」

と言う。二人が言葉を交わしたのは、旅も半ばを過ぎた頃だった。長野を発つとき餞別（せんべつ）にもらった水飴の包みを網棚に乗せていたところ、暖房の熱で溶け、それが前の席に座っていた男性の肩に落ちて汚してしまった。

「びっくりするやら申し訳ないやらで、慌てて謝ったり服を拭いたり……。でもその方はとっても親切な方で、怒りもせずに許してくださいました」

とは、精の回想。水飴騒ぎが落ち着いたとき、原田がはじめてホッとした笑顔を見せた。二人の距離が縮まった瞬間だった。

大分では、飛行場のすぐそばに借家を見つけ、そこで新婚生活をスタートした。朝、航空隊に出勤、訓練がはじまると、風向きによっては家の方向に離陸することになる。

「そうするとね、家内が二階に上がって見てるんですよ。互いにはっきり顔が見えるんです」

「あなた、大分の空でよく宙返りしてたわね」

海軍のことをよく知らなかった精が拍子抜けしたこともある。

「新聞に載るような偉い軍人さんと結婚したと思っていたら、もっと偉い上官がたくさんいらして。外でも敬礼するばっかり。あらあらそうだったの、と思いました」

搭乗員の給与は、本俸のほかに、航空手当、危険手当など、本俸と同じくらいの加俸がつく。母艦や戦地勤務になると、航海手当や戦地加算がついた。海軍では、本俸と加俸は別の袋に入れて支給される。原田は、加俸があるなどとはおくびにも出さず、本俸を封も切らずに精に渡していた。残りは自分で使ってしまう。

「お給料を封も切らずに渡してくれて、なんていい旦那様だろう、全部渡してくれて大丈夫かな、と思っていました。加俸があるなんて知らなかったものね」

つかの間の平和な時間。しかし、大分での生活は長くは続かなかった。

真珠湾攻撃時は母艦上空直衛

昭和十六年九月、原田に第二航空戦隊の空母蒼龍への転勤命令がくだる。急いで家を片付け、精を長野に帰して乗艦した原田は、ここではじめて零戦に乗ることになった。

蒼龍戦闘機隊は、第五分隊（分隊長・菅波政治（まさはる）大尉）と第六分隊（同・飯田房太大尉）の二個分隊で、零戦の定数は十八機。原田に与えられた配置は、第五分隊の第三小隊長（三機編隊の長）である。

「訓練は航行中の母艦への着艦に始まり、空戦訓練や射撃訓練など。もとより腕のある搭乗員ばかりでしたから、みるみるうちに仕上がりました。そしてある日、母艦に着艦してみると、艦内が臨戦状態になっていて。可燃物は陸揚げされ、防寒設備がほどこされ、艦は一路北上しています。ウラジオストクあたりの攻撃に向かうのでは、との噂が流れました。やがて錨をおろす音がしたので甲板に出てみると、小島が点在する湾内に、六隻の空母のほか、戦艦、巡洋艦などの機動部隊がところ狭しと入港していたんです。まるで日本海軍が勢ぞろいしたのかと思うような光景で、目を瞠りました」

機動部隊が入港したのは、択捉島単冠湾（えとろふとうひとかっぷわん）だった。原田たち搭乗員には、ここで真珠湾奇襲作戦の全容が明かされる。

「ここで、奇襲当日の任務が割り当てられたんですが、私たちの小隊に命じられたのは、攻撃隊ではなく母艦の上空直衛でした。大作戦に攻撃隊で加われないのは情けない。私は菅波隊長に、どうして攻撃隊で行かせてくれないんだとねじこみました。すると、攻撃してる間にこっちの母艦がやられたらどうするんだ、こっちの任務のほうが大切なんだと言われ――うまいこと言われたな、と思いましたが――仕方なく引き下がりました」

十二月八日、真珠湾攻撃。日本は米英と開戦する。

「この日、私がいちばん最初に発艦しました。上空から見ると攻撃隊が次々と発艦してきて、編隊を組んで真珠湾に向かう。悔しいから途中までついて行きましたよ」

ウェーク島攻略戦

真珠湾攻撃の帰途、第二航空戦隊の空母蒼龍、飛龍の二隻は、ウェーク島攻略作戦に協力するため、機動部隊本隊を離れた。ウェーク島は、米本土とグアム、フィリピンを結ぶ線上に位置し、中部太平洋における米軍の重要拠点であった。この島を占領すべく、日本側は十二月八日の開戦と同時に、委任統治領であるルオット島を発進した陸上攻撃機隊をもって空襲をかけ、上陸を試みたものの、陸上砲台からの砲撃で駆逐艦疾風（はやて）が撃沈され、また少数機が配備されていた米海軍のグラマンF４Fワイルドキャット戦闘機の爆撃によって駆逐艦如月（きさらぎ）が撃沈されるなど、予想外の敵の抵抗に後退を余儀なくされていた。そこで、空母搭載の艦上機の掩護を得て再度上陸を企図したのである。

十二月二十一日、第一次空襲。この日は敵戦闘機の邀撃はなく、零戦隊は拍子抜けして還ってきた。翌二十二日、第二次空襲が行われたが、記録によるとこの日は九七艦攻三十三機を零戦六機（蒼龍藤田怡與藏中尉以下三機、飛龍岡島清熊大尉以下三機）のみで護衛していた。爆撃隊が目標に向け針路に入った直後、二機のグラマンが急降下で襲ってきた。

グラマンは二機とも飛龍の零戦が撃墜したが、艦攻二機が撃墜された。そのうちの一機は、海軍一の水平爆撃（高高度を水平飛行しながら爆撃する）の名手として知られた金井昇一飛曹の乗機だった。

「あのときは藤田中尉、気の毒でした。艦長（柳本柳作大佐）に大目玉を食っちゃってね。でも、守り切れないですよ。相手が待ち構えているところに行って、一撃だけは防ぎきれないもの。一撃かけて逃げていくのは、まだ捕まえられますが……」

インド洋作戦、イギリス軍機との戦い

いったん内地に帰った機動部隊は、戦いの疲れを癒す暇もなく、昭和十七年一月中旬、南方作戦のためふたたび出撃した。飛行機隊は蘭印（現・インドネシア）セレベス島ケンダリー飛行場に進出、チモール海方面の偵察攻撃に従事し、さらにオーストラリア北西部のダーウィンをも爆撃した。

その後も東南アジア各地を転戦していた機動部隊は三月二十六日にケンダリーを出港し、インド洋へ向かった。日本軍が占領したシンガポールを脱出した英国東洋艦隊を、インド洋から駆逐するためである。

四月五日、空母赤城、蒼龍、飛龍、翔鶴、瑞鶴を発艦した九七艦攻、九九艦爆あわせて九十二機と零戦三十六機の大編隊は、英海軍の重要拠点であったセイロン島コロンボ港をめざした。

日本機の来襲を察知していたイギリス軍は、これを迎え撃つべく空軍のホーカー・ハリケーン戦闘機三十六機、海軍のフェアリー・フルマー複座戦闘機十機を発進させた。イギリス軍戦闘機は、日本側が爆撃を終了する頃になって戦場に到着、奇襲を受けた九九艦爆六機がまたたく間に撃墜される。

零戦隊は空戦に入り、五十五機を撃墜したと報告したが、英側記録によると、この日の空戦による損失は、ハリケーン十四機、フルマー四機である。

原田もこの空戦で五機（うち不確実二機）を撃墜した。

「敵の飛行機は逃げ足が速くて、格闘戦どころではありません。全速で追いかけても逃げられるんだから。そういうときは、逃げていく先に七ミリ七（七・七ミリ機銃）を撃ちこんでやるんです。そしたら、敵機は曳痕弾（えいこんだん）にびっくりして回避する。少し距離が縮まる。それを繰り返して蛇行運動させ、近接して最後に二十ミリ機銃で墜とすんですがね。

私は射撃はあんまり得意じゃなかったんです。内地で訓練していた頃は、お前、目がすわってないからだと言われ、それならばと酒を飲んで射撃訓練したこともありました。

でも、実戦になると、射撃のうまい、へたはあまり関係ありません。特に反航接敵になると、気の弱いほうが負けです。先に避けたほうがやられるんです」

原田は、この日の敵機をスピットファイアと記憶し、日本側の記録にもそのように記載されているが、液冷エンジンで形の似たハリケーンとフルマーを誤認したものらしい。

「撃墜を重ねて、つい深追いしてしまい、あらかじめ決められた集合点に戻ったときにはもう、味方機は引き上げたあとでした。

さあ困った。艦攻や艦爆のように航法専門の偵察員が乗っているならまだしも、零戦には私一人しか乗っていない。単機での洋上航法にも自信がないし、母艦に還る燃料があるかどうかもわからない。仕方がないから敵の飛行場に戻って自爆しようかと思っていたら、零戦が一機、私の横にスーッと寄ってきて、見れば名前も知らない若い搭乗員で、指を三本立てて撃墜数を示しながら、ニコニコと編隊を組んできました。私は、この若い搭乗員を死なせてはかわいそうだと思って、よし、それならば、と、自分なりの航法で帰ってみたら、奇跡的に母艦にたどり着いたんです。その搭乗員は、母艦が見えると喜んじゃって、ピューッと前に出てきて、一目散に自分の艦に帰っていきましたよ」

原田は四月九日にも、機動部隊攻撃に来襲したハドソン双発爆撃機二機を協同撃墜、インド洋作戦も一段落して内地に帰還し、ミッドウェー海戦を迎えることになる。

ミッドウェー海戦上空直衛

ミッドウェー作戦には、聯合艦隊の決戦兵力のほぼ全力が投入されることになった。日露戦争で、東郷平八郎司令長官率いる聯合艦隊がロシア・バルチック艦隊を撃滅した日本海海戦より三十七年目の「海軍記念日」にあたる昭和十七年五月二十七日、空母赤城、加賀、蒼龍、飛龍を主力とする第一機動部隊は広島湾を出撃した。まさに威風堂々。しかしその内実は、ハワイ作戦の時とちがって、非常に心もとないものだった。

艦の乗組員は南方作戦の疲れが癒えず、しかも飛行機隊搭乗員の補充、交替が完了したばかりで、その訓練内容は基礎訓練の域を脱していなかった。戦闘機隊の訓練も、単機空戦と単機射撃を実施しただけで、編隊空戦は一部の熟練者にとどまり、それも三機対三機までである。真珠湾攻撃の前に実施した九機対九機の編隊空戦訓練には遠くおよばず、艦攻、艦爆も合わせて、開戦直前の練度にはほど遠かった。機動部隊の総合力そのものが、知らぬ間に大きく目減りしていたのである。

対して米海軍は日本海軍の暗号書をほとんど解読し、全力をもって反撃態勢を整えていた。エンタープライズ、ホーネット、ヨークタウンの三隻の空母を中心とする米機動部隊は、日本艦隊を虎視眈々と待ち構えていたのだ。

六月五日、原田は上空哨戒の戦闘機小隊長として、二番機・岡元高志一飛曹、三番機・長澤源蔵一飛（一等飛行兵）をしたがえて、暁闇（ぎょうあん）をついて発艦した。上空からミッドウェー島攻撃隊の発進を見送り、所定時間を終えて一旦着艦、艦橋脇の飛行甲板で朝食の握り飯を食べ始めた頃、対空戦闘のラッパがけたたましく鳴り響いた。原田は語る。

「落下傘バンドをつける間もなくふたたび愛機に乗り発艦すると、水平線すれすれに敵機の大群が見えた。これは雷撃機だと直感、一発も命中させてなるものかと、各艦から発艦した戦闘機は一斉にそれに襲いかかりました。当時のわれわれの常識では、艦にとっていちばん怖いのは魚雷、ふつう二百五十キロ爆弾ぐらいで軍艦が沈むことはない、ということになっていましたから、急降下爆撃機のことはまったく念頭にありませんでした。無線が通じないので、上空直衛の間、母艦からの命令や連絡は一度もなく、自分の目で見える範囲で対処するしかありませんでした」

零戦隊は来襲した敵雷撃機・ダグラスTBDデバステーターのことごとくを撃墜、わずかに放たれた魚雷も巧みな操艦により回避される。弾丸を撃ちつくした原田は、敵襲の合間を見て着艦。愛機には、敵の機銃弾で無数の弾痕があり、使用不能と判断されて即座に海中に投棄された。

一服する間もなく、またも敵襲で予備機に乗り換えて発艦。敵はふたたび雷撃機、原田は列機とともに敵機の後上方から反復攻撃をかける。

「そのとき、三番機の長澤君が、私の目の前で敵雷撃機の旋回銃の機銃弾を浴び、火だるまとなって戦死しました。あれは私の誘導が悪かった。私が一機を撃墜して次の敵機を狙うときに、内地で訓練していたのと同じようにスローロールを打って連続攻撃をかけようとして、二番機、三番機もあとにならってきたんですが、それが敵に大きく背中を見せる形になってしまった。敵に腹を見せるとか、背中を見せるとか、いちばん危険なことなのに、失敗でした。それで、敵が私を狙って撃った機銃弾が、同じコースを遅れて入った三番機に命中したんです。見る間にバアッと火を噴いて……列機がやられるのを見るほどつらいものはありません」

三空母炎上

長澤機の最期を見届けた原田が、気を取り直して周囲を見渡すと、そこには信じられない光景が広がっていた。

つい先ほどまで威容を誇っていた加賀、赤城、蒼龍の三隻の空母から空高く立ち上る火柱。零戦隊が海面すれすれの雷撃機を攻撃している間に、上空から襲ってきたダグラスSBDドーントレス急降下爆撃機の投下した爆弾が、相次いで命中したのだ。

母艦の格納庫では、作戦の混乱による雷装、爆装の転換作業で信管をつけたままの魚雷や爆弾がごろごろしており、それらが次々に誘爆を起して大火災になった。

「三隻もやられるのを見ると、それはがっかりしますよ。戦意が急にしぼんでいくのを感じました。上空を見上げると、敵の急降下爆撃機が次々と攻撃態勢に入ってきます。あわてて機首をそちらに向けて、高度をとろうとするけど、とてもじゃないが間に合わない。撃ってはみたけど、距離が遠くて当たらない。急降下してくる敵機とすれ違ったぐらいで終わってしまいました」

　魚雷回避のため転舵して、他の三隻と離れていたために無傷で残った飛龍は、ただ一隻で反撃を試みた。飛龍は第二航空戦隊の旗艦で、司令官は山口多聞少将であった。加賀、赤城、蒼龍の被弾から約三十分後の午前七時五十七分、飛龍では小林道雄大尉率いる艦爆十八機を、六機の零戦とともに敵空母攻撃に発進させる。この艦爆隊の一部は敵空母の攻撃に成功、六弾を命中させ（実際には三発）、大破炎上させたと報告したが、帰艦できたのは零戦三機、艦爆五機に過ぎなかった。

友永雷撃隊を見送る

　原田が飛龍に着艦したのは、小林大尉の艦爆隊が発艦した直後と思われる。ここでも、乗機は被弾のため使用不能と判定され、海中に投棄されてしまう。搭乗員が飛行機を捨てられては仕方がない、やむを得ず、艦橋で発着艦の助手を務めていたが、そこで、敵機動部隊攻撃のために発進する友永丈市大尉以下の搭乗員を見送った。そのなかには、原田と同年兵の大林行雄飛曹長の姿もあった。

「大林君が私がいるのを認めて、別れを言いにきました。原田、俺は行くからな、もう還らないと思う、と。彼の顔にはまったく血の気がなかったですよ。私は、ああ、これが死ぬときの顔か、と思って見つめるばかりでした。指揮官・友永大尉は、ミッドウェー島攻撃で燃料タンクに被弾して、修理の暇もなく片道分の燃料で出撃したと整備員が話しているのを耳にしました。大林君も還りませんでした」

十時三十分、友永大尉率いる艦攻十機、零戦六機の、後世言われるところの「友永雷撃隊」が、司令官以下の見送りを受けて発進した。

敵空母を発見した雷撃隊は友永大尉の第一中隊五機と、橋本敏男大尉の第二中隊五機に分かれ、挟撃する態勢に入った。この敵空母は、わずか数時間前に艦爆隊の命中弾で大破したはずのヨークタウンだったが、驚異的な復旧作業により、日本側が新手の米空母と誤認するほどの快走を続けていた。

敵戦闘機や対空砲火の反撃は熾烈を極めたが、結果的に友永中隊が敵戦闘機を引きつける形になり、射点につく前に五機全機が撃墜されたものの、橋本中隊が雷撃に成功、二本の魚雷命中を報告した。飛龍では、なおも残存機を集めて第三次攻撃の準備に入った。

——平成十三年、ハワイで行なわれた真珠湾攻撃六十周年の慰霊セレモニーには、このときの雷撃隊の一員で、飛龍艦攻隊の丸山泰輔も、原田とともに参加している。

このとき丸山は、別の一行で来ていた山口多聞司令官の息子・宗敏と、ホノルル空港のロビーで偶然出会った。山口宗敏は、写真で見る父・多聞少将とうり二つの人である。その顔を見た途端、丸山の目から滂沱(ぼうだ)たる涙が流れた。宗敏の手をしっかり握り、

「周りで三隻の空母がボーボー燃えている中でね、山口司令官はわざわざ艦橋から降りて、われわれ出撃搭乗員三十六名、一人一人の手を両手で握って、仇を取ってくれと……」

あとは言葉にならなかった。

発艦直後に飛龍被弾

攻撃隊を見送った原田は、整備のできた零戦で、上空哨戒のためただちに発艦するよう命じられた。

「飛行甲板に降りて、飛行機が艦橋よりずっと前にあるのに驚きました。操縦席からは波のうねりが見えるばかりで、飛行甲板の前端も見えません。はたして発艦できるか不安でしたが、整備員に尾翼をしっかり押さえさせてエンジンをいっぱいにふかし、離艦すると同時に脚上げ操作をしました。たちまち機は沈み込み、海面すれすれでやっと浮力がついて上昇を始めました」

早く上昇して敵機を墜とさなければ、と気は焦るばかり。高度が五百メートルに達した頃、ふと後ろを振り返ると、飛龍にも火柱が上がるのが見えた。

「そのとき私は、日本は負けた、と思って目の前が真暗になりました。ともあれ直衛の任務を果たそうと、次々に飛来する敵機を攻撃すること約二時間、ついに自機も被弾、燃料もなくなって、夕闇せまる海面に不時着水しました」

原田は、期せずして、この海戦で機動部隊を最後に発艦した搭乗員となった。原田が身につけていたシーマの腕時計は、着水した午後三時三十五分（日本時間。現地時間七時三十五分）で止まっている。

原田機の着水を認めた味方駆逐艦は、救助のためすぐに接近してきたが、折悪しく敵の大型爆撃機・ボーイングB－17による空襲に遭い、そのまま退避してしまった。

「波の上に浮かんでいると、あちこちに艦の燃える黒煙が見えました。やがてあたりが暗くなってきて、これはもう、助かる見込みはない。拳銃があれば自決するんだけども――現に蒼龍の高島武雄二飛曹などはそうやって自決したそうですが――、あわてて飛び上がってるからそれも持ってない。ほんとうに死を覚悟すると、早く死にたくなるものですよ。はじめはフカよけにマフラーを足に結んで長くたらしていましたが、もうフカに食われた方が楽だと思って流してしまいました。このとき脳裏に浮かぶのは妻の顔だけでした」

四時間の漂流ののち、原田は、探照灯を照らして生存者を探していた駆逐艦巻雲に奇跡的に救助された。甲板上には収容された重傷者が折り重なるようにころがってい

て、まさに阿鼻叫喚の地獄絵図のようだった。原田は、艦長室に収容されてはじめて、朝、おにぎりを一口ほおばってからなにも口にしていなかったことに気がついた。無性に腹が減った。悪いと思いながら、そこにあった葡萄酒を失敬して、ようやく人心地がついてきた。

日が暮れて敵機の空襲がやむと、飛龍には駆逐艦が横付けして、ホースで飛龍の弾火薬庫に注水を始めたが、やがて機関が停止、日付が変わった六月六日未明、山口司令官は艦の処分を決定する。

「夜明け前に巻雲は、飛龍に接近して生存者を収容しました。駆逐艦からの探照灯に照らされて、甲板上の人の動きがよく見えましたよ。訓示のあと、総員を解散させて、山口司令官と艦長・加来止男大佐が、二人で艦橋に上がってゆくのが見えました」

生存者を収容した巻雲は、燃える飛龍を魚雷で処分、戦場をあとにした。

「遠くへ消えてゆく飛龍を見ながら、女々しいとは思いましたが、止めどもなく涙が溢れてくるのを抑えられませんでした」

ここに、威容を誇った日本海軍機動部隊は、空母四隻を失い壊滅した。ミッドウェー海戦での原田の戦果は、撃墜五機（うち協同三機）だった。

飛鷹乗組

ミッドウェー海戦の生き残り搭乗員たちは、内地に帰ってもしばらくは、敗戦の事実を隠蔽するため軟禁状態におかれた。原田はほかの戦闘機搭乗員とともに、鹿児島県の笠之原基地に収容された。上陸（外出）も外部との接触も許されず、毎日の日課は食事と体操以外なにもなかった。同じ顔ぶれで同じ愚痴を繰り返す毎日。

しかし、戦局の急迫は、彼らベテラン搭乗員たちをいつまでも遊ばせてはおかなかった。

昭和十七年七月三十一日、原田は、空母飛鷹（ひよう）乗組を命ぜられる。飛鷹は、日本郵船が北米航路用に新造した貨客船出雲丸を建造途中で航空母艦に改装した空母で、同じく橿原丸を改装した空母隼鷹とともに、再編された第二航空戦隊を編成していた。ミッドウェーで壊滅した旧二航戦の搭乗員の多くが、新生二航戦に編入された。

飛鷹飛行隊長は兼子正（かねこただし）大尉。原田は先任搭乗員として、全下士官兵搭乗員をまとめる役目を負うことになった。

兼子大尉は上下からの信頼も厚く、空戦度胸もあり申し分のない隊長だった。隊員たちも、ほとんどがミッドウェー海戦の生き残り、歴戦の搭乗員たちで、一ヵ月におよぶ軟禁生活から解放されて、士気はきわめて高かったという。

一日も早く戦力をととのえるため、飛鷹の搭乗員たちは群馬県小泉の中島飛行機に赴き、飛行機受領のためのテスト飛行を繰り返した。

すでに八月七日、米軍は、日本海軍が飛行場を設営していたソロモン諸島のガダルカナル島、およびその対岸で日本海軍が水上機基地をおいていたツラギ島に上陸、飛行場は米軍の手に落ち、ガダルカナル島奪還をめざす日本軍と、ここを反攻の足がかりにしようとする米軍との、陸、海、空にわたる総力戦が始まっていた。

そんなある日、こんど出撃すればそれが最期になるかもしれないと感じていた原田は、どうしても妻子の顔が見たくなり、精を上野駅に呼び寄せた。

ウェーク島攻略作戦のさなかに産まれたばかりの長男を背負い、両手に抱えきれないほどの荷物をもって、農作業からそのまま駆けつけたようなみすぼらしい姿で、必死の形相で現われた精を見て、

「なんともいえない純粋な、最高の美しさを感じました」

と、原田は言う。

ガダルカナル上空の死闘

飛鷹は、約二ヵ月の訓練を経て、昭和十七年十月四日、ガダルカナル島の攻防に参加するため内地をあとにした。

搭乗員たちは死線を越えてきたベテラン揃いであったから、意外に冷静でなごやかでさえあったという。しかも、蒼龍はけっして居住性のよい艦ではなかったが、飛鷹のほうは元客船だけになにもかもがゆったりとしていた。

ガダルカナル島争奪戦はいよいよ泥沼化し、島に上陸した陸軍部隊は食糧、弾薬の補給もままならなく、苦戦を続けていた。

十月十五日現在、ガ島の日本軍兵力は約二万近く、対する米軍は二万三千、その大部分は戦闘に疲れ、マラリアに悩まされた海兵隊であった。戦局はほぼ拮抗していた。

この日、日本軍はガ島北岸に食糧、弾薬を揚陸するが、翌十月十六日には揚陸地点が米駆逐艦二隻の艦砲射撃を受け、灰燼に帰する。

この艦砲射撃を機に、聯合艦隊は、空母隼鷹、飛鷹の第二航空戦隊に、ガ島ルンガ泊地の敵輸送船団攻撃を命じた。二航戦では翌十七日、二隻の空母からそれぞれ零戦九機、艦攻九機、計三十六機を出撃させることになり、十六日の夜、搭乗員に命令が伝えられた。

十月十七日午前三時三十分、総勢三十六機の攻撃隊は母艦を発進。途中、隼鷹の艦攻一機が故障で引き返す。残る三十五機は、隼鷹艦攻隊、飛鷹戦闘機隊、飛鷹艦攻隊、隼鷹戦闘機隊の順に編隊を組んでガ島上空に向かった。

艦攻隊の高度は四千メートル、戦闘機隊はそれぞれ、その五百メートル後上方に位置していた。ソロモンの空と海はあくまで青く、太陽は強くまぶしかった。

ガ島上空に差しかかる頃、前方の左上方五百メートルほどのところに、断雲が近づいてきた。

「いやな雲だ」

原田の胸に不安がよぎった。

同じ頃、隼鷹零戦隊指揮官・志賀淑雄大尉は、高度六千メートル付近の層雲が気になって、その陰に敵戦闘機がいるのではないかと、列機を引きつれて雲の上に出てみたが、なにも見つからなかった。しかしこのとき、米海兵隊のグラマンＦ４Ｆ二十八機が、前方の断雲にまぎれて艦攻隊を狙っていたのである。

そうとも知らず、艦攻隊は目標に向かって針路を定めた。だが、隼鷹艦攻隊は定針を誤り、指揮官・伊東忠男大尉は敵地上空で爆撃のやり直しを決める。続いて入った飛鷹艦攻隊はそのまま投弾したが、これが両隊の明暗を分けることになった。原田の回想。

「断雲がほぼ真横上方にきたとき、グラマンの一群、十数機が上空から降ってきました。すばやく戦闘態勢をととのえましたが、最初の一撃はどうにも防ぎようがありません。

グラマンはわれわれ戦闘機には目もくれず、隼鷹艦攻隊に襲いかかってきます。見る間に二機が火を噴き、後続機も一機、二機と煙を吐きはじめました」

零戦隊が追尾に向かったときには、一撃を終えた敵機は、優速を利用して前方に急上昇しているところであった。このとき、一機のグラマンが、突如反転して、飛鷹零戦隊の後方に回りこんできた。

「私はしんがり小隊長ですから、『このへナチョコになめた真似をされてたまるか』と、目もくらむばかりに操縦桿を引き、機首を向けたんですが、出港以来の疲れのせいか、一瞬、失神してしまったんです。Gには強い方だったんですがね……。気がつくともう、目の前にグラマンが向かってきていました。

私はとっさにこの敵機と刺し違える決心をして、下腹にぐっと力をこめて、左手のスロットルレバーについた引き金（発射把柄）を握りました。互いの曳痕弾が交錯し、あっと思った時にはガーンという衝撃とともに、左手が引き金からはじき飛ばされました。飛行服の左腕のところに卵大の穴が開き、風防や計器板に血しぶきが飛び散りました」

被弾、ガ島に不時着

操縦桿を足にはさみ、右手と口でゴムの止血帯を巻きつけ、ふと見ると、敵機は白煙を引きながら、はるか下方の島影に吸い込まれていくところであった。

「私は不時着を決意して、眼下の椰子林にすべり込みました。椰子林というのは上空から見るとフワフワしていて、ここならいいかと思ったんですが、椰子の木って高いんですね。二十メートルぐらいあるんです。目の前に椰子の葉っぱが迫ってきたと思ったら、木にぶつかって片翼が吹き飛び、あとのことは覚えていません。意識が戻ると、私の零戦は地面にひっくり返っていて、風防がつぶれて外に出られないんです。ガソリンを被っているから息も苦しくて……」

原田は、右手の爪で地面に穴を掘って、死にもの狂いで脱出した。喉が焼けつくように渇いて、傷の痛みに耐えながら水を探した。ようやく、ボウフラのわいたどす黒い水たまりを見つけて、顔を突っ込んでそれを飲み干し、気を取り直して歩いていると、やはり不時着していた隼鷹艦攻隊の佐藤寿雄一飛曹と出遭った。佐藤機のペア（海軍では、二名以上の同乗者を「ペア」と呼んだ）は、機長・久野節夫中尉は機上戦死、電信員・丸山忠雄一飛曹は、不時着時の衝撃で椰子の木に巻きついた艦攻の胴体に足をはさまれていて、間もなく死亡した。

「それからは、佐藤君と一緒にジャングルのなかをさまよい歩きました。夜も、傷が痛くて眠れたもんじゃありません。ちっとも寝つけなくて、隣で寝ている佐藤君の顔を見ると、やはり眠れないようでした。

それで、椰子の葉陰に出ている月を見ながら、二人で手を握りあって、これでいいじゃないか、もう十分、やるだけのことはやったんだからいいよ、と。そして数日がかりでやっと、海軍の特殊潜航艇基地にたどり着いたんです。そこでは貴重な医薬品を全部、私のために使って治療してくれました」

しかし原田の傷はしだいに悪化し、マラリア、デング熱も併発して、生死の境をさまよい続けた。舟艇に乗せられて十一月五日にガダルカナル島を脱出し、意識が戻ったのは約一週間後、トラック島の第四海軍病院でのことだった。

秋水の搭乗員養成

結局、原田はこれを最後に戦場に復帰することはできなかった。

内地に送還された原田はその後、飛行兵曹長に進級し、霞ケ浦海軍航空隊教官となったが、負傷の後遺症で入退院を繰り返さざるを得ず、戦局を横目に苦しい日々を送った。

受け持った飛行練習生の少年たちが、巡検（消灯前の点検）後に毎晩のように原田の部屋に押しかけてきては、早く前線に出してくれとせがんだ。その純真で真剣な瞳が、原田の胸に針で刺すような痛みをともないいつまでも残った。

昭和二十年三月、霞ケ浦海軍航空隊は第十航空艦隊に編入され、実戦部隊に事実上格上げされた。同時に、日本本土空襲に飛来していた米陸軍の四発超大型爆撃機・ボーイングB－29に対抗するための新鋭ロケット戦闘機秋水（しゅうすい）の搭乗員を養成することになり、一部を北海道千歳基地に派遣、訓練をはじめた。

秋水は、ドイツのメッサーシュミットMe163をもとに開発された戦闘機で、ロケットの推進力で高度一万メートルまで三分半で上昇し、B－29を攻撃、あとは滑空で帰ってくるというものであった。

昭和二十年七月七日、横須賀海軍航空隊で初飛行が行なわれたが、上昇途中でエンジンが停止、不時着大破し、テストパイロット・犬塚豊彦大尉は殉職、結局、実戦配備はされないままに終わる。原田も、秋水部隊の教官にはなったが。実物の秋水は一度も見る機会がなかったという。

秋水の訓練には、はじめは零戦を使用した。高度五千メートルでエンジンを止め、滑空で急降下させる訓練をやっていたが、過速におちいり、機体を引き起こすことができずに墜落する者もいた。

そのうち、その零戦もほかの部隊に持っていかれ、ついには九三式中間練習機での訓練となった。ロケット機の訓練に複葉の練習機を使うとは、日本海軍の末期的状況をよく表している。

原田はそのまま、千歳基地で終戦を迎えた。満二十九歳の誕生日を迎えたばかりだった。

北海道では、「ソ連の落下傘部隊が北海道を占領し、男は去勢され、南方に送られて終身強制労働させられるだろう」などという、不安に駆られた人々による、根拠のない支離滅裂なデマが飛び交っていた。原田たちは、いざというときは山中にこもってゲリラ戦をするつもりで準備にとりかかった。

せめて子供たちの身の安全のため、しぶる精を説得して長野に帰らせたが、ほどなく米軍が進駐し、日本に対する寛大な処置が報じられた。

幼稚園をつくる

原田は郷里の長野に帰り、妻と子供二人、病弱な母をかかえて職を求めたが、公職追放にかかっているとの理由でどこへ行っても採用されず、また、状況がわからないので戦犯の影におびえる日々であった。夜中に空戦の夢を見て、うなされることも多かった。

敗戦のショックから立ち直るには、なおも数年の歳月が必要だった。

「戦後は家内と二人で、家族八人を養うためにずいぶん苦労しました。百姓をやったり、乳牛を飼って搾乳したり、いろいろやってみたけど一つも成功しませんでした。昭和三十八年には近くに団地ができて、そこで八百屋をはじめ、同時にりんごの集配をやったり、子供たちが学校に通ってる間は寝る暇もなかったですね。

昭和四十年、地元に詳しいからというので自治会長にさせられちゃって、そうしたら、いろんな人が相談をもちかけてくるんです。

まず、小さな子供を預かってくれるところはないかというので、近所のおばさんで赤ちゃんを預かってくれるところを探しました。そのうち若い人が増えてくるとおばさんたちの手が足りなくなり、ちょうどその頃、小学校ができることになって私の田んぼを代替地として提供したら何がしかのお金が入ったので、昭和四十三年に託児所『北部愛児園』をつくりました。「私は固辞したんですが、福祉の仕事に関心のあった家内が、お引き受けしたら、と言ってくれて始めました。そしたら、そこに通っていた子供たちが順に大きくなって、こんどはとうとう幼稚園をやることになったんです」

託児所を増築して「みんなの幼稚園」の名で未認可保育園とし、さらに名称を「ひかり園」と改めて施設を拡充。昭和昭和四十七年、幼稚園は学校法人として認可され、原田は理事長に就任する。五十六歳での新たなスタートだった。

「最初はけっして、やりたくて幼稚園を始めたわけじゃなかった。これも運命だと思うんですよ。もちろんいまは、幼児教育に生きがいを感じています。子供というのはほんとうに正直で、毎日が楽しくてしようがありません。

しかし、近頃は世の中が狂ってますね。私は、それはやはり教育が悪いんだと思う。幼稚園なんかも、教育じゃなくて子供の奪い合いみたいになっています。宣伝合戦やって、立派な園舎を建てて、立派な遊具を買って、そんななかでおだて上げた教育をしてるでしょう。結局ね、感謝する気持ちがないわけですよ。いつも不平不満が先に立って、ありがとうという気持ちがないんじゃないかと。

それと、私もそうでしたが、親が自分の果たせなかった夢を子供に託そうとするでしょう。それが子供にとっては重荷になっちゃう。塾だ、習い事だ、といろんなことを小さいときからさせるけど、それじゃ、子供が子供らしく伸びないもの。盆栽みたいになって、かわいそうですよ。それに、いまの若い親を見ていると、自分の子さえよければ、他はどうなってもいいみたいです。いったい日本はどこに行っちゃうんでしょうかね」

私がはじめて原田と会った翌年、平成八（一九九六）年、原田は満八十歳を迎えた。長野県下の幼稚園の園長のなかで、とび抜けて最年長だったという。

原田はその後も園長として子供たちの敬愛を集め、平成二十二（二〇一〇）、九十四歳の年に引退するまで、幼児教育に情熱を注いだ。

最愛の妻との別れ

引退と同じ年、平成二十二年十一月。七十年近く連れ添ってきた精が、八十七歳で亡くなった。

戦中は明日をも知れぬ戦闘機乗りの妻として、戦後は一転、失業して職を転々とする夫を支え、激動の昭和を生きてきた精は、夫婦で小さな幼稚園を設立してからはずっと、子供たちをやさしく見守ってきた。

私の知っている精は、いつも明るく穏やかで、傍目には幸福そのものに見えたけれど、長男に先立たれる哀しみも味わい、また、幼稚園児の保護者の変化にずいぶん戸惑いも感じていたようだ。

精は、毎年、冬になると、次の春に入園してくる子供たちのために全員の分の草鞋を、心をこめて編んでいたが、

「この頃の親御さんのなかには、こんなものいらないから保育料を安くしろって言う人もいるんですよ。お金じゃなく気持ちでやってきたことなのに、もう、嫌になっちゃって」

と、寂しそうにこぼしていたのを思い出す。

「こんど生まれ変わったら、もっと楽な人と一緒になりたいわ」

などと言いながら、夫のことを思う気持ちは、いつもひしひしと伝わってきた。

私が最初に上梓した、零戦搭乗員の証言集『零戦の20世紀』（スコラ・一九九七

年）で原田のことを紹介して以来、
「零戦搭乗員で幼稚園の園長になった人がいる」
ということが広く知れ渡り、各種メディアの取材が引きも切らなくなった。
原田は来るものは拒まず、取材したほうは喜んで帰っていくのだが、あるとき精に、
「主人はああ見えて、戦争の話をした晩は夜通し、苦しそうにうなされるんですよ。
見ていてとっても辛くて。年も年だし、紹介してくれというお話はお断りいただける
と助かります……」
と言われてハッとしたこともある。
真珠湾攻撃六十周年のときには一緒にハワイにも行ったし、温泉旅行にも何度も行
った。長野の原田邸に行くと必ず、手作りの料理や漬物で歓待してくれた。私もいつ
しか、実の祖父母宅に行くような感覚になっていた。東京で行なわれる「零戦の会」
の総会にも、毎年、夫妻揃って参加していた。
「生まれ変わっても、家内と一緒になりたい」
と、原田はかねがね言っていた。本心だと思う。

＊

原田は、平成二十八年五月三日、九十九歳で亡くなった。百歳の誕生日を三ヵ月後に控えていた。

戦後七十年（平成二十七年）の年に、新聞やテレビ、雑誌の取材が休む間もないほどに殺到し、疲労困憊して体調を崩していたのだという。

「振り返ってみると、不思議に私には『まぐれ』と『偶然』がつきまとっていました。若い頃、私は死ぬということが怖くて、お坊さんに教えを乞いに行ったこともあったけど、克服できなかった。でもいざ、実際にその場に直面すると、案外平静なものでした。戦争で死ぬような目に何度も遭いながら、人の命なんてわからないものだとつくづく思います。寿命は神様から与えられたもので、自分ではどうにもならないものなんですね。

いまの若い人のなかには、日本がかつてアメリカと戦争をしたことを知らない人も多いと聞きます。年寄りの目からみると、あの戦争で、多くの犠牲の代償として得た平和が、いまは粗末にされているような気がしてなりません。歴史を正しく認識して、平和のありがたさを理解しないと、また戦争を起こしてしまう。

軍隊や戦争のことでいい思い出なんて一つもありません。ほんとうは思い出すのもいやだけど、命ある限り、自分たちが体験したことを次の世代に語り伝えることが、われわれの世代に課せられた使命だと思っています。

とはいえ、幼稚園で、小さな子供たちにそのことを教えるのは大変です。そこで私は、まず物は大事にしなさい、どんな物でもその物の身になって、けっして無駄には使わない、それが自分の命を守ることにつながるんだよ、という話から始めるようにしてきたんです」

原田の左腕には、ガダルカナル島上空で負ったすさまじい銃創が残っていた。そんな実体験に裏打ちされた言葉は、限りなく重いものだった。百歳の長寿を祝うことは叶わなかったが、原田に聞かされた話は、片言隻句さえいまも私の心に残っている。

操縦練習生のころ。左から2人めが原田一空

昭和10年10月、第3期航空兵器術練習生修了（右が原田二空）。左腕には兵器術の特技章

第35期操縦練習生首席卒業の「恩賜の銀時計」

昭和13年、筑波空教員時代、受け持ち練習生と三式初歩練習機の前で

昭和16年1月1日、郷里で挙式

昭和16年、大分空時代

ミッドウェー海戦で被弾炎上する空母飛龍。原田一飛曹は同艦を発艦した最後の搭乗員だった

ガダルカナル島でともに不時着し、重傷の原田一飛曹を献身的に介抱した艦攻搭乗員の佐藤寿雄飛曹長（右、のち特攻戦死）と。昭和18年頃

昭和19年、霞ケ浦空教官時代。飛曹長になっている

小町 定（こまち さだむ）

大戦全期間を闘い抜く

昭和十六年、空母赤城時代

N.Koudachi

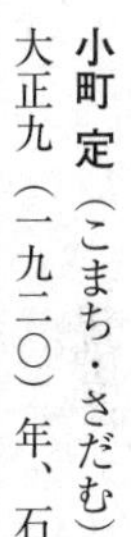

小町 定（こまち・さだむ）

大正九（一九二〇）年、石川県生まれ。昭和十三（一九三八）年、海軍を志願、呉海兵団に入団。昭和十五（一九四〇）年、第四十九期操縦練習生卒業。空母赤城乗組を経て、昭和十六（一九四一）年、翔鶴乗組。ハワイ作戦、印度洋作戦、珊瑚海海戦、第二次ソロモン海戦、南太平洋海戦に参加。内地帰還後、昭和十八（一九四三）年十二月、二〇四空、のち二五三空にてラバウル、トラックの航空戦に参加。昭和十九（一九四四）年六月十九日、マリアナ決戦のためグアムに向かい、着陸寸前のところをグラマンＦ６Ｆに奇襲、撃墜され重傷を負う。その後、峯山海軍航空隊教官を経て、横須賀海軍航空隊で終戦を迎えた。戦後、釘の行商から身を起こし、材木業、建築業を経て、東京都大田区でビルのオーナーとなる。平成二十四（二〇一二）年歿。享年九十二。

横浜・山下公園に係留されている日本郵船「氷川丸」。貴重な産業遺産として平成二十八（二〇一六）年、国の重要文化財に指定されたが、いまや横浜の風景の一部として溶け込んでいて、あらためて気に留める人はそう多くない。ましてや、昭和五（一九三〇）年の就役以来、戦前、戦後を通じ、北米シアトル航路の花形だったこの豪華貨客船が、大東亜戦争中、海軍に徴用され病院船となって、幾度かの沈没の危機を乗り越えながらも多くの傷病兵の命を救ったことを知る人はどれほどいるだろうか。

――私は、南方で重傷を負い、この船に乗って日本に還ってきた人を、幾人か知っている。そのうちの一人が、歴戦の零戦搭乗員だった小町定飛曹長である。

小町は、昭和十九（一九四四）年六月十九日、日本の委任統治領であり「絶対国防圏」とされたマリアナ諸島への米軍侵攻を受けて、それを迎え撃つべくトラック基地を出撃、燃料補給のためグアム島に着陸しようとしたところを米海軍の戦闘機・グラマンＦ６Ｆの奇襲を受け、撃墜されて九死に一生は得たものの、大火傷を負ったのだ。

このとき、混乱をきわめる戦場から、小町が救出されたこと自体が奇跡にちかい。もしここで小町が戦死したり、無事に帰ってこられなかったりしたら、小町の家族や会社はもちろん、私が紡いでいる零戦搭乗員の物語も生まれてこなかった。一人の運命がのちにおよぼす影響の大きさを思えば、数百万の人命が喪われた戦争の惨禍はまさに想像を絶する。

いま氷川丸の展示パネルを見ると、華やかな北米航路のことが重点的に語られているが、私には、チャップリンが乗船したことよりも、病院船として、多くの将兵を生きて内地に帰してくれたことのほうがはるかに意義深く感じられる。

山下公園で氷川丸の前に立つたび、私は小町を思い、この船――物言わぬ鉄の塊であるかもしれないけれど――に、しばし頭を垂れるのだ。

墜とした相手にも家族がいるんだ

小町は、昭和十六（一九四一）年十二月八日の真珠湾作戦から、昭和二十（一九四五）年八月十八日の日本海軍最後の空戦まで、途中、重傷を負いながらも、大東亜戦争の文字通り全期間を戦い抜いた。

戦後は、焦土となった東京・蒲田で釘の行商から身を起こし、材木店、建築会社を経て駅前にビルを建て経営した。昭和五十三（一九七八）年に結成された元零戦搭乗員の全国組織「零戦搭乗員会」の事務局は、平成十四（二〇〇二）年に解散するまで小町のグランタウンビルに置かれていた。

私が小町を初めて訪ねたのは、平成七（一九九五）年夏、グランタウンビル三階にあった小町の事務所でのこと。小町は当時七十五歳、大正生まれの日本人男性としては長身、大柄で、堂々たる体躯から圧倒的な迫力をみなぎらせていた。

あらかじめアポイントメントはとっていたにもかかわらず、第一声が、

「何しにきたの？」

だったのには面食らった。

「俺はさあ、取材は好きじゃないんだよね」

「取材が好きではない」というのは、それ以前に受けた取材にことごとく裏切られたことの裏返しでもある。言葉尻をとらえて真意を曲げられたり、戦死した戦友を犬死によばわりされたり、戦った仲間を戦犯あつかいされたり、逆に日本海軍では称号すら存在しなかった「エース」よばわりで、意に沿わない持ち上げられ方をされたり、そんな積み重ねがあってのことだった。

「話すことなんか何もないよ。戦争の話はこりごりだ」

だが、小町は、見かけやぶっきらぼうな物言いとはうらはらに、ほんとうは若い人と話すのが好きで、心遣いの細やかな人であることを知るのに、それほど時間はかか

らなかった。何度か訪ねるうち、徐々に心を開いてくれたのか、小町は自らの体験を少しずつ話してくれるようになった。

元零戦搭乗員たちの多くが忌み嫌った、戦記マニア向けのいわゆる「エース本」には、小町の撃墜機数が十八機とも、四十機とも書かれている。だがこれらは、いずれも根拠のない数字である。

小町本人は、自分が敵機を何機撃墜したなどという武勇伝を話すことを、何よりも嫌っていた。「十八機説」については、「誰が数えたのか知らないが、自分で記憶している数字じゃない。でも、人に話すことじゃないから」と言い、「四十機説」には、「そんなでたらめな数字、いったいどこから出てきたんだ?」と目を剥いた。

「『撃墜何機』ってヒーローみたいに言う人がいるけどさ、墜とした相手にも家族がいるんだぞ」

あるとき、ポツリと漏らした一言に、小町の真情が込められているように思えた。

身長百八十一センチの戦闘機搭乗員誕生

小町は大正九（一九二〇）年四月十八日、石川県の半農半商（製綿業）の家に、七人きょうだいの三男として生まれた。

十代の多感な時期、中国大陸では満州事変、上海事変、支那事変と事変が頻発していて、大きくなったら兵隊になるのが当然だと思っていた。中学を二年で中退し、いったん大阪の商社に就職するが、昭和十三（一九三八）年、十八歳で海軍を志願し呉海兵団に入団した。そこで飛行機乗りを志すようになり、操縦練習生を受験。昭和十四（一九三九）年十一月、四十九期生として霞ケ浦海軍航空隊に入隊する。

「はじめは飛行機の操縦なんて、自分ができるようになる自信はなかった。特殊飛行の同乗訓練のときなど、教員、教官が皆、軽業師（かるわざし）のように見えたものです。横一列で入隊してくる予科練と違い、操練は一般兵からの選抜ですから、同期生でも海軍での年次や階級に差がある。目の回るような猛訓練でしたが、訓練を終えれば、練習生どうしでも階級が下の者は、食卓番や上の者の肌着の洗濯、靴磨きをしなきゃいけない。最下級で入った私は席のあたたまる暇もなかったですね。

私は、いまは身長が縮んで百七十五センチになったけど、当時は百八十一センチありました。とび抜けて大きかったので、同じことをしても目立つのか、よく殴られましたよ」

霞ケ浦で練習機での訓練をおえると、戦闘機専修に選ばれて大分海軍航空隊へ。ここでは九五式艦上戦闘機で実戦的な訓練を重ね、続いて大村海軍航空隊に移った。

「複葉の九五戦から低翼単葉の九六戦に乗り換えましたが、これはいい飛行機でした。大村では、教員たちの射撃訓練の腕前に度肝を抜かれました。自分の腕とのあまりにも大きな差に、これほどまでにならねば敵を墜とせないのか、と。

昭和十五（一九四〇）年の秋頃、大村空にもはじめて零戦が配備されました。すでに重慶上空の大戦果のことは耳にしていたから、待ちに待った零戦です。このとき零戦を九六戦と並べてみたら、まったく大人と子供ほどの差があって、なんてすばらしい戦闘機なんだ、と胸を躍らせましたね。それからはもっぱら零戦による訓練が続き、すっかり零戦の操縦が身についた十月、空母赤城への転勤命令がきました」

母艦搭乗員に

着任翌日からさっそく、母艦搭乗員としての訓練がはじまった。まずは飛行場の決められた位置にピッタリと着地する「定点着陸」。それができるようになれば、航行中の母艦で、車輪を飛行甲板につけてすぐに上昇する「接艦（いわゆるタッチ・アンド・ゴー）訓練」。さらに進めば、母艦に実際に着艦し、発艦する「発着艦訓練」。それが終わると、鹿児島基地をベースに空戦訓練、射撃訓練、というのが大まかな流れである。

「母艦搭乗員とはこれほどまでに同じ訓練をやり続けるのか、これを何年も繰り返していたら、誰もが剣豪・宮本武蔵のような名人級の戦闘機乗りになるだろうと思いました。何ヵ月かこのようにしごかれ、自分でも宮本武蔵は無理でもその弟子ぐらいにはなれたかと思った昭和十六年五月、新造の空母翔鶴（しょうかく）への転勤命令がきたんです」

翔鶴はまだ竣工しておらず、艤装のため横須賀のドックにあった。搭乗員たちは、配備予定の零戦を次々と受領し、常用十八機、補用三機の戦力がそろう。それから数日後、翔鶴は処女航海を行ない、横須賀沖を航行中に飛行機を着艦させ、収容した。

「このときの零戦は、全機もとより新品で、全機の平均飛行時間は十時間そこそこ。エンジンも機体もピカピカの状態でした。これほどピカピカの零戦を揃えたのは、あとにも先にも記憶にありません」

先述のように、小町は当時の青年としてはかなり背が高い。比較的小柄な人が多い戦闘機乗りのなかでは、きわめて異例なほうである。しかし本人によれば、この背の高さが幸いすることも多かった。

「小さいほうがすばしこく見えて得なんだけど、体が大きいメリットは確かにありました。まず、背面になったり、マイナスGがかかって体が浮き上がった状態でも、フットバーに足が届く。背面飛行で腰バンドにぶら下がったような状態でも、操縦桿が極限まで動かせて微妙な操作がきくんです。それから着艦のとき。ふつうは着艦直前に、エンジンの陰になって一瞬母艦が見えなくなるんですが、私の場合は座席をいっぱいに上げれば、エンジンカウリングの上から着艦の瞬間まで飛行甲板が見続けられた。だから他の人よりは着艦はたいへん楽でした」

初空戦の相手はイギリス軍ハリケーン

昭和十六年十一月二十二日、翔鶴は、北千島の択捉島単冠湾に入港した。ハワイ作戦の任務をおびた、南雲忠一中将率いる機動部隊の全兵力が、ここにひそかに集結したのだ。出撃前、旗艦赤城に全搭乗員が集められ、真珠湾攻撃の計画が明かされる。

「びっくりしました。こりゃあ大変なことになったぞ、と。それから航海中はみんな興奮状態で、毎晩ビールを浴びるように飲んでいました。出港前に可燃物を全部陸揚げしたくせにビールだけはズラッと通路に並んでいて、飲み放題。プロ野球のビールかけさながらに、ビールでデッキを洗うような日が続きました。しかしそれも、一～二日前には整然としてきましたね。

前の晩はふんどしや肌着を全部新しいのに取りかえて、興奮してみんな寝つかれませんでした。目をぱっちり開けてるやつ、ごそごそ荷物をまとめてるやつ。軍医が看護兵を連れてまわってきて、みんなに精神安定剤を注射して、それでやっと二～三時間眠れたかどうか。私の任務は、母艦の上空直衛。攻撃隊で行きたかったから、命令とはいえ、これは残念でした……」

翔鶴はその後、ラバウル攻略戦、ニューギニアのラエ、サラモア攻撃を経て、四月にはインド洋作戦に参加。小町は昭和十七（一九四二）年四月九日のトリンコマリ攻撃で、イギリス空軍のホーカー・ハリケーン戦闘機を相手に初空戦を体験する。

「敵は何十機も上がってきましたが、一応突っ込んではくるけれど、あとは逃げるばかりでした。その頃の我々は連戦連勝で闘志まんまん。早く墜とさないと獲物にありつけないから、われがちに飛びかかっていきました」

報告された戦果は撃墜四十四機。小町もそのうちの一機を撃墜した。

インド洋作戦を終えた「翔鶴」は帰途、本土初空襲（四月十八日）の報に、急遽、米機動部隊の追撃に向かったが、とても追いつくものではなく、四月二十五日には日本海軍の内南洋の拠点・トラックに入港した。

珊瑚海海戦

ちょうどこの頃、アメリカとオーストラリアの補給路を分断し、敵の反攻の南方からの足がかりとなり得るオーストラリアを孤立化（米豪遮断）するため、ポートモレスビー攻略作戦が発動された。

翔鶴、瑞鶴からなる第五航空戦隊は、臨時に第四艦隊司令長官・井上成美中将の指揮下に入り、敵機動部隊と戦うため、オーストラリア東北方の珊瑚海に進出した。別に、小型空母祥鳳（しょうほう）は、上陸部隊を乗せた輸送船団の護衛のため、一路ポートモレスビーを目指していた。ところが翔鳳は、五月七日の昼前に、米機動部隊艦上機の集中攻撃を受けてあっけなく沈んでしまう。

その直後、翔鶴、瑞鶴を発進した合計七十八機の攻撃隊は、米給油艦ネオショーと駆逐艦シムスを攻撃したが、このとき小町は、一機の艦爆が被弾、火だるまとなりながらも反転し、ネオショーに体当りを敢行したのを見て、身が引き締まるのを覚えた。結局、この日は敵機動部隊を攻撃することはできなかった。

翌五月八日。小町は、夜明けとともに母艦上空直衛のため発艦した。一時間も経った頃、敵艦隊発見の報をうけて攻撃隊が続々と発艦するのが見えた。みごとな大編隊である。小町は、母艦上空三千メートルで小さくなってゆく攻撃隊を見送りながら、聞こえるはずもないのに大きな声で、

「がんばれよ！」

と声をかけた。

上空直衛は緊張の連続だった。というのも、当時の零戦では無線電話（音声）は雑音が多く、ほとんど通じなかったので、いったん飛び上がってしまえば母艦とまったく連絡がとれず、自分の眼だけが頼りであったからである。モールス信号の無線電信のほうなら多少は使えたが、残念ながら操縦練習生出身者の多くは、海軍兵学校や予科練出身搭乗員のようなモールス信号の特訓を受けていない。

「いまなら、タクシーでも無線で客のいるところへ急行できるのに、我々にはそれがなかった。世界一の戦艦大和、武蔵や零戦を作る力のある日本で、どうして無線電話が使い物にならなかったのか、いまでも無性に腹が立ちます。電話さえあれば、もっと有効な使い方ができたのに。

母艦には、司令官も参謀も、艦長もみんないるのに、上空を飛んでる戦闘機の指揮もできないんですから。敵機の進入方向さえわかれば、何十浬か手前で捕捉することもできるんですが、飛んでしまえばそのまま音信不通。搭乗員は無言のまま飛び続け、母艦はだんまりのまま戦闘の結果をまっているのみで、こんな戦争があるかと思いましたよ」

ほどなく、母艦の前方数浬先を航行中の駆逐艦より、敵機来襲を知らせる黒煙が上がり、発砲が始まるのが見えた。

「敵機の大編隊を発見し、そこへ突っ込んでいって一撃をかけたときには、すでに敵機は母艦のすぐ近くにまで来ていました。二撃めにはもう真上。グラマンＦ４Ｆ戦闘機は艦爆を守ろうと挑んでくるし、しかも、下方からは味方艦隊がまちがえて撃ってくる。対空砲火も血迷っていて、飛んでる飛行機は全部敵だと思って、バンバン撃ってくる。

とにかく敵機を一機も近づけてはいけない、そう思って必死の思いで戦い続けました。そんななか、私の小隊長・宮澤武男一飛曹は、母艦が危い、とみるや自ら敵の雷撃機に体当りして戦死しました。こっちは十数機で、敵の大編隊（八十四機）を相手にするんだから、みんな必死でしたよ。真珠湾のときは不満を覚えたけど、いざ敵襲を受けると上空直衛がどれほど大切か。その大変さを思い知った戦いでした」

小町機もかなりの敵弾を受けていた。戦闘が一段落してふと下を見ると、翔鶴が敵弾を受け、飛行甲板から煙がもうもうと上がっていた。

「くやしくて涙が出ました。それで、無傷だった瑞鶴に着艦したら、私の機の被弾があんまり多いので使用不能と判断されて、『その飛行機レッコー（投棄すること）』と声が聞こえたらと思ったら、大勢の手であっという間に海中に投棄されてしまいました。ハワイ作戦以来、ずっと大切に乗ってきた零戦なのに、ショックでしたよ。瑞鶴の搭乗員室も、戦死者が多くてみんなしょんぼりしていました。

この世界史上初の空母対空母の戦いは、「珊瑚海海戦」と名づけられた。

日本側は小型空母祥鳳を失い、翔鶴が中破、米側は大型空母レキシントンが沈み、ヨークタウンが大破と、数の上では日本側がやや優勢だったが、真珠湾以来のベテラン搭乗員の多くを失い、またこの戦闘のため、肝心のポートモレスビー攻略作戦を中止せざるを得なくなった点では、実質的な敗北といえた。

第二次ソロモン海戦

小町はそのまま瑞鶴に乗り、五月二十一日、呉に帰ってきた。すぐに休暇をゆるされ石川県に帰郷したが、その頃にはすでに「珊瑚海海戦での大戦果」が行進曲「軍艦」（軍艦マーチ）とともに鳴り物入りで報じられており、小町は郷里の人々の熱狂的な歓迎をうけた。小学校の講堂で講演をさせられることになり、村長、小学校長以下、小学生にいたるまで、講堂をぎっしり埋め尽くした村人たちの前で、汗をかきかき、機密にふれない程度のことを話した。休暇が終わって帰るときには、村の人たちが総出で見送ってくれたという。

翔鶴は、被弾した損傷個所の修理を急ぐとともに、機材、搭乗員を補充し、ソロモン諸島ガダルカナル島の争奪戦に参加するため、八月十六日、瀬戸内海を出航した。すでに六月五日、日米機動部隊がふたたび激突したミッドウェー海戦で、日本海軍は赤城、加賀、蒼龍、飛龍の四隻の主力空母を失い、初の大敗を喫している。太平洋の潮目は明らかに変わろうとしていた。それを決定づけたのが、続くガダルカナル島の戦いである。

ガダルカナル島には、米豪遮断作戦の一環として日本海軍が飛行場を設営していたが、完成直前の八月七日、米軍が突如、ガダルカナル島と対岸のツラギ島に上陸し、またたく間に占領したのである。

八月二十四日、日米機動部隊が三たび激突。日本側は小型空母龍驤を失い、米側はエンタープライズが大破した。「第二次ソロモン海戦」と呼ぶ。

小町はこの戦いで、敵機動部隊攻撃の直掩機として出撃した。

翔鶴、瑞鶴から発進したのは、零戦十機、九九艦爆（急降下爆撃機）二十七機。防衛省防衛研究所図書館に残る翔鶴飛行機隊戦闘行動調書によると、攻撃隊は午後二時二十分、敵機動部隊を発見、艦爆隊は急降下爆撃に入るが、敵は電探（レーダー）で日本側の動きを察知しており、五十三機ものグラマンF４Fを上空に上げて待ち構えていた。

「とにかく味方の攻撃隊を守らないと、と敵機が攻撃してくる前に突入していきました。もう、ピンチの連続です。とにかく優位を保とうと、上へ、上へと高度を上げていきましたが、敵はかわるがわる下から撃ち上げてくる。高度四千メートルで空戦が始まったのが、とうとう八千メートルにまで上がってしまいました。これ以上、高度を上げすぎると性能が低下するから不利だな、と、攻撃隊の進んだ方向を見ると、敵艦隊が右往左往している航跡が見え、なかに空母が一隻、大火災を起こしているのが見えました。

それを見て、よし、攻撃は成功した、グラマンを引きつける役目は果たしたと思い、操縦桿をぐっと引き、フットバーをバーンと蹴って、機を錐揉(きりも)みに入れました。下にはまだグラマンがうようよいましたが、その真ん中を突っ切って、そのまま降下していき、高度千メートルで立て直して、やっと離脱することができました」

ところが、集合予定地点に行ってみても味方機の姿が一機も見えない。激戦で散りぢりになったのか、待ちくたびれて先に帰ったのかは知る由もない。

「さあ困った。一難去ってまた一難。全速で動いてる母艦に一人で帰れるはずがない。

心細いなんてもんじゃないですよ。俺の命は今日でおしまい、と思いました。しかし、燃料のあるうちは生きていられるわけだから、とにかく飛んでみようと、あてどもなく飛び続けたんです」

不時着水

グラマンを振り切ってから飛ぶこと三時間。夕暮れどき、真っ赤な夕焼けのなか太陽が海に沈もうとしている。そのときはるか彼方、太陽が沈む手前の水平線上に、ポツ、ポツと小豆粒ぐらいの小さな点を発見した。

「フネだ！　と一目散に飛んでいくと。それは味方の軽巡洋艦一隻、駆逐艦四隻からなる水雷戦隊でした。バンクをしながら巡洋艦の真横に着水すると、一度はピタッと止まってくれました。よし、これは助かったぞ、と思ったら、なにを思ったか、そのままスピードを上げて行ってしまいました。珊瑚海海戦のときも、そうやって見捨てられて死んだ戦友がいたので、これはもうだめだとがっかりしました。

ちょうど、着水のとき機体から外れた増槽が――増槽をつけたまま空戦やってたわけですが――プカプカ浮いていたので、それにつかまろうとしましたが、大きすぎて手が回らないし、つるつる滑ってつかめない。頭にきてエイッと蹴っとばし、仕方がないから波の上に横になりました。ライフジャケットの浮力でしばらくは浮いていられますからね。

頭から波をかぶりながら見上げると、空には星が光っていました。

どれほど時間が経ったか、先に通りすぎた駆逐艦の一隻が、探照灯で海面を照らしながら戻ってきました。『ここだ！』と夢中で手を振ったら、カッターをおろしてくれました。しかし、もう疲れ果てて、ボートに上がる体力も残ってない。すると、誰かにぐっと襟首をつかまれて、二人がかりでボートの上に放り上げてくれました」

小町はこの戦いを、続いて起きた「南太平洋海戦」と記憶していた。だが、日本側に残る記録、同僚の搭乗員の日記、水雷戦隊に救助された状況から、これは第二次ソロモン海戦の体験であることは間違いない。これは、珊瑚海海戦、第二次ソロモン海戦、南太平洋海戦と、わずか半年足らずのあいだに空母対空母の三つの海戦に立て続けに参加し、小町のなかで記憶が混乱していたものと思われる。

「南太平洋海戦」は、第二次ソロモン海戦から約二ヵ月後、十月二十六日に日米機動部隊が激突した大規模な戦いである。

この戦闘で、日本側は米空母ホーネットを撃沈、エンタープライズに損傷を与え、飛行機七十四機を失わしめたが、空母翔鶴と瑞鳳が被弾、飛行機九十二機と搭乗員百四十五名を失った。

翔鶴飛行機隊の戦闘行動調書によると、小町はこの日、母艦上空直衛として二度にわたり発艦、敵機と交戦している。

結果的にこの戦いが、日本の機動部隊が米機動部隊に対し、互角以上に戦った最後の機会となった。

有馬艦長の別れの訓示

翔鶴は、昭和十七年十一月六日、横須賀に帰還した。ここで戦闘機隊は解隊され、総員が交代して新しく再編成されることになった。小町の次の任地は大村海軍航空隊である。

解散にあたり、艦長・有馬正文大佐が、生き残りの全搭乗員を前に別れの訓示を行なった。

「航空戦に素人の私が指揮をして、君たちを大勢死なせてしまった、申し訳ないと、滂沱たる涙をぬぐおうともされません。訓示をしながら、涙が頬を伝わって顎からポタポタ落ちているのが見えました。それを見て、内地勤務を喜んでいた自分の心が恥ずかしくなりました。立派な艦長でしたよ」

大村空の教員となった小町は、その直後に結婚した。妻は敬虔なクリスチャンであり、海軍に入った頃からの長い交際だった。

一時は、キリスト教の教えと戦闘機搭乗員の任務との葛藤に互いに悩んだ時期もあったが、珊瑚海海戦から帰った頃、

「あなたが殺意を抱いて人を殺すのなら許されないけど、国家のために義務を果たすのだから」

との手紙があり、内地帰還を機に結婚の運びとなったのである。とはいえ当時のこと、式は挙げられなかったという。

「家内が身ひとつで下宿にやってきて、今日からどうぞよろしく、それだけです。だから、いまの結婚式なんか見ると羨ましいですよ」

ラバウルの消耗戦

大村空での平和な一年間を経て、小町にふたたび戦地行きの転勤が発令されたのは、昭和十八年十一月のことだった。行き先は、ラバウルの第二〇四海軍航空隊である。

「もうすぐ正月なのに、えらいところに行かされるなあ、と思いましたが、意外にサバサバした気持ちでした。

しかし着任してみると、積極的に攻めていく時期はとっくに過ぎいて、まさに最後の砦として攻撃されっぱなし。びっくりしましたよ。毎日、敵機が二百機も三百機も戦爆連合（戦闘機と爆撃機が一緒）で空襲にくるんだから。

朝めしを食べて、そろそろ来るぞ、と言ってたら、カンカンカンカン、空襲警報の鉦が鳴る。こちらの戦闘機は三〜四十機。それが毎日減っていく。整備員が必死の努力で機数をキープする、そんな毎日でした。

その後、第二五三海軍航空隊に転勤になりましたが、やることは一緒。『おいお前、明日から二五三空に行ってくれ』と言われ、ハイ、と隣のトベラ飛行場に引越しただけです」

小町がいたラバウル郊外のトベラ飛行場は、八十年後のこんにち、椰子林になっていて、飛行場の姿は見る影もない。だが、かつての滑走路の端にあたる場所に広場があり、そこには数機分の零戦の残骸が残っている。平成二十五（二〇一三）年四月、私が訪ねたときには、ここでなにがあったのかも知らぬであろう現地の子供たちが、零戦の残骸の上で遊んでいた。

「二百機も三百機もの敵機を、三十機やそこらの零戦で迎え撃つんだから、正面からぶつかったら大変です。その頃、大型爆撃機の編隊に対しては、爆撃コースに入ろうとするところをまず三号爆弾（空中爆弾）で出ばなをくじき、編隊からはぐれた敵機を狙い撃ちにするという戦法をとっていました」

三号爆弾は重量三十キロ。両翼に一発ずつ、計二発を積む。投下後一定時数で炸裂、黄燐弾がタコの足のように広がって敵機を包み込み、燃料タンクに火をつける。

「ただ私は、母艦での習慣がしみついていて、なにがなんでも敵機が爆弾を投下する前にやっつけないと気がすまないんです。敵機が帰るところを狙ったほうが楽な戦いはできたと思うし、基地は母艦とちがって爆弾で沈むことはないんですが、敵に戦果を挙げさせるのがどうしても許せなかった。

二五三空には、『零戦虎徹』と自称する岩本徹三飛曹長がいましたが、彼は私と正反対で、人が苦心惨憺して攻撃して、傷ついた敵機が帰ろうとするところを狙う。彼のほうが四年も先輩ですが、『火を噴いて墜ちていく敵機を攻撃して、俺が撃墜したって言うのはずるいんじゃないですか』と、食ってかかったことがありましたよ。岩本さんは『そんなこと言っても、生きて帰せばまた空襲に来るんだぜ』と、まったく意に介していませんでしたが。

あと困ったのが、分隊長クラスの指揮官に実戦経験の少ない若い士官が多かったので、緊急発進の邀撃戦になっても、ほとんどの零戦が指揮官機ではなく私の後ろについてくる。仕方がないから大勢引きつれたまま、高度をとって、『突っ込むぞ！』とバンクを振って合図して、敵機の編隊めがけて突撃する。

当時の若い搭乗員には、私が大村空で受け持ったクラスが大勢いました。なぜかみんな、非常に慕ってくれましてね。教員時代、彼らに誠意をもってぶつかってよかったな、と嬉しかったですね。しかし、彼らもみんなバタバタと戦死しちゃって、ほとんど生き残っていません」

三号爆弾でのトラック基地邀撃戦

昭和十九二月十七日、聯合艦隊の重要拠点であるトラック基地群が米機動部隊による大空襲を受け、所在航空部隊もふくめて壊滅状態になったのを機に、二月二十日、二五三空の主力二十三機は、ラバウルよりトラックに後退した。

トラックは空襲の爪痕も生々しく、小町が進出した竹島飛行場は、爆撃でできた穴だらけであったが、その後も米軍の大型爆撃機・コンソリデーテッドB－24による絶え間のない空襲にさらされていた。

小町はここでも連日、三号爆弾をもって邀撃に上がり、戦果を重ねた。

「三号爆弾を落とすときは、人により、また場合によってやり方は異なりますが、私は約千メートルの高度差をもって敵編隊と同航し、その前方に出て、ちょうど自分の主翼のつけ根後方あたりに敵機が見えたとき、切り返して背面ダイブで、垂直になって突っ込むんです。しかし、大型機はなかなか、黄燐弾が命中してガソリンを引くことはあっても、その場で墜ちることは少なかったですね」

三月のある日、零戦五機を率いていつものように邀撃に飛び立った小町は、B－24の編隊に接敵中、燃料タンクに被弾して両翼からガソリンを噴き出したが、なおも攻撃を続行したことがある。

この小町上飛曹の勇猛果敢な闘志は戦闘機搭乗員の鑑である、として、司令・福田太郎中佐より表彰され、特別善行章一線が付与されることになった。

「善行章」は、下士官兵の軍服右腕の階級章の上につける「へ」の字型の線で、大過なく勤めていれば「善行」がなくとも三年ごとに付与される。だが、「へ」の字の頂点に金属製の桜をあしらった「特別善行章」は、文字通り抜きんでた働きをしたり、味方の危険を未然に防いだり、人命救助をするなどの特別なことが認められない限り、付与されることはなかった。

「総員集合がかかって、なんじゃいな、と思ったら突然名前を呼ばれて、みんなの前で褒められました。まあ、私を表彰するというより、若い搭乗員にハッパをかける意味があったんじゃないですかね」

サイパン攻撃で大火傷

昭和十九年六月十一日、十二日と、米機動部隊はのべ千四百機にのぼる艦上機をサイパン、テニアン、グアム各島の攻撃に発進させた。二日間の空襲で、マリアナ諸島に展開していた日本側航空兵力は壊滅した。米艦隊はさらに、十三日にはサイパン、テニアンへの艦砲射撃を開始している。

六月十五日、米軍がサイパンに上陸を開始する。聯合艦隊司令長官・豊田副武大将は、マリアナ決戦を意味する「あ」号作戦発動を下令した。

六月十九日から二十日にかけ、日米両機動部隊が激突。しかし日本側は、空母三隻と搭載機の大半を失い、またもや大敗を喫した。この戦いは「マリアナ沖海戦」と呼ばれる。

いっぽう、六月十九日には、岡本晴年少佐の率いる二五三空零戦隊十三機が、トラックの竹島基地を発進してサイパン攻撃に向かった。この時期の海軍航空隊では、よほどの大編隊を率いて行くのでない限り、少佐ともなるとじっさいに空中で指揮をとることはあまりない。それでもこの日、岡本少佐が一番機になったのは、若い指揮官

のあまりのふがいなさゆえだった。出撃前夜、指揮官を命じられた二人の若い大尉が、
「サイパンは遠いし、こんな少数機で出撃しても敵の餌食になるだけだ」
と、自分たちが指揮して行くことに消極的な態度を見せ、それを岡本少佐が、
「では俺が行く。お前たちはもう飛ぶな！」
と一喝し、彼らもしぶしぶ出撃することになったのだ。このことは下士官搭乗員にも伝わっていて、小町は出撃前から、なにかいやな予感がしていた。

トラックからサイパンまでは約六百浬（約千百キロ）。航続距離の長い零戦でも、空戦を前提とした無着陸の往復は無理である。発進して飛ぶこと三時間あまり、やがて海の向こうにグアム島が見えてくる。岡本少佐はここで燃料補給をしようと、高度を下げて編隊を解き、一列縦隊で着陸態勢に入った。

ところがそこはすでに米軍の制空権下にあり、約十機のグラマンF6Fが待ち構えていたのである。零戦隊はそのことを知る由もなかった。小町の回想――。

「高度五百メートルで解散、一列縦隊になって、一番機・岡本少佐、二番機・栢木（かやき）一男中尉、三番機・私の順で着陸態勢に入りました。まず岡本機が無事着陸し、栢木機がまさに接地しようとしたところでグラマンが上空から降ってきたんです。

栢木中尉は左腕を機銃弾に撃ち抜かれて重傷を負いました。そのときの私の高度は

百メートル足らず。完全に着陸態勢に入っていたので失速寸前の状態でした。急いで脚を上げ、フラップをおさめ、機銃の安全装置をはずして戦闘態勢に入りましたが、スピードは急には上がりません。

そのとき、栢木機を撃った敵機が、下から撃ち上げてきました。曳痕弾が飛んでくるのがはっきりと見えたけど避けようがない。カンカンカン、と命中音が聞こえ、『やられた！』と思ったとたん、煙とガソリンが操縦席に噴き出してきて、次の瞬間、バン！と爆発しました。炎で目も開けていられないし、息もできない。顔に吹きつける炎を避けようと機体を横滑りさせてみたけど、全然効果はなかった。しかし生きる本能でしょうかね、目も見えないのに、もう海面だ！と思ってエンジンのスイッチを切り、機首を引き上げたところがドンピシャリ、海面だった。いま考えても、よくあの数秒の間に着水の操作ができたと思いますね」

この空戦で、二五三空零戦隊は、平野龍雄大尉以下四名を失った。

小町は、顔と手足に大火傷を負ったが奇跡的に助かり、数日後、迎えの陸攻に乗ってグアム島を脱出、トラックに帰り、そこから病院船「氷川丸」で内地に送還された。この病院船が、現在、横浜山下公園に係留されている「日本郵船氷川丸」である。

「顔も手足もベロンベロンで、ビフテキのレアぐらいには焼けていました。あんまり痛々しいから『氷川丸』の乗組員が同情して、内地では砂糖がなくて困っているから家族に持って帰りなさい、と砂糖をどっさりくれました。

それを土産に家内の疎開先に行ったんですが、包帯をぐるぐる巻かれてミイラのような私の姿に、家内が卒倒するぐらいにびっくりして。でも喜んでくれましたよ」

終戦二日後の最後の空中戦

重傷を負っても、戦局の悪化はベテラン搭乗員を休ませてくれない。小町はわずか二ヵ月の入院ののち、京都府の日本海側に急造された練習航空隊・峯山海軍航空隊の教員となり、まもなく准士官である飛行兵曹長に進級。昭和二十年六月、横須賀海軍航空隊に転勤、ここで終戦を迎えた。

「天皇陛下の玉音放送は聞きましたが、意味がよくわかりませんでした。そのうち情報が入ってきて、終戦だと。

想像もしなかった事態で、びっくりしました。敗北ということと、日本を明け渡すということがどういうことにつながるのか。数日間は、デマと想像で神経がピリピリして、殺気立っていました」

しかし、横空戦闘機隊の戦いはまだ終わっていなかった。

玉音放送は国民に終戦を告げるものではあっても「停戦命令」ではなく、大本営が陸海軍に、自衛のための戦闘をのぞく戦闘行動を停止する命令を出したのは八月十六日午後のこと。八月十九日、海軍軍令部は、支那方面艦隊をのぞく全部隊にいっさいの戦闘行動を停止することを命じるが、その期限は八月二十二日零時であった。

「自衛のための戦闘は可」とされていた八月十七日、日本本土を偵察飛行に飛来した米陸軍の四発新型爆撃機・コンソリデーテッドB－32ドミネーター四機を、厚木基地の三〇二空零戦隊十二機が邀撃し、翌十八日には同じくB－32二機を、横空の零戦、紫電改、雷電計十数機が邀撃した。横空では、終戦が告げられてもなお、機銃弾を全弾装備した戦闘機が列線に並べられ、搭乗員たちは戦う気概をみなぎらせて指揮所に待機していた。

「敵大型機、千葉上空を南下中」

との情報に、搭乗員たちは色めきだった。

「それ、やっつけろ！　と、みんな気が立っていますから、われがちに飛び上がった。私は紫電改に乗って、真っ先に離陸しました。誰からも命令された覚えはないし、いちいちお伺いをたてている暇なんかありません。東京湾の出口付近で追いついて、ラバウル、トラックで鍛えた直上方からの攻撃で一撃。敵機に二十ミリ機銃弾が炸裂するのが見えました。余勢をかって急上昇し、伊豆半島の上でもう一撃。相手はとにかく、降下しながら全速で逃げるものだから、紫電改でも二撃が精いっぱいでした。零戦だったら、とてもあそこまで追えなかったと思います」

この不運なB－32は墜落こそ免れたが、機銃の射手が一人、機上戦死した。この件に関して米軍からのクレームはなく、これが日本海軍戦闘機隊の最後の空中戦闘になった。

真珠湾攻撃参加者は戦犯？

終戦が告げられてもなお、厚木の第三〇二海軍航空隊のように、徹底抗戦を叫んで全国に飛行機を飛ばし、ビラを撒いたりほかの部隊に蹶起を呼びかけたりする不穏な動きは残っている。マッカーサーの進駐計画が伝わると、横空では、飛行機さえあれば一人でどこへでも飛んで行くことができ、何をしでかすかわからない搭乗員を優先的に郷里に帰すことになった。

小町も、退職金がわりの証券一枚と汽車の切符がわりの伝票一枚だけを受け取り、追い立てられるようにして横空をあとにした。

　ところが、郷里の駅に着いてみると、駅員が「そんな伝票のことは聞いていない」と通してくれず、挙句の果てにキセル乗車の疑いまでかけられて、復員早々、駅員と喧嘩になってしまった。また証券のほうも、銀行へ行くと「そんな話は聞いてない」と換金に応じてくれなかった。

「帝国海軍の大ペテンにひっかかった思いでした。恨み骨髄、もう金輪際、国のために命なんか懸けてやるもんか、と思いましたよ」

　郷里に帰ってみると、三年前にはあれほど熱狂的に迎えてくれた村の人たちの目が、妙に冷ややかになっているのが肌で感じられた。村長も、小町が挨拶するとねぎらいの言葉をかけるでもなく、

「この食糧のないときに、小町さんのところは家族が増えて大変だな」

と嫌みを言った。そのうち、デマか嫌がらせか、進駐軍が小町を探している、真珠湾に行った軍人は戦犯になって、皆絞首刑に処せられるらしい、などという噂がまことしやかにささやかれるようになった。

　終戦直後の混乱で情報も錯綜し、現に戦犯容疑者の逮捕が次々と行なわれていただけに、この噂には真実味が感じられた。

　ここまで生き残ってきたのに戦犯になんかされてたまるか。小町は、この小さな村

にいることに危険を感じ、自分を知る者が誰もいない東京に出る決心をした。

出発の日、長兄がなけなしの米三升を餞別に持たせて見送ってくれた。

「絞首刑にだけはなるなよ」

今生の別れを覚悟して東京に向かった。昭和二十年十一月のことである。小町はこのとき二十五歳だった。

東京で釘の行商から

妻をつれて東京に出たのはいいが、さしあたって泊まるところがない。芝の増上寺の軒下で最初の一夜を過ごし、その後、妻の縁者を頼って何軒かまわってみたが、いずれも体よく断られてしまった。途方に暮れていると、幸い、小田急登戸駅前の駄菓子屋で、屋根裏部屋を貸してくれるという。

翌日から小町は、仕事を求めて新宿に通い始めた。当時の新宿は焼野原ではあったが闇市があり、どこから出てくるのかものすごい人出で賑わっていた。鉄道も、客室に乗り切れないほど多くの人がひしめいていて、小田急電車に乗るのも命がけである。

毎日、仕事が見つからず、しょんぼりとして帰る日が続いた。食事は、一貫目（三・七五キログラム）十八銭で買ってきたサツマイモを薄く切って、それをフライパンで焼いたもの。これが翌日の弁当にもなり、夕食にもなり、何日かをこれでもたせなくてはならなかった。

ある日、古新聞の求人広告を見て、神田へ日雇い人夫の応募に行ったが、ほかに着るものがなく着古しているとはいえ、海軍の将校マントを羽織った自分の姿を鏡で見て、プライドを捨てることができなくなった。その日も仕事にありつけず、むなしく家に帰ってきた。

また、ある工場で焼け跡整理の作業員を募集していることを知り、履歴書をもって面接に行ったことがあった。履歴書には、ほかに書くことがないので真珠湾以来の全戦歴を、半紙三枚に書きつらねた。小町は、戦闘機搭乗員になってしばらく通信教育で書道を学び、毛筆にはいささか自信がある。会社の重役は黙ってそれを読み下していたが、読み終わるとふかぶかと頭を下げて、

「申し訳ありません。当社ではあなたのような方に働いていただく場所がありません」

と、丁重に断ってきた。

進退きわまった小町は、戦前に数年間、働いていた大阪の商社に手紙を出し、窮状

を訴えた。すると折り返し、すぐに大阪に来いとの連絡があった。一縷の望みを抱いて大阪に赴いた小町に、その会社の社長は、いまは焼け跡に建物を建てるのに釘がいる、この釘を東京へ送ってやるから売ったらいい、と、釘を十六樽（一樽は六十キログラム）、代金後払いで送ってくれた。

ところが、右から左へすぐ売れると思った釘が、一週間たっても二週間たっても全然売れない。毎日、建築会社に売り込んでみるものの、相手にもされなかった。

そんなある日のこと、国鉄蒲田駅前の建築会社で、釘を売るのに軒下を貸してくれることになった。ただし、買い上げてくれるのではなく、毎日、売れた分だけの代金をくれるのである。やっと釘は売れるようになったが、大阪の商社からは愛想を尽かされてしまう。

しかし、毎日売上金をもらいに建築会社に日参しているうちに、体が大きく力持ちなこと、字が上手で計算が得意なことが社長に気に入られ、いつしかその会社で働くようになった。

そのうち、社長のすすめで材木商を営むようになったが、売るほうの小町が材木について素人なのに、客のほうはプロばかり。買い叩かれるばかりで、毎日店を開けるたび、客が来るのが怖かったという。

材木商をしばらくやったあと、建築会社を始める。材木商とちがい、各専門職に仕事を任せ、自分は号令をかける立場でいられる、というのがその理由だった。しかしこの仕事も、心ない客に代金を払ってもらえず、出来上がりに根拠のないクレームをつけられて訴えられたり、けっして楽な商売ではなかった。素性のよくない在日外国人の客との支払トラブルで被告人席に座らされたこと二回。小町は弁護士すら雇わずに正々堂々と所信を述べ、二度とも裁判には勝っている。

ビルを建てる

苦しいながらも伸びてきた建築会社だったが、小町は、近代的なビルの時代に対応することに限界を感じていた。そこで、自分のビルを持つことを決意、ある銀行に融資を申し込む。

「銀行が、一週間かけて近所を聞き回ったり、人物調査をしたらしいです。あとで支店長が言ってましたが、『小町さんは口は悪いけど、腹のなかは空っぽで、どんなことがあっても約束は守る、信用できる人ですよ』と、誰かが言ってくれたらしいんです。それで融資にOKが出まして、オイルショックでインフレになる直前に建てたものだから、建築費も安く上がった。それで家賃も安くできたから、テナントはあっという間に埋まりました」

昭和四十八（一九七三）年、「グランタウンビル」の完成である。

昭和五十三（一九七八）年、零戦の元搭乗員が結集した初の全国組織「零戦搭乗員会」が発足したとき、小町は、昔の仲間たちに請われてグランタウンビルの事務所を、零戦搭乗員会の事務局として提供。以後、ここが零戦搭乗員の溜まり場となり、憩いの場となる。

小町は、苦労人だけに一癖も二癖もあるし、人の好き嫌いも激しい。なのに、誰からも好かれ、一目置かれていた。

私が小町と出会い、零戦搭乗員の取材のために何度もグランタウンビルの事務局に通うようになった後も、いつもドアを開けると、

「あんた誰？　何しに来たの？　あんたが来るのを忘れてたよ。俺は忙しいんだ、さっさと用を済ませてくれよ」

などと言いながら、約束の時間がきて、

「では、これで…」

私が腰を浮かしかけると、

「なんだよ、もう帰るのか。コーヒーぐらい飲んで行けよ」

と引き留められ、つい長居をしてしまうのが常だった。

その小町が腰痛に悩まされ、体調を悪くして事務局運営が困難になったことから、平成十四年に「零戦搭乗員会」が解散する。代わって、戦後世代が事務局運営を担うことで戦友会としての活動を継承する「零戦の会」（現・NPO法人零戦の会）が発足した。

小町が亡くなったのは、平成二十四年七月十五日のことだった。享年九十二。通夜は七月二十二日、告別式は二十三日、キリスト教式でしめやかに執り行われた。

棺の上に飾られた遺影は、私が小町の事務所で撮影したものだった。

「俺の葬式写真、撮ってくれ」

と、取材とは別に撮った写真である。

「もっといい男に撮れないのか」「顔色が赤すぎる。焼き直してくれ」

と、数回プリントをし直して、ようやく受け取ってもらったが、気に入った様子でもなかったので、きっとお蔵入りになるだろうと思っていた。しかし小町は、もしものとき、この写真を遺影に使うつもりでちゃんと分けて置いていたそうだ。

小町は、戦時中、珊瑚海海戦、第二次ソロモン海戦、マリアナ決戦と、三機の零戦を海に沈めたことを、終生残念に思っていたようだった。

〈にもかかわらず、私がいまなお健在であることを思うとき、ただただ不思議な神様の力が守ってくださったことを感じないではいられない。そして限りない感謝の念を忘れられない。それにしても私は、最後まで宮本武蔵にはなれなかったことを一人恥じるのである。〉

と、小町は遺稿となった手記に記している。自分を救出してくれた「氷川丸」と乗組員への感謝、救出の手段もなく玉砕した将兵への慚愧の念……。

取材を嫌っていた小町は、空戦の話よりも、時おり見せるそんな気持ちをこそ誰かに伝えたかったのだと思う。

＊

そんな小町は、靖国神社への参拝を、ことのほか大切にしていた。自身の宗旨のことはけっして人に言わないが、家族はみな、敬虔なクリスチャンである。それなのになぜ靖国神社に？　と聞かれると、

「だって、約束したんだ、あいつらと。靖国神社で逢おうって」

と、答えるのがつねであった。

「みんな若かったんだよ。かわいそうだよな」

政治や外交で、総理大臣の参拝が問題視される、いわゆる「靖国問題」、その一要因である、先の大戦を「侵略戦争」とする歴史認識の問題についても、戦争の最前線でじかに戦った一人として、憤りを隠さなかった。

「侵略戦争のためなら、誰が爆弾抱いて突っ込みますか」

——これは、零戦を駆って若い命を国にささげた、物言わぬすべての搭乗員の声でもあろう。

昭和16年6月、鹿児島基地の赤城戦闘機隊。前列左から丸田二飛曹、羽生一飛、堀口一飛、高須賀一飛、佐野一飛、森一飛。中列左から乙訓一飛曹、指宿中尉、板谷少佐、進藤大尉、小山内飛曹長。後列左から、小町一飛、田中一飛曹、谷口二飛曹、岩城一飛曹、林一飛曹、大原二飛曹、高原二飛曹、井石三飛曹

翔鶴艦上で、マストをバックにした合成写真

昭和16年、赤城時代。鹿児島基地で

昭和16年11月、大分基地の翔鶴戦闘機隊。前列左から山本二飛曹、佐々木原二飛曹、田中三飛曹、真田一飛、宮澤二飛曹、川俣三飛曹。2列め左から川西二飛曹、飯塚中尉、帆足大尉、安部飛曹長、西出一飛曹。3列め左から林一飛曹、住田一飛曹、松田一飛曹、岡部二飛曹、小町一飛、半澤一飛曹。4列め左から河野一飛、南一飛曹、一ノ瀬二飛曹、堀口一飛

昭和19年1月17日、撃墜69機の大戦果に沸く搭乗員たち。手前中央に小高登貫飛長、後方中央に小町上飛曹

昭和19年、二五三空時代、トラック基地にて。前列右が小町上飛曹、後列左端は岩本徹三飛曹長、中央は熊谷鉄太郎飛曹長

昭和19年3月、B−24との交戦で表彰される小町上飛曹（中央）

大原亮治（おおはらりょうじ）

我が人生ラバウルにあり

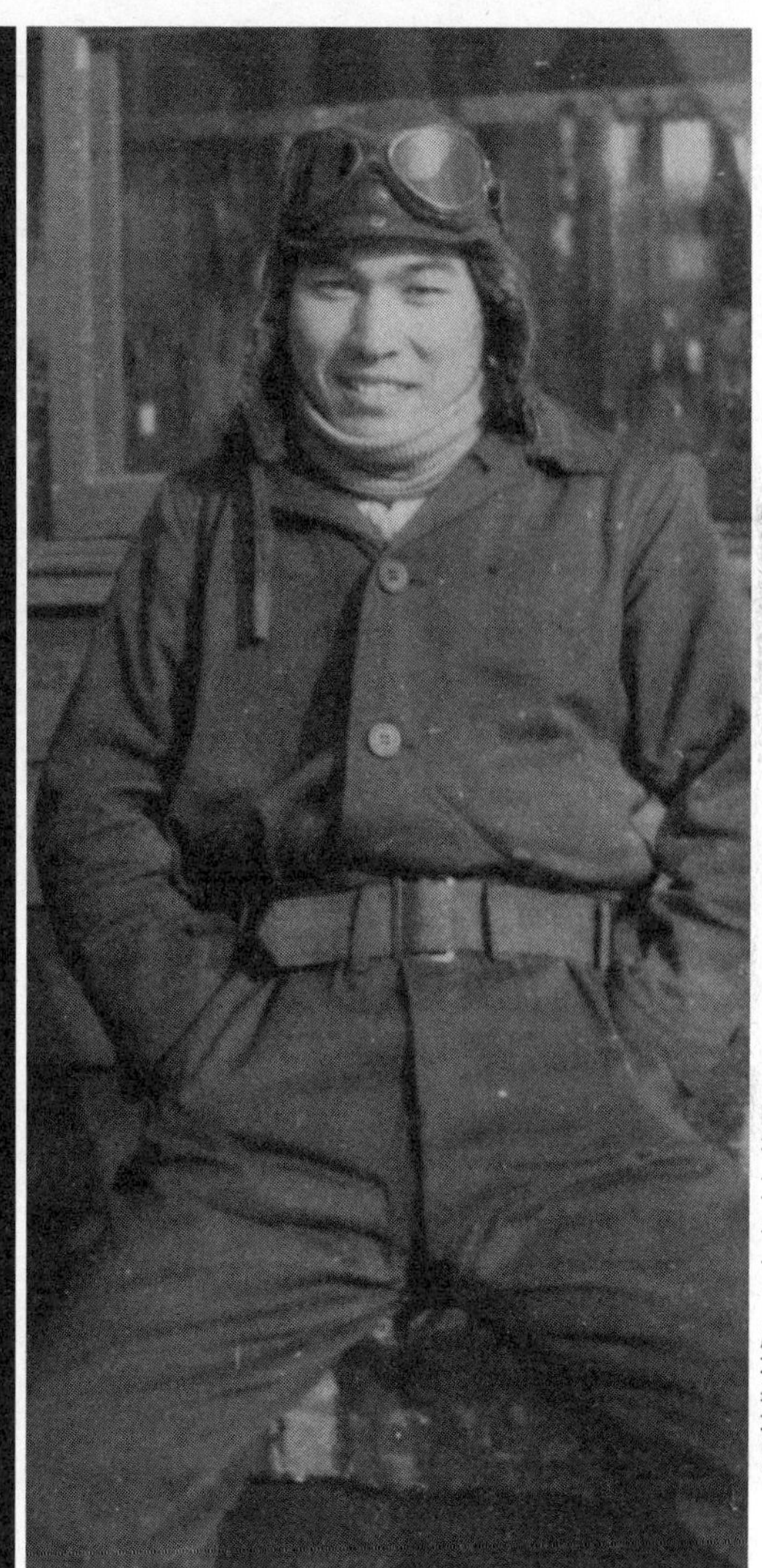

昭和二十年二月、厚木基地にて

大原亮治（おおはら・りょうじ）

大正十（一九二一）年、宮城県生まれ。昭和十五（一九四〇）年、海軍を志願し横須賀海兵団に入団。内部選抜の丙種予科練四期、第二十一期飛行練習生を経て昭和十七（一九四二）年、戦闘機搭乗員となる。同年七月、第六航空隊（のち第二〇四海軍航空隊と改称）に配属され、十月、ラバウルに進出。以後、一年一ヵ月にわたり、主に指揮官機の列機として戦い抜いた。昭和十八（一九四三）年十一月、横須賀海軍航空隊に転勤し内地に帰還、各種新型機のテスト飛行に任じながら本土防空戦に参加。名門・横空の最後の先任搭乗員として終戦を迎えた。昭和二十年八月十八日、関東上空に飛来した米陸軍爆撃機の邀撃戦にも参加した。海軍飛行兵曹長。戦後は昭和二十八（一九五三）年、海上警備隊（海上自衛隊の前身）に入り、第一期操縦講習員を経て教官配置につく。昭和四十六（一九七一）年、3等海佐で退官後は運輸省の外郭団体である航空振興財団に勤務、多くの民間パイロットを育てた。

N.Koudachi

「なに？　ラバウルへ行く？　ブカ島にも？……俺がもうちょっと若かったらなあ、ぜひ一緒に、と言いたいんだけども」

と、大原亮治は心底残念そうに言った。平成二十五（二〇一三）年春のことである。零戦をテーマにしたＮＨＫの番組取材のため、かつて日本軍の航空基地があったパプアニューギニア独立国のラバウル、ブカに旅することになった私は、当時九十二歳、歴戦の零戦搭乗員の代名詞ともいえる「ラバウル帰り」として最古参の一人となっていた大原の自宅に、報告かたがた当時の様子について教えを受けにきたのだ。

「私がいたのは昭和十七（一九四二）年十月からの一年一ヵ月だったけど、ほんとうに忘れられない。搭乗員でラバウル方面に一年以上いた者は数えるほどしかいません。ほとんどが数ヵ月でやられてしまい、一緒に行った隊長も戦友もみんな戦死してしまいました。できればもう一度訪れたいと思いながら、その機会がなくて。ラバウル、ブカのいまの姿をよく見て、帰ってきたら写真を見せてください」

そして大原は、戦死した予科練の同期生・中澤政一二飛曹が陣中でつけていた日記やソロモン諸島の航空図など、貴重な資料を快く貸してくれ、当時の飛行場や宿舎がどこにあり、どんな状況だったのか、地図を見ながら詳しく回想してくれた。

「われわれ二〇四空（第二〇四海軍航空隊）がいたのは、花吹山から湾をはさんだ対岸にある、通称『東飛行場』でした。飛行場の北側にラバウル市街があり、そこから右に折れて、司令部のある『官邸山』と呼ばれる山の登り口の三叉路のところに宿舎があった。ふだんは朝、宿舎から飛行場へはトラックに乗るんですが、歩いても行ける距離です。

飛行場から宿舎へ歩いて帰る途中、市街地に駐屯していた陸軍の天幕から蓄音機の音楽が聴こえてきたことがありました。それが、世にも妙なる調べなんですな。思わず足をとめてしばらく聴き惚れていたら、蓄音機をかけていた陸軍の将校が、これはラヴェルの『ボレロ』という曲だよ、と教えてくれました。——あなたがラバウルに行くと聞いて、ふとそんなことを思い出しましたよ」

戦闘機乗りらしい面影

私が大原と出会ったのは、戦後五十年の平成七（一九九五）年の初秋のことだ。

零戦搭乗員の取材を始めたばかりの私は、「零戦搭乗員会」の事務局があった東京・蒲田の小町定元飛曹長の事務所に始終、出入りしては、あれこれと昔のことを教え

てもらっていた。あるとき、約束の時間が過ぎたので、辞去しようと腰を浮かせかけたら、

「もうちょっと待ったら大原が来るよ」

と、小町に言われた。私の母校・大阪府立八尾高校の旧制中学時代の卒業生に、零戦隊の名指揮官として知られた宮野善治郎大尉（戦死後中佐）がいる。私はそのことを、母校に戦時中から奉職していた体育教師に教えられ、その後に読んだ空戦記の本を通して宮野善治郎の列機を務めた大原亮治という戦闘機乗りの名前を記憶していた。

「それは願ってもないことです。ではご紹介いただけますか」

初対面の大原は七十四歳、見るからに精悍な、戦闘機乗りらしい面影を色濃く残す人であった。小町が、

「こんど、零戦搭乗員のことを取材している人だ。よかったら話を聞かせてあげてくれ」

と私のことを紹介してくれた。ところが、大原はチラッと私を一瞥して、

「いまからじゃ駄目だよ。主だった人はあらかた死んじゃって」

と、取りつく島もなかった。じっさい、その頃は海軍戦闘機隊の名だたる実力者が、二、三年の間に次々と亡くなっている時期だった。

こんな状況で、母校の先輩の名前を出すというのは、ふだんの私ならしないことである。もし、「だからどうした？」と言われれば、先輩の顔に泥を塗ることになる。それに、自分自身の取材活動に、先輩とはいえ面識もない他人の名前を利用することを潔しとしない気持ちがあるからだ。だがこのときは、

「実はその私……宮野善治郎大尉の八尾中学の後輩なんです」

という言葉が、自然に口をついて出た。大原の表情が動いた。私の顔をまじまじと見ながら、

「そう……！　あなた、宮野さんの。じゃ、こんどうちにいらっしゃい」

これが、大原との二十年を超える付き合いの始まりだった。

一般志願兵として海軍へ

大原亮治は大正十（一九二一）年、宮城県桃生郡広淵村（現・石巻市）の農家に生まれた。小学四年生の頃、飛行機の三機編隊が頭上を飛ぶのを見て、朝日に輝くその雄姿に憧れ、飛行機乗りを志す。

「子供心にもこれだ！　と思った。心が震えるほどの感動でした。それからは飛行機に乗りたい一心で……。昭和十二（一九三七）年から海軍の少年航空兵（予科練）を

三回続けて受験したけど、受からなかった。当時の予科練は、成績が都道府県でも何十番かに入っていないと合格できないほどの難関で、狭き門だったんです」

大原は陸軍の軍需工場で働きながら、週末になると市電に乗って友人たちと仙台に出て、映画館で洋画を見ていたという。フレッド・アステアに憧れ、タップダンスの練習に興じたこともあった。戦争が始まるまでは、日本の地方都市でもハリウッド映画は人気で、多くの日本の若者たちにとってアメリカは憧れの国だったのだ。

「予科練受験に失敗しているうち、年も十八歳を過ぎて、このままだと二十歳で徴兵されてしまう。その頃、海軍部内からもパイロットになれる道があることを知り、じゃあそれで行こうと、一般志願兵として海軍に入ることを決めた。昭和十五（一九四〇）年六月一日、四等航空兵として横須賀海兵団に入団しました。この頃の『航空兵』は搭乗員だけでなく整備員もあわせた呼び方でしたから、新米航空兵の私らは整備員の補助です」

海兵団での四ヵ月の新兵教育を経て、北海道の千歳海軍航空隊に配属された大原は、広い飛行場にずらりと並んだ九六式艦上戦闘機（九六戦）、九六式陸上攻撃機（九六陸攻、または中攻）の勇姿に目を瞠（みは）った。なかでも軽快で精悍な九六戦の姿に、大原の心は躍った。

「これはもう飛行機に乗るしかない、と。颯爽と飛び立っていく搭乗員がうらやましくてね。昭和十六（一九四一）年一月、千歳空の主力が中部太平洋方面に派遣されたんですが、私は留守隊に残されたのが幸いで、二月か三月でしたが、丙種飛行予科練習生（丙飛）の試験を受けることができた。幸い合格して、四月、第四期丙種飛行予科練習生採用予定者として茨城県の土浦海軍航空隊に行き、適性検査を受けて五月一日、正式に採用されました。飛行適性のテストで、初めて空を飛んだときの感激は忘れられません」

一にも二にも戦闘機希望

「予科練」は基礎教育の場だから、適性検査以外で飛行機に乗ることはない。飛行訓練が始まるのは、土浦での三ヵ月の予科練教程を終え、飛行練習生になってからのことである。

「丙飛四期の教程を終えると二ヵ月のグライダー練習を経て、こんどは九月三十日付で第二十一期飛行練習生として霞ケ浦海軍航空隊に入隊しました。そこからさらに『霞空東京分遣隊に入隊を命ず』ということで、いまの羽田空港に新たにできた分遣隊に送られ、そこで約六十名の同期生とともに、九三式中間練習機で六ヵ月の飛行訓練を受けたんです。当時の羽田飛行場は八百メートルほどの滑走路が一本の小さな飛行場でした」

大原が羽田で操縦訓練を受けている最中の十二月八日、日本とアメリカ、イギリスをはじめとする連合国との戦争が始まった。

練習機教程も終わりに近づいた頃、練習生おのおのの適性と希望で専修機種が決まる。大原の希望は、一にも二にも戦闘機だった。

「専修機種は、戦闘機、艦上爆撃機、艦上攻撃機、大型機の四つに分けられ、それぞれ異なる航空隊で実用機訓練を受けるんですが、希望がかなって戦闘機専修と決まったときには思わずバンザイをしてしまい、そばにいた教員にぶん殴られました」

羽田分遣隊の同期生のうち、戦闘機専修に選ばれたのは十八名。昭和十七（一九四二）年三月二十三日、戦闘機の実用機教育部隊である大分海軍航空隊へ。ここでは、複座の九〇式練習戦闘機、単座の九五式艦上戦闘機で訓練を受けた。いずれも複葉の旧式機である。当時、第一線では零戦が大活躍し、並みいる連合軍機を圧倒していたが、練習航空隊へ回すほどの余力がなく、大分空では九六式艦上戦闘機が最新だった。

「九五戦は、旧式機とはいえそれまでの中練とはまったく別物、操縦もシビアでまさに戦闘機でしたね。われわれの分隊長は、大正十五年から飛行機に乗っている大ベテラン、小林巳代次(みよじ)飛行特務中尉でした。まだ三十代後半でしたが、当時はヨボヨボの爺さんに見えた。ところが空戦訓練になると、その爺さんにまったく歯が立たないんです」

零戦と宮野大尉との出会い

昭和十七年七月二十五日、大分空での実用機教程を終え、次の任地が言い渡される。全員が戦地行きを希望するなか、大原は外戦部隊の第六航空隊へ転勤を命ぜられた。ここではじめて「整備兵」から「飛行兵」へ転科したこととなり、大原は二等飛行兵になる。

第六航空隊（六空）は、ミッドウェー島攻略作戦に合わせ、占領後は同島の基地戦闘機隊となるべく、昭和十七年四月に編成された。六月のミッドウェー、アリューシャン作戦では各母艦に零戦と搭乗員を便乗させて戦闘に参加したが、日本側空母四隻が撃沈され、作戦が失敗に終わったため、木更津基地で再編成につとめているところであった。

司令は森田千里中佐、飛行長・玉井浅一少佐。飛行隊長は小福田租大尉。小福田大尉は実戦経験豊富、しかも教官、飛行実験部員（テストパイロット）と一通りの経歴を積んできた古参の大尉で、海軍戦闘機隊有数の実力者だった。戦闘機分隊長は宮野善治郎大尉と川真田(かわまた)勝敏中尉である。

二十一歳の大原はここではじめて零戦に乗ることになる。

「これまで乗ってきた飛行機とは違って、馬力は強いし安定感もいい。風防があるので操縦席も静かで、すごいな、と思いましたね」

大原にとって、この未来の愛機との出会いとともに、もう一つ運命的な出来事があった。宮野善治郎大尉の分隊に配属されたことである。

大原は、分隊の先任搭乗員・岡本重造一飛曹に引率されて、木更津基地の滑走路脇に張られた訓練用のテントで宮野大尉と初めて会った。

「ずいぶんスマートな分隊長だな」

と、大原は思ったという。長身で、遠くからでも一目でこの人が指揮官だとわかるような「華」のある士官だった。宮野大尉は、新人搭乗員の着任の申告に対してもまったく偉ぶることなく、ごく自然に接した。それは、上官が部下に接するというより、兄が弟に接するような態度だった。指揮所での宮野は見るからに活発でありながら、部下に対して荒い言葉を投げたり、怒った顔を見せたりすることはない。部下を殴ることも決してなかった。大原は初対面で、この自分の新しい分隊長の、いわば大ファンになった。

宮野としても、新人の中でも特に元気で空中での勘がよく、地上でも目端がきいて同年兵のリーダー格、という大原のことは早い時期から目に留まっていたのだろう。呑み込みが早くて細心かつ大胆なところ、筋を通す性格、いい意味での要領のよさ、そして視力・体力など、大原には戦闘機乗りとして、指揮官の列機として必要な資質がすべて備わっていた。九月も後半にさしかかった頃、宮野は大原に、

「今日からお前は俺の三番機だ」

と告げた。分隊長（空中では中隊長）の三番機は、九機編隊の指揮官機を守る重要な役目である。大抜擢と言っていい。そのときの気持ちを大原は、

「ほんとうに嬉しかった。この隊長にならどこまでもついて行ける。それで死んでも悔いはない、とさえ思いました……」

と回想する。

六空先遣隊ラバウル空輸

六空では、飛行機の補充が進むにしたがい、訓練の激しさも増していった。七月三十一日、六空をふくむ第二十六航空戦隊麾下（きか）の各航空隊（六空、木更津空、三沢空）

に、ソロモン諸島のガダルカナル島基地進出が発令される。ガダルカナルでは、日本海軍設営隊による突貫作業が実を結んで、八月上旬には飛行場の使用が可能になる見込みであった。

しかし――。

八月七日、機動部隊に護衛されたアメリカ海兵師団が、突如として横浜海軍航空隊が水上機基地を置いていたツラギ島、次いで対岸のガダルカナル島に上陸を開始。八日午後、日本軍が造成した飛行場は米軍に占領される。ツラギの日本軍守備隊も烈しく戦ったが全滅した。

ガダルカナル島をめぐる日米の攻防戦は一気に激しさを増し、ラバウルから片道五百六十浬（約千キロ）もの長距離進攻を余儀なくされる海軍航空隊は苦しい戦いを強いられることとなった。

陸軍も、精鋭といわれた一木支隊約二千四百名をガ島に急送し、同島の奪回、占領を企てたが、八月十八日、ガ島に上陸した一木支隊先遣隊の約九百名は、二十一日、予想外に頑強な敵の反撃の前に、八百名近くが戦死して敗退した。

米軍は占領した飛行場をヘンダーソン飛行場と命名し、八月十九日に完成させる。そして早くも、二十日には米海兵隊のグラマンＦ４Ｆワイルドキャット戦闘機十九機とダグラスSBDドーントレス艦爆十二機が進出してきた。

八月十七日、木更津基地から小福田大尉率いる零戦十八機が一式陸攻三機に誘導され、六空の先陣を切ってラバウルに向け発進した。空輪だけで島伝いに進出しようというのである。これは、単座戦闘機としては前例を見ない長距離移動だった。このときの零戦は、全機が新鋭の二号戦（三二型）だった。

先遣隊として進出する搭乗員は二十名。零戦が十八機なので、二名は誘導機の陸攻で移動する。宮野大尉の分隊は居残りになり、練成を進めて進出することになった。

先遣隊は途中の事故で二機が欠けたが、硫黄島、サイパン、トラック、ニューアイルランド島カビエン基地を経由して、三十一日にはラバウルに進出。第二航空隊司令・山本栄中佐の指揮下に入った。六空先遣隊がガダルカナル島攻撃に参加したのは、九月十一日のことである。

空母瑞鳳でラバウルへ

先遣隊がラバウルで作戦行動を始めた頃、内地では、六空本隊の進出準備が着々と進められていた。

六空の主力機種として配備されていた二号零戦（A6M3、零戦三二型）は、緒戦で活躍した従来の一号戦二型（A6M2a、二一型）の翼端折り畳み機構部分をカットして、両翼を各五十センチ短くして角型に整形したのが、外観上もっとも目立つ変更だが、発動機も一号戦の「栄」一二型（離昇出力九百四十馬力）から、過給器を二速式に換装し、離昇出力を千百三十馬力にアップした「栄」二一型に換えられていた。その他、プロペラの変更、従来、片銃六十発（じっさいには弾丸詰まりを防ぐため五十五発）だった二十ミリ機銃の弾丸を、同じドラム式弾倉ながら片銃百発を積めるようにするなど、零戦としては初の大きな改造型である。

ただ、二号戦の航続力では、ラバウルからガダルカナル島まで片道五百六十浬、三時間半の距離を飛んで、さらに空戦して帰ってくることはむずかしい。長大な航続力を誇る一号戦でさえ、ラバウルから直航だと、ガダルカナル島上空で空戦ができるのは十五分程度である。

そこで海軍は、ラバウルからガダルカナル島へ百六十浬近いブカ島に前進基地を急造、さらにより近いブーゲンビル島ブインに基地の設営を始めた。

宮野大尉以下、木更津に残っていた六空戦闘機隊主力が、空母瑞鳳に乗って横須賀を出港したのは、九月三十日のことである。大原もこの進出に参加した。空母への着艦経験のある搭乗員がほとんどいないので、飛行機はクレーンで搭載された。搭乗員は二十七名、「瑞鳳」に搭載された六空の戦闘機は、予備機もふくめて一号戦十三機、二号戦十九機、計三十二機で、二十七機が発艦してラバウルに向かい、残った五機はトラック島に陸揚げされ、別途ラバウルに空輸されることになっていた。

十月七日。「瑞鳳」は、トラック島とラバウルの中間の海域に達した。ここでいよいよ発艦。宮野隊は発艦したうち三機を悪天候のため失い、ラバウルに到着したのは二十四機だった。

ブカ島からの初出撃

ガダルカナル島への米軍上陸から二ヵ月、この島をめぐる攻防戦は、日米両軍の本格的な決戦の様相を呈してきていた。ガ島奪回は、当初大本営が予想したほど容易なことではなかった。駆逐艦による増援輸送はなおも続けられていたが、明るいうちにガ島に着くと敵機の格好の目標になるので、日が暮れてから着くようにしないといけない。上空直衛の戦闘機は、日が暮れるまでこれを護衛しなければならなかった。十一日には水上機母艦「日進」「千歳」まで投入しての大規模な輸送作戦が計画されていたが、そこで、六空主力はよりガ島に近いブカ島に進出することになり、九日午後には二十一機の移動を終えた。

大原の初出撃は十月十二日のことである。この日、六空は、輸送任務を終えて避退する「日進」「千歳」の上空直衛をのべ十五機で行なった。

「出発前、この日の私の小隊長・平井三馬飛曹長は、『いいか大原。上空哨戒というのは、ただふらふら飛んでるだけじゃないんだぞ。見張りを怠ってはいけないが、上空ではキョロキョロするな。探照灯のごとくゆっくりと視線を動かせ』と注意を与えてくれました。このときは何ごとも起こらずに帰ってきましたが、翌十三日、私がブカ基地で朝食の食卓番を終えて、海岸の烹炊所で洗い物をして幕舎に帰る途中、突然ボーイングB-17爆撃機六機、続いてもう五機の空襲を受けたんです。目についた防空壕に飛び込もうとしたら満員で入れてもらえず、二つめの防空壕にもぐりこんだ瞬間、ダダダーン、と来た。誰かが、『出るな！　時限爆弾だぞ』と言うのを聞いて身を潜めていたら、間もなく轟音とともに爆弾が爆発して、助けてくれ、という声が聞こえてきた。外に出てみると、今までいた防空壕の裏手に十メートルほどの大穴が開いて、近くの壕の一つが崩れていました」

さっそく救出作業が始まったが、昨日の大原の小隊長・平井飛曹長と、六空通信長

・佐々木大尉は崩れた防空壕の土砂に埋もれてすでに絶命し、他に二人の搭乗員が下半身が生き埋めとなり人事不省になっていた。飛行場にもたくさんの穴が開き、列線の零戦が数機、破壊されていた。その傍らには、零戦を発進させるべくエンジンを始動させようとして避難の遅れた整備科分隊士・白方整曹長が、右大腿部を吹き飛ばされて戦死していた。大原にとって、最初に戦争を実感した出来事だった。

「この日、空襲の余韻のさめやらぬブカ基地から、田上健之進中尉以下十五機の零戦が、できたばかりのブイン基地に進出しました。ところが飛行場は連日の雨ですっかりぬかるんでいて、私は着陸のとき、滑走路に敷かれた材木を尾輪で引っかけてしまい、ガラガラとすごい音がしてビックリしました」

ブイン基地が使えるようになったことで、ガダルカナル島までの進出距離が三百二十浬と、ラバウルからより二百四十浬も近くなり、二号戦でも余裕をもってガ島攻撃に参加できるようになる。二号戦の航続距離不足の問題は現地で実質的に解決された。

ブイン基地は、ブカ基地同様、ラバウルのような病院や慰安所はもちろん、きちんとした建物の宿舎さえない、文字通りの最前線基地だった。飛行場から一・五キロほど離れた海岸の椰子並木沿いに数十張りの幕舎が張られ、そこが隊員たちの宿舎やその他の施設にあてられていた。殺風景なことこの上なく、基地の防備体勢も脆弱で、敵機の来襲に対してはもっぱら見張員の目視に頼るほかはなかった。

宮野大尉の三番機に

十月十九日、六空零戦隊は、二直に分かれてガ島の敵飛行場上空制圧のため出撃することになった。一直は宮野大尉以下九機、二直は川真田中尉以下九機。この日、大原は、実戦では初めて、宮野大尉の三番機をつとめることになった。出撃前のブイン基地で、宮野大尉は大原に注意を与えた。

「いいか、今日は必ず会敵する。空戦になるから絶対に俺から離れるな。俺が宙返りしたらその通りにやれ、お前は照準器は見なくていいから、俺が撃ったら編隊のまま撃て」

午前六時に発進した宮野隊は、八時十五分、ガ島上空に到着、一時間二十分にわたって上空を制圧した。ブイン基地ができて、二号戦でもこれだけの長い時間、敵地上空に滞空することができるようになったのだ。八時五十五分、グラマンF4Fワイルドキャット戦闘機五機が、宮野隊に空戦を挑んできた。

「雲の下から出てきたグラマンが、ちょうどいい態勢で前に出てきました。私は初めて星のマークを見て驚いちゃって、あっと思いましたよ。宮野大尉は、『いいか、離れるなよ』とでも言うようにチラッとこちらを振り返り、グラマンに向かっていきました。宮野機の二十ミリ機銃が火を噴いたと見るや、私も夢中で引き金を握りましたが、気がつくと、この一撃で一機は火だるま、もう一機も黒煙を吐いて墜ちていきました。いやあ、すごいと思いましたね。宮野大尉も、帰ってから、二号銃（銃身が長い）の威力は大したもんだ、と感心していました」

水際立った宮野大尉機の攻撃に、不利な戦いと見たか、残る敵機は、蜘蛛の子を散らすように逃げていった。

苦い初撃墜

目の前で簡単に敵機が墜ちてゆくのを見た大原は、こんどはどうしても自分で撃墜してみたい衝動に駆られた。

十月二十三日、こんどは小福田大尉の三番機（参加機数十二機）としてガダルカナル島上空制圧作戦に参加する。これは、陸軍のガ島飛行場総攻撃を空から支援するものだった。

「この頃は、正々堂々来るなら来い、と敵地上空をぐるぐる旋回しながら、敵機が上がってくるのを待つ、という戦い方でした。この日は、ほとんど同高度でグラマン十数機と会敵しました。小福田大尉が攻撃するのを見て、『俺もやりたい、やりたい』と、ふと見るとすぐに墜とせそうなところにグラマンが一機いる。私は隊長に無断で編隊を離れてそいつを追いかけましたが、どういうわけかスピードが出ません。『しまった！　増槽を落とすのを忘れてた！』、空戦のときは、空気抵抗を減らすために燃料コックを主翼のメインタンクに切り換えて、増槽を落とすのが鉄則ですが、あがっていてそれを忘れていたんです。増槽を落としてやっと敵機に追いつき、苦心惨憺して撃墜しましたが、気がつけば四、五機の敵機に囲まれていました。そこで、皆が助けに来てくれて大混戦になってしまった。私はG（重力）で目から火花が散るほど操縦桿を引いて、敵機の攻撃から逃れましたが、視界の端に零戦が一機、煙を噴いて墜ちてゆくのが見えました」

この日は大原の一機をふくめ、合計四機のグラマンを撃墜したが、思わぬ乱戦で、わが方も金光武久満中尉以下四機の犠牲を出し、大原にとっては何とも苦い初撃墜となった。基地に帰ると大原は、小福田大尉から、無断で編隊を離れたことに対して大目玉を食った。

十一月一日付で、海軍の制度上、大きな改訂が加えられた。第六航空隊は第二〇四海軍航空隊と改称され、垂直尾翼の部隊記号はUからT2に変更される。下士官兵の階級呼称も改訂され、十月三十一日に一等飛行兵に進級した大原は、翌日、新たに設けられた飛行兵長になった。時期を同じくして、二〇四空司令・森田中佐が大佐、飛行長・玉井少佐が中佐、飛行隊長・小福田大尉が少佐に、それぞれ進級している。

よき兄貴宮野大尉と貫禄の小福田少佐

ガダルカナルをめぐる航空戦は、まさに消耗戦だった。疲労と消耗は、熟練搭乗員の相次ぐ戦死と交代要員の未熟、それによる全体の戦力低下という悪循環を生んでいた。搭乗員の交代はおろか休養すら与えられない。ソロモンは搭乗員の墓場となりつつあった。それでも、

「戦後の本で、『ラバウルの搭乗員は死ななきゃ内地に帰れない』なんて書いてあるけど、そんな悲壮な気持ちではありませんでしたよ。戦闘機乗りのモットーは〝見敵必墜〟、これに尽きます。消極的な戦いをする者は一人もいませんでした」

と大原は回想する。

二〇四空の士気の高さは、小福田少佐と宮野大尉、二人の指揮官の人柄と、率先垂範の姿勢によるものも大きかった。ブイン基地では、士官室と搭乗員室は目と鼻の距離にある。宮野は、従兵にビールをかつがせて搭乗員室に始終やってきては、下士官

兵搭乗員の輪の中に進んで入った。これは、何かにつけ士官と下士官兵を区別する海軍ではめずらしいことだった。

「戦闘で、今日はやられたというときは、『何をお前らしょぼしょぼしている。元気出せ！　明日は仇をとろうぜ、な！』、それからみんな車座になって、宮野大尉という人はそうやって飲みながら、あれはこうだぞ、とか、お前、あれはまずいぞ、ということをビシッと言ってくれるんですよ。『お前、あんなことするなよ』『隊長、わかってます、わかってます』『わかればいいんだ。まあ飲め』みたいに。作戦上のことで、『あんな動きをしたらすぐ墜とされるぞ』とか、叱られることはあっても感情的に馬鹿呼ばわりされたり、怒られたりしたことは一度もないですね。ときには搭乗員が、『隊長、しょぼしょぼするな、俺たち頑張るからさあ』なんて逆にハッパをかけたりして。戦果が挙がったら挙がったで、『おう、今日はやったな』って、やっぱり来るわけですよ」

若い搭乗員、なかでも大原の同年兵で威勢のいい渡辺清三郎飛長など、酔ってここぞとばかりに、「おい隊長、近頃少し威張りすぎるぞ」などとくだを巻くこともあったが、宮野は泰然として、「よし、その元気でな、でも死なないようにしろよ」と言葉をかけた。

「他の士官なら、日常の暮らしや戦いの中で、必ず一度はわれわれ下士官兵搭乗員に対して階級の差を感じるような嫌な面を見せるものですが、宮野大尉にはそれがなかった。嫌なところが一つもなかったんです。部下の心を捉えて離さない人だった。人の心をつかもうとしているんじゃなくて、自然に引きつけられるというか……」

宮野大尉は、搭乗員たちのまさによき兄貴であった。いっぽう、小福田少佐となると、若い搭乗員たちよりひと回りほども年長だったこともあり、宮野にはない貫禄があった。何回かに一度は、宮野とともに搭乗員室に現われたが、軽口を叩けるような雰囲気ではない。飛行隊長と分隊長の重みの差、いい意味での役割分担がこの二人の指揮官の間にはできていた。灼熱の基地でも飛行服に白いマフラーをきりっと巻き、指揮所の椅子に座って待機する小福田の姿には古武士の風格があったという。

艦爆隊の直掩

航空部隊の奮戦もむなしく、ガダルカナル島の戦況は不利になるいっぽうだった。昭和十七年十二月三十一日の御前会議でガ島撤退の方針が決定され、昭和十八（一九四三）年一月四日、ついに天皇の大命が下された。

一月四日夜、ガダルカナル島にもっとも近い日本軍の前進基地であったニュージョージア島ムンダ基地が敵巡洋艦艦隊の艦砲射撃を受けた。それを受けて一月五日、二〇四空零戦隊と五八二空の九九艦爆隊に、敵艦隊に対する攻撃命令がくだった。

宮野大尉率いる零戦十四機は、午前四時三十分、艦爆四機とともにブイン基地を離陸した。午前七時、敵艦隊発見。上空には、グラマンF4F戦闘機十機、水上機二機が警戒にあたっていた。ここで零戦隊は直掩隊と遊撃隊とに分かれ、九機が遊撃隊として先行する。直掩隊はさらに二手に分かれ、三機は艦爆隊とともに行動し、宮野機と大原機の二機は、艦爆隊の避退コース上の露払いに向かった。

宮野機と大原機が高度を下げて、爆撃を終えた艦爆が避退してくるのを待っていると、やがて一機の艦爆が、グラマンF4F戦闘機に追われているのが目に入った。

「位置はわれわれのやや左上。宮野大尉が手信号で『行け！』と命じました。私はすぐさま艦爆を狙っているグラマンを追い、撃墜。そこで敵艦隊の方向を振り返ると、宮野機が別のグラマンの後ろにピッタリとついているのが見えた。私は、もう一機のグラマンを後下方からの攻撃で撃墜、さらに前方をガダルカナル島の方向に逃げてゆくもう一機に喰らいつきました。敵機は燃料に余裕がないのか、逃げるばかりで反撃してこない。単機で自由に敵機を追えるチャンスなどめったにないから、私はすっかり調子づいて、意識しながら深追いをしました。

そのうちガダルカナル島上空に着いてしまったんですが、眼前に二千メートル級の山がそびえている。グラマンは、反撃する様子を見せないままに上昇を始めました。周囲を警戒しながら間合いを詰め、ちょっと遠いけど七ミリ七で威嚇射撃。これに驚いたグラマンが左へ旋回したので距離が詰まりました。もっと近寄って二十ミリをぶっ放そうと、敵機の頭を押さえるように七ミリ七をまた撃つと、今度は右に切り返し、おかげでこちらがグラマンの上でつんのめる形になって、一瞬、敵機を見失ってしまったんです。翼を左に傾けて行方を探してみたけど見当たらず、おかしいなあと思っていたら、とうとう山を越えて敵の飛行場が見えるところにまで来てしまった。こん畜生、銃撃してやろうと思いながらよく見たら、飛行場に濛々と砂塵が上がって数機が離陸を始めるところでした。それで、これは大変、長居は無用と、急いで反転して帰途につきました」

この攻撃で、艦爆隊は敵艦二隻に直撃弾、一隻に至近弾を与えたと報告したが、一機が自爆、一機が行方不明となり、四名が戦死、残る二機にも被弾があった。零戦隊の戦果は撃墜六機（うち不確実一機）。大原の追った三機めの敵機は、撃墜不確実とされたが、尾関行治上飛曹が山に墜ちたのを見届けていて、ほぼ確実だった。

セント・バレンタインデーの虐殺

二月上旬に行なわれたガダルカナル島の撤収作戦は、「天佑神助（てんゆうしんじょ）」と言われたほどの大成功を収めた。収容した人員は、防衛庁戦史室編纂の『戦史叢書』によると一万二千八百五名におよんだ。だが、ガダルカナル島撤退を境に、日本軍はそれ以上の進攻をあきらめざるを得なくなり、中部ソロモン、東部ニューギニアの戦略的位置づけも、「進攻拠点」から「防衛拠点」に変わる。南太平洋での戦況が大きく変わった瞬間であった。

二月十四日、B－24九機を、この日が零戦との初対決となる新鋭機・ボートシコルスキーF4Uコルセア十二機、P－38数機が護衛してブイン基地に来襲した。二〇四空は宮野大尉以下零戦十三機が邀撃に発進。一時間以上におよぶ追撃戦の末、B－24二機、F4U二機、P－38四機を撃墜、全機が無事帰還した。新鋭機を投入しながら惨敗を喫した米軍は、この日の空戦を「セント・バレンタインデーの虐殺」と呼んだ。

「空戦で撃墜されたP－38の搭乗員が一人、捕らえられてブイン基地に運ばれてきました。前日の空戦で、同年兵の山本一二三飛長をP－38に撃墜されて気が立っていたこともあり、私はアゴでも一発喰らわせてやろうと、仲間とともに捕虜のいるところへ行ってみました。ところが、本部前の木につながれていたのは、実にかわいい少年なんですな。森崎中尉は英語ができたので何か話していましたが、見ていたらかわいそうになって、殴る気がしなくなりましたよ」

ミシガン大学を卒業後、飛行学校を出て応召された二十二歳の陸軍少尉とのことで、紅顔の美青年であったが、こちらの訊問には一切答えず、そのうち輸送機でラバウルに後送された。彼がその後どうなったか、大原は知らない。

四ヵ月ぶりのラバウル

二月二十六日、ブインに進出していた二〇四空零戦隊は、ラバウルにいた五八二空零戦隊と交代し、四ヵ月ぶりにラバウル基地に転進した。

殺風景なブイン基地から帰ってみれば、ラバウルは気候温和、風光明媚な自然公園のように見えた。幕舎に簡易ベッドというブインの搭乗員宿舎とちがい、ラバウルでは、占領前に白人が使っていた洋館住宅を接収し、搭乗員宿舎にあてている。航空廠や海軍病院といった軍の施設はもちろん、業者が経営する士官用、下士官兵用の慰安所も完備していて、久しぶりに見る女性の姿はまばゆいばかりに美しく感ぜられた。

「私は、ほんとうに一度も慰安所には行かなかったんですが、慰安婦たちと馴染みになっている者も多かった。私がいた宿舎の筋向いに、二〇四空の守り神として『六空神社』という祠（ほこら）がありましたが、ちょうどラバウル市街から慰安所のある山に向かう登り口のところにあったので、毎朝、女性たちがお詣りに来るんです。で、その女性たちが、われわれの宿舎に向かって大きな声で『スギター！』などと名前を呼ぶ。呼ばれた者は『あちゃー』と頭をかきながら表に出て、女性に『よう』と手を上げる、そんな感じでした」

ラバウルの基地周辺の広場では、毎晩のようにどこかの部隊が映画上映をやっていて、大原のように慰安所の空気が好きでない者は、そちらに行くことが多かった。ただ、野外映画会は、空襲警報のサイレンが鳴ると中断されてしまうのが難点だった。

三月は、海軍の定期の人事異動の時期である。二〇四空では、司令・森田千里大佐、飛行隊長兼分隊長・小福田租少佐が内地に転勤となり、新司令には杉本丑衛（うしえ）大佐が着任した。

小福田少佐の後任の飛行隊長はしばらく空席となったが、内地転勤の内示を辞退した分隊長・宮野善治郎大尉が、三月十五日付で内部昇格の形で就任した。

山本長官機の撃墜

ところで、次々に兵力を増強してくる敵に対し、四月現在、ラバウル、ソロモン、東部ニューギニアに展開している作戦可能な飛行機は、零戦九十機をふくむ約百六十機に過ぎない。そこで、聯合艦隊司令長官山本五十六大将は、第三艦隊（機動部隊）司令長官・小澤治三郎中将に、麾下の全空母機を率いてラバウルに進出することを命じた。基地航空隊と母艦航空隊の戦力を結集し、ソロモンとニューギニアの敵兵力を撃滅しようというのだ。

この作戦は「い」号作戦と名付けられた。山本長官はラバウルで自ら陣頭指揮に当たることとし、司令部幕僚のほとんどを率いて四月三日、ラバウルに進出した。「い」号作戦は、四月七日から十四日まで行われ、飛行機隊が出撃するとき、山本長官は白の第二種軍装に身を固めて、帽を振って見送った。ただ、大原はこの間、マラリアで高熱を発して出撃を休んでおり、「い」号作戦の詳細についての記憶はない。

作戦を終えて、山本長官は幕僚を引き連れ、一式陸攻二機に分乗してブイン方面へ激励、視察に赴くことになった。長官一行の護衛を命ぜられたのは二〇四空である。聯合艦隊司令部から指定された機数は零戦六機。二〇四空の隊員たちに伝わる話によると、宮野大尉は可動機全力、二十機での護衛を司令に進言し、司令から南東方面艦隊司令部を通じて聯合艦隊司令部に上申したものの、山本長官が「大切な飛行機をたかが護衛のために二十機も割くのは心苦しい」とのことで却下されたという。

六機の護衛戦闘機の搭乗割が伝達されたのは、十七日夜のことである。中隊長兼第一小隊長・森崎武予備中尉、二番機・辻野上豊光一飛曹、三番機・杉田庄一飛長。第二小隊長・日高義巳上飛曹、二番機・岡崎靖二飛曹、三番機・柳谷謙治飛長。

四月十八日午前五時四十分、零戦六機がラバウル東飛行場を発進、それに続いて六時五分、山本長官一行を乗せた一式陸攻二機が離陸する。最初の目的地、ブーゲンビル島ブイン基地にほど近いバラレに到着する予定時刻は七時四十五分とされていた。

計画は極秘裏に進められ、巡視先でも上層部以外には知らされていなかったが、米軍は日本側の暗号を解読、山本長官機を討ちとるべく、ガダルカナル島ヘンダーソン飛行場から双発双胴のロッキードP－38戦闘機十六機を発進させていた。

十六機の敵戦闘機に対し、零戦六機で守りきれるものではない。長官機はブイン基地近くの森林に撃墜され、山本長官以下、同乗者は総員戦死、宇垣参謀長の乗った二番機も海上に墜落、宇垣参謀長と艦隊主計長・北村元治少将、操縦員の林浩二飛曹の三名だけが奇跡的に助かった。

護衛機・杉田飛長の告白

六機の護衛戦闘機は、全機が帰還した。森崎予備中尉以下の搭乗員には、その場で厳重な緘口令が言い渡された。

六人のただならぬ気配に、二〇四空の搭乗員のなかには、何ごとかを感じ取った者もいたし、最後まで気がつかない者もいた。

大原は、十八日夜、杉田飛長の告白でそのことを知った。

「私たちの宿舎は白人が住んでいた洋館で、私と杉田庄一、中村佳雄、八木隆次、坂野隆雄、渡辺清三郎と、同年兵ばかりの六人が同部屋で寝起きしていました。夜、暑くて眠れないので建物の前の涼み台で涼んでから部屋に入る習慣になっていたんですが、部屋に入る前に、杉田が思いつめたような表情で話しかけてきた。

『大原……』『何だ？』『お前、黙ってろよ、実はな、今日長官機を護衛して行ったんだが、長官機がやられた。ブインに着くちょっと前、あと五、六分のところで、P－38の攻撃を食ったんだ』

帰ってきてから様子がおかしいので、うすうす気づいてはいましたが。杉田は、なおも続けて言いました。

『いや、驚いた。こちらが何が何だかわからないうちに攻撃されてしまった。ブインでは、長官が来られるというので、全機列線に並べて長官の到着を待っていた。だから上空哨戒も出していなかった。三々五々着陸して報告したら、すぐに捜索機が飛び立った。それで一機がジャングルで煙を出していて、もう一機は海岸の方で不時着水していると確認されたんだ。全員集められて、着剣した衛兵の見守る中、絶対に口外するなと言い渡された』

部屋のなかでは何も言いませんが、杉田は黙っている重みに耐え切れなかったんでしょう。ここで私にだけ、ことの次第を打ち明けてくれたんです。話し終わると、いくらか気が晴れたか、杉田はいつもの不敵な面構えに戻っていました」

そして数日後――。

「四月二十二日だったと思います、ラバウル東飛行場で一式陸攻が着陸するのを見ていたら、杉本司令に、『おい、大原、この椅子を早く片付けろ』と言われました。急いで散らばっている椅子を並べ終わったら、『よし、お前はもういいからあっちにいってろ』。私は搭乗員待機所に戻りましたが、よほど偉い人が来たのかと思って、気になって様子を見ていました。すると、乗用車が何台も陸攻のほうへ走って行き、しばらくして陸攻から小さな白い箱が出てくるのが見えたときにハッとしました。『長官がお戻りになったのだ！』と。車は飛行場の指揮所には寄らずに、司令部の方向に走り去りました」

撃てなかった敵艦爆

病気で休んでいた大原は四月二十三日から出撃に復帰、五月一日付で、下士官である二等飛行兵曹に進級した。大原はラバウル基地の軍需部で新しいライフジャケットを受け取ると、「大原二飛曹」と、得意な気持ちで書き込んだ。進級しても宮野大尉の三番機であることには変わりなく、つねに宮野機の右後方の定位置を守っている。出撃の前にはいつも、大原が宮野大尉に航空弁当を届けた。経木に包まれた弁当は、巻き寿司のことが多かったが、稲荷寿司や玉子焼きが入っていることもあった。

「『隊長、弁当を持ってきました』『おぅ、今日のは旨いか』『旨いかどうかわかりません』といった会話があって、出撃。戦闘を終えて、敵機の哨戒範囲外まで引き返したあたりで、宮野大尉がごそごそと弁当を取り出し、操縦席の前にあるOPL照準器の脇に広げるのが見える。それを確認してから、列機も編隊を開いて操縦桿を足にはさんで弁当を広げます。

長距離進攻のときなど、ずっと同じ姿勢で操縦席に座っていると腰が痛くなる。帰り途、立ち上がりたいのは山々ですが、風防で頭がつかえるので、腰だけ上げて前かがみで、爪先立ちのような恰好で操縦している者もいました」

雨季の明けたソロモン諸島は、上空から見ると戦争をしていることを忘れるほど美しかった。ホッとするひとときだが、食べながらも常に見張りは怠れなかった。その頃のことで、大原には忘れ得ぬ思い出がある。

「日時までは憶えていませんが、出撃の復路にバラレ基地で翼を休めていると、はるか沖合いに飛行機が一機、飛んでいるのが見えました。私は真っ先に発進、見るとSBD艦爆が一機、低空を飛んでいく。よし、一発で墜としてやる、と全速で追いかけると、簡単に追いつきました。後方機銃に注意しながら、さて、どうやって墜とそうかな、と近づいてみると、向こうのパイロットが風防を開けた。そこで、よし、飛行機ごと捕虜にしてやろうと思い立ち、左三十メートルぐらいの位置について編隊を組み、チャート（航空図）を見せて、戻れ、と合図しました。反撃してきたらすぐに叩き墜とす準備はしています。

すると、青紫色のマフラーをしたパイロットが、こっちを見ながらしきりに目のあたりを拭っていました。それを見て、『こいつ、泣いてやがるな』と思うと、なんだか墜とせなくなりましてね。しばらく、ただまっすぐ飛んでいましたが、そのうち続いて上がってきた味方機がバーッと前へ出て反転、突っ込んでくると、高度がなかったもんだから、敵機はそのまま、ものすごい飛沫を上げて海面に突っ込んでしまいました。全速に近かったから、とても助からなかったでしょうなあ」

被弾三十八発の死闘

五月十三日、ルッセル島の敵航空兵力を叩くため、大規模な航空作戦が行なわれることになった。二〇四空の宮野大尉以下、零戦二十四機はラバウルからブインに進出、そこで五八二空の零戦十八機と合同し、出撃した。

総指揮官は宮野大尉、その右後方、三番機にはいつものように大原がついている。高度をとって針路を定めると、おのおのがOPL照準器のスイッチを入れる。眼前の四角いガラスに、オレンジ色の照準環の光像が浮かび上がる。照準器の光枠は、ランプの光路上に置かれたフィルターで、白とオレンジ色に切り換えることができた。計器板上端の左右にむき出しになっている七ミリ七機銃のレバーを操作し、弾丸を全装塡、二十ミリ機銃のスイッチを入れる。スロットル先端の切替レバーで七ミリ七だけが発射するようにしておいて、指揮官機に従って試射をする。

零戦隊は高度八千メートルで戦闘体勢を整えながらルッセル島上空に突入した。間もなく敵機発見。宮野大尉は編隊の誘導をはじめた。その途中、大原は、五分先行した五八二空の零戦一機が、F4Uコルセアに追尾され煙を吐いているのを発見した。「急いで宮野大尉の横に出てそれを知らせると、隊長は『お前、行け』と手信号の合図を送ってきました。びっくりして『一人でか？』と聞くと、『そうだ。一人で行け』なんて冷たい隊長だと思いましたが、編隊を誘導しなければならない宮野大尉とすれば、一緒に来るわけにもいかないし、悲痛な命令であったと思います。

右旋回で七千メートルまで降下し、零戦を追うのに夢中になっているF4Uを捕捉、これを撃墜しましたが、そのとき、死角になっている左の腹の下からいきなりダダダーッと撃たれたんです。右翼から座席の後ろにかけて被弾、右翼燃料タンクから火を噴きました。ところが、幸か不幸か、穴が大きすぎてかえってガソリンがすぐに燃え尽きてしまい、火は間もなく消えました。

右に逃げると追随されるので左に切り返しましたが、そのままぐるぐる四千メートルまで墜落状態で墜ちていきました。墜ちながら、真下にルッセルの敵飛行場が見えたときには、一瞬、もう駄目かと思いましたが、おふくろさんの顔も、誰の顔も、浮かんではきませんでした。『まだまだ、まだまだ。やられてたまるか』そう思いながら、なんとか姿勢を回復しました。

すると今度は、強い力で左上昇旋回しようとする。これは被弾で、昇降舵の連動桿がよじれていたためだったんですが、それをだましだまし、帰投方向へ機首を向けた。操縦桿を右に倒していないと水平飛行ができませんでした。

しばらく飛んだ頃、ふと後ろを見ると、コルセアが右に二機、左に一機、ピタッとついてきました。送り狼です。これは左に逃げるしかない。初弾が命中したら仕方がないと肚を決め、気づかないふりをしてフットバーを踏んで機体を滑らせながら、敵が撃ちだしたとき、目もくらむばかりの垂直旋回をうちました。一回、二回、回っていると、左にいた一機がスッと目の前に出てきた。そいつに一撃をかけ、撃墜して後ろをふり返ると、もう一機のコルセアがパアッと火を噴くのが見えました」

五八二空の零戦が一機、救援に駆けつけてくれたのである。一対三があっという間に二対一になり、残りの一機は、形勢不利とみたか急降下で逃げてしまった。

コロンバンガラ島に不時着、燃料補給の上、帰投したが、被弾は三十八発にもおよんでいた。右翼の燃料タンクは下が見えるほど大きな穴が開いている。ただでさえ左に傾くのに、左翼の燃料タンクをいっぱいにしたので、離陸した瞬間、グラリと左に傾いた。操縦桿を右に倒して姿勢を取り戻し、操縦桿を左手に持ち換えて、右手で脚上げの操作をする。必死の操縦であった。

やっとの思いでラバウル基地にたどり着くと、宮野大尉が心配顔で待っていた。
「最初の一機を墜とすところまでは見ていた。よくそんなので帰ってこれたなあ」
この日の空戦での大原の奮闘に対し、のちに杉本司令より特別善行章一線が付与された。

一個小隊四機の編隊空戦訓練

五月になると、敵は増強された航空兵力を背景に、昼夜を問わず、日本軍拠点の各方面に空襲を繰り返した。それは波状攻撃とも呼べるほどの激しさだった。そこで、劣勢となった航空戦力を挽回するために、ふたたび「い」号作戦のような大作戦（六〇三作戦）が企図された。この作戦は、戦闘機だけでガ島西方のルッセル島方面に進撃し、敵機を誘い出して撃滅する事前航空撃滅戦（「ソ」作戦）、およびその後、時機を見て実施する戦爆（戦闘機、爆撃機）連合によるガ島方面艦船攻撃の航空撃滅戦（「セ」作戦）からなるものだった。

六〇三作戦の実施を控え、二〇四空では、五月二十八日から、宮野大尉の発案による一個小隊四機の新しい編成による訓練を始めている。

このところ、米軍戦闘機は四機編成をとり、二機ごとに巧みにカバーし合って付け入るスキを見せなかった。敵は一機の零戦に対して、二機が連携して戦いを挑んできた。編隊空戦の訓練が十分でない若い零戦搭乗員は、そのために敵に喰われることが多くなり、練達の搭乗員も一瞬の見張り不足で盲点をつかれ、撃墜されることが増えていた。

宮野大尉の一個小隊四機編成のアイデアはこれに対応したもので、一・三番機、二・四番機が最低限一組になって、二機、二機で相互に支援することで、敵の編隊空戦の脅威を除いて空戦を有利に進め、損失を減らす狙いがあった。

六月七日、第一次「ソ」作戦が実施された。総指揮官・進藤三郎少佐以下、五八二空の二十一機、二五一空・向井一郎大尉以下三十六機、二〇四空・宮野大尉以下二十四機、あわせて八十一機の零戦の大編隊は、空を圧して進んだ。二〇四空の零戦のうち宮野大尉率いる八機は、艦爆に見せかけるため六十キロ爆弾二発を翼下に搭載している。

「ルッセル島に向かって南から北へ、爆撃のために緩降下を開始したとき、グラマンF4Fが二機、こちらへ向かってくるのが見えました。私は三番機で隊長機の右後ろについているので、左側はよく見えています。逆に四番機の柳谷謙治二飛曹は、右側を見ているから敵機は見えてない。隊長、早く爆弾落としてくれないかな、早く、早く……と思いながら、やっと投弾したそのとき、グラマンがダーッと頭上を通り過ぎ、見ると柳谷機が、グラッと傾いて墜ちていきました」

柳谷二飛曹は、敵弾で右手を吹き飛ばされながらもムンダ基地に着陸、ここで破傷風予防のため、麻酔もかけずにノコギリで右手首から切断する手術を受けた。

柳谷機が編隊を離れた後も、空前の規模ともいえる激しい空戦が続いた。二〇四空はこの空戦で、あわせて十四機（うち不確実二）を撃墜したと報告したが、日高義巳上飛曹と山根亀治二飛曹が未帰還となり、岡崎靖一飛曹がF4Uとの空戦で戦死した。右手を失った柳谷二飛曹とあわせて、山本長官機護衛の六機のうち三名（日高、岡崎、柳谷）が、ここで一挙に欠けることとなった。

戦闘機による航空撃滅戦、第二次「ソ」作戦が実施されたのは、六月十二日のことである。宮野大尉の率いる二〇四空の零戦二十四機は、五八二空の零戦二十一機とともにブイン基地を発進、ブカ基地より飛んできた二五一空の零戦三十二機と合同し、ルッセル島へと向かった。

進撃高度八千メートル、敵編隊発見。宮野大尉は七十五機の零戦隊をリードして、有利な態勢で空戦に入るべく接敵行動に入る。敵機は高度四千メートル、五千メートル、七千メートルと、三段構えで十数機ずつがガッチリと編隊を組んでいた。たちまち大規模な空戦が始まる。この日の空戦で二〇四空は六機を撃墜、全機が無事帰還した。

「この日の空戦はすごかった。宮野隊長機と私と中村佳雄の三機が敵の六機とぐるぐる縦の空戦になって……。どちらも墜としきれずに離れましたが」

と、大原は回想する。

隊長を守れず

二次にわたる「ソ」作戦が一定の成果を挙げたと判断されたことから、戦爆連合の「セ」作戦が、六月十六日に実施されることになった。参加兵力は、五八二空進藤三郎少佐を総指揮官に、零戦七十機、艦爆二十四機。

その前日、十五日には内地から輸送船が入り、生鮮食料品が入荷したので、手空きの若い搭乗員はせっせと芋の皮むきをやっていた。大原もナイフでさつま芋の皮をむいていたが、手が滑って、左手人差し指をかなり深く切ってしまった。

昭和十八年六月十六日、午前五時。ラバウル東飛行場の列線には、出撃に備えて、二〇四空の零戦二十四機が翼をつらねていた。

茶色の飛行服に白いマフラーも凛々しい二十四名の搭乗員を前に、二〇四空司令・杉本丑衛大佐が激励の訓示を述べ、「成功を祈る」と締めくくった。続いて、宮野大尉が作戦要領を説明し、終わって、「各中隊かかれ!」と号令をかける。それを受け、第二中隊長・森崎武予備中尉、第三中隊長・日高初男飛曹長が、各中隊の搭乗員の方に向き返ると、「かかれ!」と復唱する。搭乗員たちが敬礼して、踵を返しておのおのの乗機に向けて歩き出す。

だがこのとき、宮野大尉は、大原が手に巻いた包帯に目をとめた。包帯は、飛行手袋をつけられるようにと薄く巻いていたので、少し血がにじんでいる。

「なんだ大原、その手は」

「ちょっと切り傷しましたが、大丈夫です」

逸る気持ちでその場を取り繕おうとした大原に、宮野大尉はすぐさま、

「だめだ、降りろ」

と命じた。

「いや、大丈夫です」

「大丈夫と言ったって、これで七千も八千(メートル)も上がったら血を吹くぞ。今日はだめだ。お前は残れ」

なおも食い下がろうとする大原を制して、宮野大尉は、「交代員用意！」と、指揮所に向かって怒鳴った。交代要員としてライフジャケットをつけて待機していた橋本久英（きゅうえい）二飛曹が、機敏な動作で落下傘バンドを身につけると、駆け寄ってきて宮野大尉に敬礼をした。

こうして、この日の宮野の二番機は、大原から橋本二飛曹に替わることになった。大原は、一抹の不安を抱きながら編隊を見送った。

――この日、激戦の末、宮野大尉は還って来なかった。

「宮野大尉が還って来ないと知ったとき、どうして無理にでもついて行かなかったのかと、自分が恥ずかしかった。あんなに苦しい思いをしたことはありません。出撃していたら、まず八割方は、私もやられていたかと思います。しかし、それまでもそうであったように、隊長機を守り通せたかも知れない。最後の出撃について行かれなかったことが、いまでも悔やまれます。隊長を守ることができたら、その後、どんな人生を歩まれたのかな……。隊長が、今日は残れ、と言われたのは、お前は生きてろ、と将来の暗示を与えられたのかな、と、いまでも毎日、隊長の遺影に問いかけていますよ」

計画では、二〇四空の全機がその日のうちにラバウルに帰ってくることになっていたが、日が暮れるまでに帰投したのはわずか六機に過ぎなかった。翌十七日になって、ブイン、ブカに不時着していた二〇四空の十二機がラバウルに帰ってきて、コロンバンガラ島に重傷を負った中村佳雄二飛曹と敵弾で手の指を一本失った坂野隆雄二飛曹、エンジン不調の浅見茂正二飛曹の三機が不時着していることがわかったが、そのなかに宮野大尉、森崎予備中尉の姿はなかった。

大原に代わって宮野大尉の三番機についた橋本二飛曹は、空戦中、隊長機をカバーできずはぐれてしまったことに深い自責を感じているようで、しょげ切っていた。

「隊長を見殺しにしてしまって、死んだ方がよかった」

と苦吟する橋本二飛曹の姿を、大原は記憶している。大原は大原で、どうして無理をしてでもついていかなかったのかと自分を責めた。自分がついていれば隊長を死なせはしなかった！……いや、自分も一緒にやられたかも知れない。堂々めぐりの苦しい自問自答が続いた。不注意でつけた自分の左手の切り傷が恨めしかった。

防戦一方に

六月十六日夜、南東方面艦隊司令長官・草鹿仁一中将は「セ」作戦の終結を発令して、ここに六〇三作戦は終了した。

この日の戦いは「ルンガ沖航空戦」と名づけられたが、「航空撃滅戦」の掛け声とは裏腹に、壊滅的な損害を受けたのは日本側のほうだった。この日を境に、それからのソロモン航空戦は、攻勢に出る敵を必死で食い止めようとする、防戦一方の凄惨な戦いとなる。

勢いに乗る米軍は一大攻勢に転じてきた。

まずはニュージョージア島ムンダの日本側基地を第一の攻略目標に、六月三十日、その対岸のレンドバ島、ニューギニア東方のウッドラーク、トロブリアン両島、ラエ南方のナッソウ湾に同時上陸、続いてニュージョージア島のビル港、バングヌ島にも上陸を開始した。それを迎え撃つべく、六月三十日、七月一日、二日とレンドバ島への攻撃が全力を挙げてのべ七回にわたって行なわれた。

宮野大尉、森崎予備中尉が戦死し、指揮官不足のいちじるしい二〇四空零戦隊は、下士官の渡辺秀夫上飛曹が指揮官となって出撃。七月一日の空戦では、山本長官機護衛の一機・辻野上豊光上飛曹が戦死している。

宮野大尉を喪った後も、大原は、自ら撃墜を重ねながら、歴代指揮官の列機をつとめた。敵発見の目の早さ、カバーの的確さが評価されてのことである。

古参三名、内地へ

十月二十一日、大正谷宗市一飛曹、坂野隆雄二飛曹、大原の三名の下士官搭乗員が、杉本大佐から交代した司令・柴田武雄中佐に呼ばれた。三名は、前年、二〇四空の前身である六空がラバウルに進出して以来の生き残りで、そのときにはもう、病気や負傷、転勤などで帰された数名をのぞいては、六空以来のメンバーはこの三人しか残っていなかった。

「整列した三名に、柴田司令は、『お前たち、もう一年以上もいるんだなあ』と話かけた。なにを言い出すんだ、と思っていると、続いて出たのは、『内地に転勤させてやる』と思いがけない言葉でした。そして数日後、私たち三名に横須賀海軍航空隊（横空）への転勤が言い渡されたんです。十一月一日、二〇四空から二五二空に転勤を命ぜられた福田澄夫中尉らとともに二機の一式陸攻に分乗、ラバウルを後にしました。中継基地のトラックまで来たとき、やっとホッとしましたね」

戦後、元零戦搭乗員で結成された「零戦搭乗員会」の調べでは、戦闘機搭乗員が戦地に出てから戦死するまでの平均期間は三ヵ月、平均出撃回数は八回という。私が調査したところによると、ラバウルに進出した六空－二〇四空の搭乗員のうち、約七十五パーセントがよそへ転勤することなく戦死している。そんななか、一年以上にわたり、それぞれ百数十回もの出撃を重ねて生き残った大原たち三名は、たぐいまれな存在だった。

二〇四空の搭乗員で、生きてラバウルを出た二十五パーセントも、その過半数が終戦までに戦死、終戦時生存者は十二パーセントにすぎない。

インタビュー中、大原に、

「そんな激戦を生き抜かれた理由をどのようにお考えですか。運がよかったんでしょうか」

と訊いてみたことがある。大原は少し考えて、

「いや、運だけじゃないね」

と言い、自分の右腕を左腕でポン、ポンと叩いてニヤリとした。「ここ（腕）だよ」というのである。確かにその通りなのだろう。

「戦場に出たら『技倆』と『チームワーク』が全てで、そこに『運』の要素はないんです。ただね、宮野大尉の列機になれたというのはラッキーだったし、掩護してくれる人がいたおかげで生き残ったということはある。戦闘以前に編成面での運、不運が

あったことは否定しません」

桜花搭乗員に志願せず

横空は、海軍航空隊の総本山で、各機種混成の実戦部隊であると同時に、飛行実験や戦訓研究、各航空隊への教育派遣など、多様な任務を負っている。搭乗員も、選りすぐりの優秀な者が揃っていた。

大原が飛行実験を手がけた戦闘機は、零戦各型はもとより、局地戦闘機「雷電」「紫電」「紫電改」、双発戦闘機「天雷（てんらい）」など多岐におよぶ。

昭和十九（一九四四）年六月に入ると、敵はグアム島を皮切りに、サイパン、テニアンなどマリアナ諸島への攻撃を始め、十五日には米軍がサイパン島に上陸を開始した。

マリアナ諸島が敵手に落ちれば、日本本土の大部分が米陸軍の新型爆撃機・ボーイングB－29の爆撃可能圏内に入ってしまう。

海軍は、サイパン、テニアンを死守しようと、機動部隊と基地航空部隊の総力をあげた「あ」号作戦を発動したが、六月十九日から二十日にかけ日米機動部隊が激突した「マリアナ沖海戦」で惨敗。マリアナの戦いを支援すべく、横空を中心として編成された「八幡空襲部隊」も、進出した硫黄島で六月二十四日、七月三日、七月四日と三次にわたって米機動部隊艦上機の大空襲を受け、壊滅した。横空戦闘機隊も多くの搭乗員を失い、満身創痍で撤退してきた。

「私も最初に硫黄島に向かいましたが、梅雨時の悪天候に阻まれて引き返した。それから羽切松雄少尉、山崎卓上飛曹と私の三人で、海兵七十一期、七十二期の新人搭乗員を錬成するため居残りを命ぜられ、錬成が終わり次第、本隊を追って硫黄島に進出することになりました。ところが、先に進出した本隊があっという間に壊滅し、生き残り搭乗員が輸送機で帰ってきた。坂井三郎飛曹長が、飛行機を降りるなり手を×に組んで、『ダメだ。数の差だ。コテンパンにやられた』と。そして、残っていたわれわれに、『お前たち、内地でなにをボヤボヤしてたんだ！』と苛立ちをあらわにしていたのを憶えています。ラバウルで一緒に戦った坂野隆雄、明慶幡五郎、関谷喜芳、分隊長の山口定夫大尉……硫黄島では大勢戦死しましたよ」

昭和十九年八月中旬には、「生還不能の新兵器」の搭乗員希望者の募集が行なわれている。これはこの頃、開発が決まった人間爆弾桜花（おうか）のテストと部隊編成のためだった。

「生還不能と言われてもね、こっちは戦闘機乗りで、敵機を墜として生きて還るのが仕事ですから。横空では特攻志願の募集が昭和二十年の一月にもあり、志願する者は隊長室を一晩開けておくから、名前を書いた紙を置いておけ、ということだったんですが、誰も志願しなかったらしく、数日後にもう一度話がありました。当時、横空の飛行隊長は小福田租少佐でした。二度めの募集の訓示が終わった晩、航空隊庁舎の廊下で隊長とすれ違ったとき、『大原、お前志願したか』と訊かれ、『いえ、まだです』と答えたら、『するなよ』と独り言のように低く言い残して士官室に入っていった。結局、私は志願しませんでした」

雷電でB－29を撃墜

すでに米陸軍の超大型爆撃機・ボーイングB－29による日本本土空襲は始まっている。B－29は、これまで日本の戦闘機が苦戦を強いられたB－17やB－24と比べても、異次元ともいえる高性能と重武装を備えた爆撃機で、零戦や紫電では追いつくことさえままならない。大型爆撃機の迎撃機として開発された局地戦闘機雷電でも、まともに戦うのは困難な相手だった。

「昭和二十年のはじめ、そんなB－29を撃墜したことがありました。このときは雷電に乗って出撃、『敵編隊伊豆半島北上中、高度五千』との地上からの無線で、高度を八千メートルまで上げ、八王子上空で機首を西に向けると、ちょうどその季節はジェット気流がものすごい風速で吹いていて、二百ノット（時速約三百七十キロ）の巡航だと地上から見てほとんど凧のように浮かんでいる状態になります。この頃になると戦闘機の無線電話も使えるようになっていましたが、『我八王子上空高度八千』と報告したら、十分経っても同じ『我八王子上空高度八千』。それで、敵編隊が富士山を目標に東に変針し、東京方面に向かってくるのが見えたら切り返して急降下、直上方から攻撃をかけるんです。狙いを定めて一撃、いったん敵機の下に出てもう一度高度をとり、二撃めは東京上空で後上方攻撃、撃った敵機が煙を吐いて遅れだしたので、さらに態勢を立て直して後上方から三撃めをかけると、搭乗員が次々と落下傘で脱出するのが見えた。それを六人まで見届けたあと、B－29は大きな螺旋を描くように降下して、鹿島灘の海岸近くの松林に墜落しました。三回攻撃する間に、八王子、東京、鹿島灘と移動したわけです」

米軍の記録と照合すると、昭和二十年一月二十七日、茨城県鹿島郡神栖村居切浜（現・茨城県鹿島市居切）に撃墜されたB－29がこれに該当すると思われる。同機は十一名の搭乗員のうち五名が戦死、脱出した六名は捕虜になったという。

敵艦上機邀撃戦の悲劇

昭和二十年二月十六日、十七日、二十五日には、米機動部隊の艦上機のべ約二千六十機が、関東一帯から静岡県にかけて来襲した。これは米軍の硫黄島上陸作戦に呼応し、日本本土から硫黄島への救援を封じるためのものだった。三日間で横空、二一〇空、二五二空、六〇一空、三〇二空、谷田部空、筑波空などの零戦、紫電、紫電改、雷電のべ約五百機がこれを迎え撃ったが、日本側は四十数機を失った。米側の損失は五十八機だった。

大原は、二月十六日早朝、「敵艦上機館山を空襲中」との報に紫電に乗って出撃している。この日、横空戦闘機隊は零戦、紫電、紫電改、雷電など十数機をもって邀撃した。

「私は少し遅れて単機で離陸しましたが、横須賀沖でF4Uコルセア、TBFアベンジャーの編隊を発見、そのまま突っ込んでアベンジャーを一機撃墜しました。このとき『敵戦闘機大編隊厚木上空』の無線電話が入り、そちらに急行しようとしたら、その途中、横浜の本牧上空で味方の対空砲火に狙い撃ちにされた。ずんぐりした紫電をグラマンF6Fと間違えたんでしょう。幸い命中しなかったのでそのまま厚木上空に向かい、敵機の一部が相模湾に逃れようとするのを追いかけたら、葉山上空で、戸口勇三郎飛曹長ほか一機が低空でＦ４Ｕに追われているのを発見。Ｆ４Ｕはラバウル以来だったから、この野郎、久しぶりだな、と。それで戸口機を追尾していた一機を撃墜しました」

羽切松雄の項でも述べたが、この日の横空戦闘機隊の未帰還機は一機。しかしその一機、先任搭乗員・山崎卓上飛曹の最期は悲劇的なものだった。横浜市の杉田に落下傘降下をした山崎上飛曹は、敵と思い込んだ地元住民たちに撲殺されたのだ。

山崎上飛曹の不慮の死を受け、新たな横空戦闘機隊先任搭乗員には、前年五月に上飛曹に進級していた大原が指名された。

Ｐ－51と空戦、ロケット弾搭載のまま不時着

Ｂ－29は、昭和二十年三月十日から東京をはじめ全国主要都市に対する夜間焼夷弾攻撃を開始した。さらに硫黄島が敵手に落ちたことで、新型の米陸軍戦闘機、ノースアメリカンＰ－51ムスタングがＢ－29の護衛につくようになった。Ｐ－51は、最高速力は時速七百キロ超と、零戦より約百五十キロも速く、さらに運動性能、航続力などあらゆる点で従来の戦闘機をしのぐ、まさに次世代の機体ともいえる優秀な性能を誇っていた。

P－51が、はじめて日本本土空襲に参加したのは、四月七日のことである。

「この日の午前、『B－29大編隊伊豆半島北上中』の情報で、横空からは飛行隊長・指宿正信少佐率いる紫電改六機が、新兵器の二十七号爆弾を両翼下に一発ずつ搭載して邀撃に上がりました」

二十七号爆弾は、従来の三号爆弾にロケット推進装置をつけたもので、三号爆弾がただ投下するだけだったのに対し、ミサイルのように発射する。発射後一定秒時で炸裂し、黄燐弾を撒いて敵機に火をつけるようになっていた。

「私はこの日、第二小隊三番機の位置についていましたが、原因不明の高熱に悩まされていて、高高度飛行ができない状態でした。それで、七千メートルの高度をとったほかの五機からは離れて高度五千メートル付近を飛んでいたんですが、まもなく『B－29編隊小田原上空高度五千』の情報が飛び込んできた。頭痛に耐えながら照準器、ロケット発射装置、機銃のスイッチをオンにし、戦闘準備をととのえていると、はるか水平線上にB－29の編隊が見えてきた。さらによく見ると、そのなかに小型機の群れが見えます。液冷エンジン、胴体の下のふくらみ。陸軍の飛燕(ひえん)だ、陸軍さんやるね、と思いながら反航してきた飛行機の星のマークを見てびっくり、飛燕だと思っていたのは米軍のP－51だったんです」

P－51は左急旋回で大原機の後ろに回りこんでくる。大原はちょっと迷ったが、接近してくるB－29の攻撃を優先することに決めた。

同高度正面からB－29が接近する。ロケットの発射ボタンを押そうとしたまさにそのとき、後方から機銃弾を浴びせられた。反射的に操縦桿を左に倒し、右側にチラッと目をやると、大原機を撃ったP－51がものすごいスピードで上昇してゆく。想像以上の性能だった。大原は二撃めを回避するため、こんどは右に切り返してP－51の真下に入った。

P－51は、なおも攻撃の機会をうかがっているようだったが、やがてあきらめたのかB－29の編隊を追って飛び去った。

「エンジンと右燃料タンクに被弾、そのうち、自動消火装置の液化炭酸ガスが燃料に混入したため、エンジンが止まってしまいました。電気系統もやられて、ロケット弾を処分しようにも発射できず、主脚も出ない。落下傘降下か？　いやだめだ、高度が下がりすぎている。紫電改は低翼ですが、主翼に上反角があるから、機体を左右に傾けずに胴体着陸すれば両翼のロケット弾は爆発しない、と判断して、そのまま間近に見えた陸軍相模飛行場の草原にいちかばちかの不時着を試みました。

接地すると、空転していた四翅のプロペラがドドドッと地面を叩いて『く』の字に折れ曲がり、半分出ていた主脚が吹っ飛んだ。エンジン下部が地面をえぐり、ゴトゴト土ぼこりを飛ばしながら突っ走る。ロケット弾が爆発しないうちに止まれ、止まれ、と口走るうち、ガクッとショックを感じて止まりました。急いで肩バンドをはずし、背負い式の落下傘を背負ったまま飛行機から飛び降り、一目散に後方へ駆け出した。すると機体の尾部の少し先のところで、なにかに引っ張られて仰向けに地面に叩きつけられ、その瞬間、轟音とともに顔がボッと熱くなるのを感じた。轟音が遠ざかる様子だったのでおそるおそる頭、顔、体に手を触れ、異常のないことを確かめて『助かった！』と思ったら、上空で大爆発。ロケット弾が打ち上げ花火のように飛んで炸裂したんです。紫電改を見ると、左翼下のロケットは残っていて、右のロケットが不時着のはずみで発射されたのがわかりました。

ホッとして急に力が抜けるのを感じ、そのまま草原に倒れ込むと、自分の体から落下傘の曳索がピーンと飛行機の操縦席まで延びているのに気づいて、思わず苦笑しました。これは、脱出時に自動的に落下傘が開くよう、座席内にフックで留めてあるものでしたが、あわてていて外さずに飛び降りてしまって、転倒したんです」

その日の午後、迎えに来た九三式中間練習機に乗って横空へ帰った大原は、さらに高熱を発し、軍医の診断を受けた。診断の結果はまさかの「腸チフス」だった。そのまま長浜海軍病院に入院することになる。

大原は幾度か生死の境をさまよいながら、六月三十日に退院するまでの約八十日間、入院生活を余儀なくされた。

教官を教える教官に

やがて終戦。横空では、八月十五日、戦争終結が告げられてもなお、機銃弾全弾装備の戦闘機が列線に並べられ、搭乗員はやる気まんまんで指揮所に待機していた。玉音放送は停戦命令ではなく、この時点でまだ「自衛のための戦闘は可」とされていたからである。

八月十八日には関東上空に飛来したコンソリデーテッドB－32爆撃機二機を横空の零戦、紫電改、雷電、計十数機が邀撃した。この日の邀撃が、海軍戦闘機隊最後の空戦となった。

八月二十二日午前零時をもって、支那方面艦隊をのぞく全ての部隊に停戦が令せられた。同じ日、大原は准士官の飛行兵曹長に進級した。そして搭乗員は二十三日には隊を出されることになった。

「終戦で日本は一切の航空活動を禁じられ、この先どうなるか見通しはつきませんでしたが、このままアメリカに潰されてしまうことはないだろうと思っていましたね。そして、いつか必ずまた飛行機に乗れるようになると信じていました」

郷里に帰った大原は、兄に「五年経ったら飛行機に乗るから、それまで遊ばせてくれ」と頼み、米軍キャンプで働いたりしながらその機会をうかがった。

「昭和二十五（一九五〇）年頃、日本航空が運航されるというのを新聞で見て、そらきた、と、仙台にできた日航の事務所に行ってみましたが、『戦闘機の人はちょっと』と断られました。これは中央に出ないといかんな、と思って昭和二十七年（一九五二）、横須賀に出て、民間機のライセンスをとるため有り金をはたいて藤沢の飛行連盟に通いました。そしたらある日、藤沢飛行場で、横空戦闘機隊飛行隊長だった指宿正信さんに声をかけられたんです」

指宿は、

「海軍戦闘機隊がまたできるぞ。俺は今、海上警備隊に入っているんだ。いま、飛行機を領収に来たところだ。手続きをしてやるからお前も入れ」

と大原を誘い、飛行機にも乗せてくれた。

こうして大原は、昭和二十八（一九五三）年、海上警備隊（現・海上自衛隊）に入隊、一年間の艦船勤務を経て、昭和二十九（一九五四）年、鹿屋基地で第一回操縦講習員（海曹）として三ヵ月の訓練を受け、卒業すると同時に教官になった。昭和六十年八月十二日、群馬県上野村の御巣鷹の尾根に墜落した日航ジャンボ機の高濱雅己機長も、海上自衛隊在籍中の昭和三十年代に大原の指導を受けた一人である。

大原は、教官をさらに教育する役目の、海上自衛隊で四名しかいないスタンダード（基準）パイロットの一人とされていた。昭和三十年（一九五五）、航空自衛隊の発足にあたっては、浜松第一操縦学校に教官として派遣されている。

昭和三十四（一九五九）年からは海上幕僚監部の本庁勤務になり、昭和四十六（一九七一）年、三等海佐で退官するまで自衛艦隊司令部作戦部運用班長や羽田連絡所長などを歴任した。

その後は運輸省の外郭団体である航空振興財団に勤務、民間パイロットの地上訓練を指導する傍ら、航空教室などを通じて、一般への航空知識の普及につとめた。

宮野大尉の命日に

自衛隊を退官してからは軍航空隊関係の多くの戦友会に出るようになり、丙種予科練出身者で組織する「丙飛会」会長、全予科練出身者が集う「（財）海原会」顧問、元戦闘機搭乗員で結成された「零戦搭乗員会」事務局次長などをつとめ、運営の実務を取り仕切った。
「戦後しばらくは目の前の仕事に精一杯で、遺族や戦友のことまで頭がまわりませんでした。しかしある時期から、戦死した戦友たちに思いを馳せ、けっして自分一人で戦ってきたわけじゃない、と思えるようになりました。昔のことは忘れたい、という人もいますが、なんで忘れられるんだろう、と腹立たしく感じます。私は死ぬまで、戦争の記憶をひきずっていきますよ」

大原の家の神棚には、大原が敬愛してやまない宮野善治郎大尉が祀られていた。毎年六月十六日、宮野大尉の命日には航空弁当の定番だった巻きずしを供えるのがつねだったが、宮野大尉の母校の後輩である私のインタビューに応えるようになってからは、一緒に靖国神社で昇殿参拝をするようになった。命日の参拝は、宮野大尉戦死後七十年となる平成二十五（二〇一三）年まで続く。

私が宮野大尉の長編伝記を書き始めた平成十六（二〇〇四）年には大原邸を訪ねる回数もさらに増え、ほとんど毎日のように、長い電話で往時を語ってもらった。宮野大尉やラバウルのこととなると、大原の口調も俄然熱を帯びる。空戦の話の最中、ときどきガチャンと受話器を取り落とす気配がする。電話の向こうで、身振り手振りを交えて語っていたのだ。

この年、大原は私と一緒に大阪の宮野大尉の墓参をしている。

「隊長、私もこんなに歳をとりました……」

遺骨なき宮野大尉の墓に、大原はしみじみと語りかけた。

ラバウルの記憶

平成二十五年、私がNHK番組の取材でラバウルを訪ねたさい、あらかじめ大原のアドバイスを得て臨んだことは、本稿のはじめに触れた。零戦隊のいたラバウル東飛行場は、平成六（一九九四）年、花吹山の大噴火で火山灰の下に埋もれてしまったが、そこから見る風景は当時の写真と大きくは変わらない。

飛行場跡の周辺もふくめあちこちに旧日本軍の面影が残り、飛行機や兵器の残骸が転がっている。町並みは変わっても、道路の道筋は当時とさほど変わっていないらしく、大原に書いてもらった地図をもとに歩いてみると、宿舎や病院、司令部などさまざまな施設の跡地を簡単に探し当てることができた。

——建物はなくなっているが、ここに大原たちの搭乗員宿舎に使われた洋館があり、その前で夕涼みをしながら同室の杉田庄一飛長から山本長官の戦死を明かされたのだ。宿舎の筋向いには「六空神社」。飛行場へ向かう途中のこのあたりに陸軍の幕舎があって、そこの蓄音機から流れてきたラヴェルの「ボレロ」の調べに大原が足をとめて聴き入ったのだな……。往時に思いを馳せながら、これまでに見たこと、聞いたこと、調べたことを再確認してゆくのは、七十年の時空を飛び越えたかのような不思議な感覚だった。熱帯の日差しの強さやスコール、湿り気をふくんだ空気感、美しい夕焼け、日が暮れて、椰子の葉陰に輝く南十字星。美しい自然はその頃と変わらないだろう。だが、かつてこの地を踏み、この空を飛んだ若者たちの多くは、二度と懐かしい日本に還ることはできなかった。

帰国して撮ってきた写真を大原に見せると、大原はたいていの場所をピタリと言い当て、

「いまも目を瞑れば当時のことが浮かんできますよ。一緒に行きたかったですなあ」

と、残念そうにつぶやいた。

＊

平成三十（二〇一八）年、死去。享年九十七。

「戦争中は飛行機のことしか知らなかったし、『死』はべつに怖いとは感じませんでした。自分がやられるとは思ってもいなかったですけどね……。しかしこんなに長生きするとは思わなかった。ほんとうに飛行機が好きでパイロットになって、最後まで航空界に恵まれた人生でした。悔いなし、と思っていますよ」

「わが人生ラバウルにあり」と、大原は何度も繰り返した。大原の居室には最後まで、宮野大尉をはじめ亡き戦友たちの写真が飾られ、大原は物言わぬ彼らの若い笑顔を見つめながら、言葉に尽くせないさまざまな思いを語りかけていた。

昭和17年、大分空で戦闘機の操縦訓練を受ける。九六戦の前で

昭和17年7月、飛行練習生卒業。二等飛行兵

昭和17年8月19日、木更津基地を発進直前の六空先遣隊搭乗員たち。左端が飛行隊長・小福田租大尉

昭和18年4月、「い」号作戦の頃、ラバウル東飛行場に並んだ二〇四空の零戦。二一型と三二型が混在している

昭和18年5月、二等飛行兵曹に進級。ラバウル東飛行場で花吹山をバックに

六空分隊長・宮野善治郎大尉

昭和18年5月頃、ラバウルにて二〇四空の下士官搭乗員たち。前列左から大原、大正谷宗市二飛曹、中村佳雄二飛曹。後列左より橋本久英二飛曹、杉田庄一二飛曹、坂野隆雄二飛曹

昭和19年はじめ頃の横空戦闘機隊員。前列左より関谷喜芳上飛曹、大石英男飛曹長、山本旭飛曹長、武藤金義飛曹長、右端大正谷宗市上飛曹。後列左から2人めが大原一飛曹

飛行中の紫電（大原上飛曹搭乗機）。ずんぐりした機体形状の本機は、しばしばグラマンと間違えられた

昭和19年5月、横空時代、零戦二一型をバックに

昭和20年はじめ頃、山崎卓上飛曹（左）と。山崎上飛曹は2月17日の邀撃戦で被弾、落下傘降下したところを、敵兵と誤認した民間人に撲殺された

民間人による山崎上飛曹撲殺事件のあと、搭乗員は日の丸を身につけるようになった。左が大原上飛曹

昭和29年頃、海上自衛隊鹿屋基地での訓練風景。ほとんど旧海軍航空隊と同一の情景である。右方1佐の袖章をつけているのは相生高秀元中佐

昭和30年代、航空自衛隊浜松基地で。バックは空自が試験的に購入したイギリス製戦闘機バンパイア

昭和45年、航空無事故3000時間表彰。左が大原3等海佐、右は海上幕僚長・内田一臣海将

平成14年、三菱重工業名古屋航空宇宙システム製作所史料室で、57年ぶりに零戦に搭乗した大原

山田良市（やまだ りょういち）

三四三空分隊長から自衛隊の航空幕僚長へ

昭和十九年、飛行学生時代

山田良市（やまだ　りょういち）

大正十二（一九二三）年、福岡県生まれ。昭和十七（一九四二）年、海軍兵学校を七十一期生として卒業。戦艦武蔵、敷設艦津軽乗組を経て第四十期飛行学生となり、戦闘機搭乗員になる。新鋭機紫電で編成された第三四一海軍航空隊・戦闘四〇二飛行隊に配属され、昭和十九（一九四四）年十月、フィリピンに進出、初陣。負傷して内地に戻ると、こんどは紫電改を主力とする第三四三海軍航空隊・戦闘七〇一飛行隊分隊長となり、本土防空戦に活躍、終戦まで戦った。海軍大尉。終戦後は皇統護持秘密作戦に従事ののち、昭和二十九（一九五四）年、航空自衛隊に入隊。第一線の飛行隊長や航空幕僚監部の要職を歴任し、昭和五十四（一九七九）年より一年半、制服組最高位のポストである航空幕僚長を務めた。平成二十五（二〇一三）年二月歿。享年八十九。

N.Koudachi

敗戦国・日本が名実ともにふたたび世界の表舞台に立った平和の祭典となった昭和三十九年の東京オリンピック。なかでも、昭和の東京オリンピックを象徴する場面として印象的なのが、開会式のとき、国立競技場上空でみごとな五輪の輪を描いた航空自衛隊「ブルーインパルス」の妙技である。

だが、この飛行の裏に、かつて帝国海軍でともに戦った二人の戦闘機乗りの尽力があったことはあまり知られていない。

その一人は、元第三四三海軍航空隊司令・海軍大佐で、戦後は航空幕僚長をつとめた源田實(みのる)参議院議員。もう一人は、第三四三海軍航空隊戦闘第七〇一飛行隊分隊長で、オリンピック当時は航空幕僚監部教育課飛行教育班長をつとめていた山田良市2等空佐である。

オリンピックの開会式にブルーインパルスを飛ばすのは、自らも昭和のはじめ、日本初の編隊アクロバット飛行チーム「源田サーカス」のリーダーをつとめた源田議員の悲願だった。源田は、これをオリンピック実行委員会に提案、実施することが決まり、じっさいの飛行にあたっての地上指揮官には山田2佐があたることになった。

「ブルーインパルスは当時、浜松基地にいて、浜松に関係があるのは教育課、しかもぼくは、その前に浜松でブルーインパルスの飛行隊長をやっていましたから。源田さんも、ブルーインパルスとなるとぼくが出てくることは承知の上で提案されたんでしょう。はじめのうち、事故のリスクが委員会で問題にされましたが、ぼくが最初に決めたのはエマージェンシー、要するに緊急の場合、飛行機が駄目になったらすぐに東京湾に飛んで行って機体を沈め、パイロットは落下傘で脱出せよと、それで了承させたわけです」

と、山田は回想する。

地上指揮官というのは、国立競技場の天皇陛下の天覧席の斜め後ろ、四十メートルほど上に設置された箱型の通信室に一人で入り、天候や会場の進行状況もにらみながら、無線で飛行機に指示を飛ばす役目である。

「このときは非常にうまくいきました。ぼくは無線で、『いま、順調にいっている。予定通り』と言うぐらいのものでしたが、飛行機が予定より五秒遅れて入ってきたんです。この五秒が、絶妙の間合いだった。天皇陛下が飛行機のほうをチラッと見られたんですね。それで皇后陛下に、『ほらほら、あっちだ』とおっしゃって。それで、きれいにスーッと五色の輪を描いた。

訓練中は、あれほどきれいに描けたことはなかったんだそうですよ。大気の状態も良かったんでしょうね、しばらくきれいに残っていました」

二十八年半の戦闘機操縦経験

昭和二十(一九四五)年、大東亜戦争の敗戦により、いっさいの軍備、軍事行動を禁じられた日本は、その後、東西両陣営の対立が尖鋭化すると、否応なしに国際情勢の激動の渦に呑み込まれていった。

日本の牙を折ることに熱心だったアメリカも、昭和二十五年、朝鮮戦争が始まるや、一転して日本の再軍備の必要を認めざるを得なくなり、同年には警察予備隊の設立を指令してきた。

昭和二十七年には保安庁が新設され、保安隊(警察予備隊が改称、陸上自衛隊の前身)、および海上警備隊(海上自衛隊の前身)を傘下におさめ、昭和二十九年に防衛庁が発足すると、陸上、海上、航空の三自衛隊が編制された。

自衛隊の発足当初、基幹になっていたのは、当然ながら旧陸海軍の将兵だった。

なかでも、航空自衛隊には、敗戦で翼をもがれ、空への思いを抑えかねていた陸海軍双方のパイロットが大勢志願し、旧日本軍に「空軍」という組織はなかったこともあいまって、陸軍でも海軍でもない、独自の気風をつくり上げていった。

山田良市は、昭和十九（一九四四）年、フィリピン戦線での初陣以来、敗色濃厚な戦局のなかを戦い抜き、戦後は航空自衛隊に入隊して空将、そして制服組トップである航空幕僚長まで勤めあげた人だ。戦中戦後を通じて二十八年半におよぶ戦闘機の操縦経験は、大戦中のどんな古参パイロットにも劣るまい。

山田が私の取材に応じてくれたのは、平成七（一九九五）年、当時、零戦搭乗員会代表世話人（会長）をつとめていた志賀淑雄の鶴の一声によるものだった。

私は知らなかったが、志賀が、私の取材への協力を各部隊や海軍兵学校の各クラス会に要請してくれたことで、海兵七十一期は緊急クラス会を開いたのだという。そこで、かつて三四三空で志賀の部下だった山田が、私の取材対象として選ばれたのだ。

初めて会ったとき、山田は、

「君はクラウゼヴィッツの『戦争論』を読んだか。話はそれからだ」

と言った。以後、私は町田市の山田邸に何度か通い、また、航空自衛隊幹部学校で毎年催されていた講演にも同行した。

山田の話はつねに明快で、単に戦争体験者としてではなく、国防、軍事の専門家としての経験に裏づけられた、根拠のはっきりとしたものだった。インタビューがいつしか軍事学の講義になることもあり、一般には入手できないような資料を教科書に、多くのことを教えられた。

「戦時中は、何機かの敵機を撃墜しました。でも誇れるような数じゃない。それより、壊した飛行機のほうがずっと多かった。確か九機、壊しています。悔しいから、航空自衛隊に入って一生懸命やったわけです」

官費で通える海軍兵学校に

山田は、大正十二(一九二三)年、福岡県の大牟田に生まれた。実父は山田が生まれる前に亡くなり、母の再婚先で継子となる。

少年時代は「良市じゃなく、悪市」と言われるほどの悪童で、近所のガキ大将だったが、不思議と学校の勉強だけはよくできた。将来の夢は外交官。だが、外交官になるには大学を卒業しないといけない。当時、子供を大学にまで通わせられる家庭は多くなかった。そこで山田は、官費で通える海軍兵学校、陸軍士官学校を受験する。

戸畑中学四年のとき、海兵、陸士の両方に合格。養父が船乗りで、海のほうにより親近感を抱いていたことから海兵を選び、昭和十四(一九三九)年、第七十一期生として入校した。

「もう二度と、ああいう厳しいところには行きたくありませんが、頭も体も休みなく、とにかく鍛えられました」

兵学校在校中、昭和十六年十二月八日には大東亜戦争が勃発。真珠湾攻撃にはじまり、緒戦の勝利に安堵したのもつかの間、昭和十七年六月五日、日本海軍が大敗を喫したミッドウェー海戦の話を聞かされたときには、これはただならぬ事態になったと思ったという。

七十一期生の就学期間は予定より一年短縮され、昭和十七（一九四二）年十一月に兵学校を卒業することになった。遠洋航海はすでに廃止されている。少尉候補生になった山田は戦艦武蔵（むさし）に乗組み、艦務実習についた。

昭和十八（一九四三）年一月、こんどは敷設艦津軽（つがる）乗組。ソロモン諸島ショートランドに赴任し、対空機銃の指揮官としてまる五ヵ月の戦地勤務ののち、六月一日、少尉任官と同時に飛行学生を命ぜられ、霞ケ浦海軍航空隊に転勤した。

海兵七十一期の卒業生五百八十一名のうち、山田と同時に飛行学生（四十期）に採用されたのは二百六十八名。そのうち百七十四名が戦死または殉職している。

紫電空輸時の転覆事故

山田は、飛行適性はきわめてよく、特に視力は二・〇をはるかに超えていた。希望どおり戦闘機専修と決まり、大分海軍航空隊、筑波海軍航空隊を経て、昭和十九（一九四四）年六月末には零戦による訓練課程を修了。そのまま第三四一海軍航空隊戦闘第四〇二飛行隊附となり、愛知県の明治基地に着任した。

三四一空は、それまで水上機専門メーカーだった川西航空機（現・新明和工業）が初めて手がけた陸上機、局地戦闘機紫電で編成された部隊で、司令は岡村基春（もとはる）大佐（十月、舟木忠夫中佐と交代）、戦闘第四〇一、四〇二の二個飛行隊からなり、のちに戦闘第七〇一飛行隊も加わった。

中尉になった山田は、飛行長を補佐する飛行士の役割を与えられ、その立場を生かして人よりも多く飛行機に乗った。

ところが、九月のある日、兵庫県の伊丹飛行場から宮崎基地まで紫電を空輸することになり、宮崎基地の横風が強かったため鹿児島県の笠之原基地に着陸したところ、ブレーキがかみついて車輪がロックし、機体は転覆、重傷を負ってしまう。

頭の皮が二十五センチにわたってめくれ、十三針縫う大けがだった。

紫電は、川西航空機が全力を挙げて開発したとはいうものの、メーカーの陸上機に対する経験の浅さから、さまざまな問題が未解決のまま残されていた。

エンジンの「誉」は、零戦の「栄」とさほど変わらぬコンパクトな外寸で、出力は二倍の二千馬力をねらって開発されたが、材質、工作、潤滑油、燃料の不良で、せいぜい千七百馬力程度しか出ていなかった。

特に問題になったのはオイル漏れで、油圧計が下がりだすと、ものの十分もしないあいだにエンジンが焼きつき、エンジン停止、プロペラも遊転せず固定した状態になってしまう。飛行中プロペラが止まることを「ナギナタ」といった。

また、中翼のため主脚が長く、それを出し入れするさいに伸縮させる複雑な構造をとったために故障が多く、ブレーキもかみつきやすかったため、着陸時の事故が多かった。

Gと速力に応じて作動する自動空戦フラップは、故障が少なく画期的な機構だったが、いかんせん機体そのものの旋回性能が悪く、急激に操縦桿を引くと自転してしまう危険な癖をもっている。じっさいに、それで搭乗員が戦死した例もあったという。

「手加減して操縦桿を引かなければならないような飛行機は、戦闘機としては失格でした」

と、山田は回想する。

頭部に重傷を負った山田は、十日後には飛行を再開したものの、十月、米機動部隊の台湾来攻をうけて本隊が台湾に進出したときにはついてゆけず、十月十二日から十六日にかけて戦われた台湾沖航空戦に参加することはできなかった。

初陣は被弾にも気づかず

三四一空は、台湾沖で大きな犠牲を出したが、米軍のフィリピン侵攻を迎え撃つため、主力の三十六機は十月二十三日までにルソン島・マルコット基地に進出。翌二十四日のレイテ島敵上陸部隊に対する総攻撃に参加したが、ここで早くも戦力の過半を失った。

山田が本隊の後を追ってマルコット基地に到着したのは十月二十七日。そして二十九日には早くも初陣を迎えることになる。十分な射撃訓練も行なう余裕がないままの、ぶっつけ本番の実戦だった。

この日、来襲した敵艦上機に対し、三四一空紫電隊は十七機で邀撃した。

「ぼくは真っ先に飛行機に乗った。それでエンジンをかけようとするんですが、何度かけても止まってしまう。慌てていて、燃料コックを『停止』のまま、切り替えるのを忘れてたんです。やっとそれに気づいて、離陸したときはいちばん最後になっていました。

すると、もう目の前を飛行機が墜ちてゆく。おお、日本機は強いな、と思ってよく見たら、墜ちてゆくのはみんな日の丸の飛行機でした。グラマンF6Fヘルキャットが、離陸しようとする紫電に襲いかかってたんです。

こりゃいかん、と増槽をつけたまま低空を這うように飛んで、スピードがついてから上昇しましたが、カーチスSB2Cヘルダイバー（艦爆）の編隊を見つけて上から突っこみ、機銃を撃つんだけどもちっとも墜ちない。あがってしまって、敵機が何機いるかもわからなかった。一生懸命、周囲の見張りをしているつもりでしたが、着陸してみたら、尾部に六発、被弾している。見れども見えず、全然気がつかなかったですね……」

空戦中にエンジン停止

すでに、フィリピンでは爆弾を搭載した飛行機もろとも敵艦に体当たり攻撃をかける特攻作戦が始まっている。

十一月に入ると、三四一空の搭乗員にも、特攻志願の用紙が配られた。

「『望』『否』の二者択一で、『否』なんて書けないから、ぼくは小さい字で『望』と書きました。本音を言うと、とにかく戦闘機乗りになったわけだから、特攻で死ぬんじゃなくて、何機かでも敵機を墜としてから死にたい、そう思っていました」

結局、山田に対しては特攻の指名はこず、邀撃戦に明け暮れる日々が続く。

「二度めの空戦からは敵が見えるようになりました。撃墜されないためにもっとも必要なことは、奇襲をうけないこと。撃墜された戦闘機の八割は、敵をまったく見ないまま、不意打ちで墜とされているというデータもあります。敵機が見えている限りは、相手が射撃の天才でもない限り、まず墜とされることはありません。腕はまずかったが、ぼくが生き残れたのは視力のおかげですよ。

不思議だったのは、古い人が戦い方を全然教えてくれなかったこと。分隊長も実戦経験がなかったから仕方ないけど、飛行隊長も古参の兵曹長も、尋ねれば教えてくれるが、そうでなければ何も教えてくれなかった。自分の頭で考えるしかありませんでした」

昭和十九年末のフィリピンでの邀撃戦は惨めなものだった。レーダーもなく、通信設備も不足している上に、肝心の紫電に故障が多く、空戦中にエンジンが止まってしまうことさえあった。

山田は十二月一日付で大尉に進級するが、その直後のある日、空戦中にエンジンが故障、グラマンF6F四機に追いかけられながらも強引に着陸すると、またもブレーキがかみつき、転覆してしまった。
「ほんとうは、脚を出さずに胴体着陸すべきだったんですがね。転覆した座席のなかでぶら下がったまま、出るに出られないでいると、追ってきたグラマンが、上空を一回りして銃撃に入ってきました。あきらめて自決しようと思ったけど、無理な姿勢で拳銃が取り出せない。すると整備員が走ってきて、地面を掘って助け出してくれました。近くのタコツボ（一〜二名用の塹壕）に飛び込んだ瞬間、愛機はグラマンの銃撃をうけて燃え上がりました」

山田は右脚を複雑骨折、二週間ほど飛べずにいるあいだに、横須賀鎮守府附の転勤命令が届く。

輸送機で内地に帰り、横須賀鎮守府に出頭すると、待っていたのは第三四三海軍航空隊戦闘第七〇一飛行隊分隊長の辞令だった。

三四三空の紫電改

第三四三海軍航空隊は、軍令部参謀・源田實大佐の発案により、制空権奪還のため新鋭機・紫電改で編成された、日本海軍最後の切り札的戦闘機隊だった。

司令は源田大佐、副長・中島正中佐（のち相生高秀少佐）、飛行長・志賀淑雄少佐、主力は戦闘第七〇一（飛行隊長・鴛淵孝大尉）、四〇七（同・林喜重大尉）、三〇一（同・菅野直大尉）の三個飛行隊で、山田は戦闘第七〇一飛行隊の先任分隊長として、三四三空が本拠を置く愛媛県の松山基地に着任した。

「紫電改は、低翼になったほかは紫電とあまり変わらないように見えますが、全然別の飛行機でした。旋回性能は抜群、ブレーキは三菱製の改良品でかみつきもなくなり、最高速もグラマンF6Fより優速でした。しかし、エンジンの『誉』には最後まで泣かされましたね。エンジンさえ良ければ、当時の世界最高の戦闘機だったと思うんですが」

三四三空では米戦闘機の編隊空戦に対抗するため、編隊空戦に主眼を置いた猛訓練が行なわれていた。

「はじめは紫電改が揃わないので、紫電をかき集めて訓練に使っていました。二機対二機からはじまって、八機対八機の編隊空戦まで訓練したと思います。でも、のちに自衛隊でいろいろやってみた経験から言うと、当時の編隊空戦というのは全然なってなかった。ただ、かたまって飛ぶだけで。編隊空戦の基本は二機対二機で、四対四ができれば十分、要は二機だけは絶対に離れないことなんですが、それもうまくいかなかった。非常に幼稚で中途半端。やらないよりまし、ぐらいのレベルでしたね」

大編隊での空戦

昭和二十年二月になると、米軍は小笠原諸島の硫黄島に上陸し、日本本土からの反撃を封じるべく、機動部隊の艦上機をもって関東方面を空襲、さらに三月中旬には呉軍港を狙って四国沖に姿をあらわした。三月十七日、硫黄島が陥落。そして三月十九日、三四三空は初陣を迎える。

この日、呉に三百五十機を超える敵艦上機が来襲、三四三空は紫電改五十四機、紫電七機をもってこれを迎え撃ち、たちまち激しい空戦が繰り広げられた。

山田は紫電四機を率い、戦闘第四〇七飛行隊の市村吾郎大尉以下の紫電四機とともに、本隊の上空掩護のため先発することになっていたが、本隊離陸の十分前、離陸滑走しようとしたとたん、紫電の泣きどころである主脚がポッキリ折れてしまった。

「急いで四番機の搭乗員をひきずりおろして乗り換え、結局、紫電七機で発進しました。われわれの役目は本隊離陸時のカバーと、空戦中は上空にあって、態勢の立て直しなどのため上がってくる敵機をたたく。いわゆるモグラたたきです」

全機、離陸を完了したのは午前七時。十五分後、山田は北上してくる敵艦上機約五十機を発見、鴛淵隊（戦闘七〇一）、林隊（戦闘四〇七）はただちに攻撃にうつった。菅野隊（戦闘三〇一）はそのまま北上、別の敵機編隊とぶつかっている。

山田も列機を引きつれ空戦圏上空へ急ぎ、一機を撃墜した。

立ち上がりこそ、正々堂々の隊形による大編隊での戦闘ではじまったこの日の戦いも、しまいには大乱戦になっていった。敵機はつぎつぎと撃墜されてゆき、三四三空は勝利の手ごたえを感じながら敵襲の合間を見て着陸、燃料と弾薬を搭載して、ふたたび飛び上がっていった。

山田の編隊三機も、午前八時に着陸、列機二機がエンジン不調のため、山田機のみが再度離陸する。

「松山の飛行場上空に、敵機の二機編隊がチラッチラッと見える。逃げるとかえって見つかるから、敵機の腹の下を飛んでスピードをつけ、中国山脈上空で高度をとった。途中、戦闘七〇一の分隊士・指宿成信飛曹長の紫電改を見つけ、二機でふたたび瀬戸内海を南下して、松山上空の敵機を求めて飛びました。

すると、今治市の沖で、呉軍港空襲から帰投中と思われる米軍戦闘機を発見、これに後方から攻撃をかけることにしたんです。

敵機は、ボートシコルスキーF4Uコルセアの八機編隊で、これが奇妙な編隊を組んでいたんですね。どういう格好かというと、二機ずつの編隊が四つ、高度差を百メートルぐらいとって、段々と、後ろにいくほど高度を下げた隊形で飛んでいる。このときはそんな知識はありませんでしたが、あとから勉強すると、これはスネーク・フォーメーション（Snake formation）という隊形なんです。

すなわち、蛇のように、頭を撃てば尾が上がり、尾を撃てば頭が上がり、真ん中を撃てば頭と尾が同時に反撃してくる、柔軟で攻めにくい隊形です。

いちばん低い最後尾の一機をねらって、五十メートルまで接近したときには、先頭の二機が右へ旋回を始めていました。一機だけを仕留めようと一連射を浴びせたら、紫電の二十ミリ機銃が二挺とも故障、七ミリ七（七・七ミリ）機銃の、豆を炒るような頼りない射撃で、命中しているのは見えるんですが、敵機はびくともしない。オーバーシュート気味になり、右旋回でかわしました。ほんとうはこのとき、敵の一番機と反対方向の左に旋回すべきだったんですが――。

たちまち敵先頭編隊の二機に追いかけられ、松山基地の対空砲火の助けを借りようと松山上空を全速で通り抜けましたが、地上砲火は撃ってこない。Ｆ４Ｕの速度が速いとみえ、松山基地の隊員たちが見守るなかで、たっぷり七分間、実弾つきの劣位戦の訓練を受けるような羽目になりました。二機ずつ交互に攻撃してくるので、反撃の機会は一度もなかったですね。

攻撃を受けてるあいだじゅう、ぼくはフットバーを踏んで機体を滑らせ続けていました。そうすると、まず敵弾は当たらない。ところが高度が下がって、これ以上、同じことを繰り返していると海面に激突するというときに急反転しようと一瞬、滑らすのを止めたら、とたんにカンカーンと数発被弾した。

それで、敵機とすれ違いになったから、そこでマフラーを振ったら、向こうも手を振った。というのは、彼らも呉を攻撃しての帰りで、いわば余計な空戦をやったわけだから、母艦に帰る燃料に不安があったんでしょう。攻撃をやめて帰っていきました。

敵弾は作動油のパイプを撃ち抜いていたので、早めに脚を出し。松山基地から約七キロの興居島の陰にかくれ、基地上空に敵機の姿が見えなくなったとき、超低空で海岸側から基地にすべり込みました。機から降り、落下傘をかついだまま、源田司令のいる指揮所へ報告に向かったとき、冷たい汗が流れているのにはじめて気がついた。

これがほんとうの冷や汗だな、と思いました」

のちに山田は、航空自衛隊で、F－86F戦闘機を使い、このときの米戦闘機の戦法を徹底的に研究したという。

報告されたこの日の戦果は、撃墜五十二機（別に地上砲火で五機）、損害は自爆、未帰還機十六機（偵察機一機をふくむ）、地上炎上または大破五機、戦死者十八名（偵察機の三名、および地上の搭乗員一名、整備員一名をふくむ）、負傷十名（うち地上で六名）だった。

「三月十九日はうまくいったほうですね。空戦の戦果はオーバーになりがちですが、ぼくの見た限りでも相当墜としているし、報告されたうちの少なくとも半分は墜ちていると思う。戦後、アメリカの指揮官と話をしたところ、こちらの報告以上に墜ちている例もあり、逆に何分の一しか墜ちていないことも多かった。三四三空で、紫電改と一緒に紫電を使ったのはこの日だけです。紫電のほうは使い物にならんもの。つまらない飛行機だったですね、設計者は同じ人ですが」

P－47との初対戦

山田は、その後も三四三空の中堅指揮官として戦い抜いたが、回を重ねるにつれ、部隊の戦力もジリ貧となり、出撃機数も三月十九日のようには揃えられなくなっていった。

つねに圧倒的多数の敵機と戦うなか、山田自身もあわや、ということが少なくなかった。

五月二十八日、鹿屋方面に来襲した敵小型機の編隊を邀撃するため、鴛淵大尉以下十八機の紫電改は、午前八時、大村基地を飛び立った。

約一時間後、霧島山の南東方に進入したところで約十機の敵戦闘機を発見、ただちに空戦を挑んだ。

「こっちの高度は六千メートル、敵機ははるかに低い高度二百メートルです。優位からの会敵で、われわれは高度を下げながら攻撃態勢に入りました。ところが、まさに攻撃に入ろうとしたわずかな隙に、敵機は急に全力上昇をはじめ、鴛淵隊長は高度の優位を保とうと、続いて上昇に入った。

しかしこの敵機は、それまでに戦ったグラマンなどとはちがって、ものすごい上昇力でぐんぐん高度をとってゆく。その性能は衝撃的でした。紫電改の戦闘高度のいいところは、せいぜい六千メートルまでです。懸命に追いかけて、八千メートルという高高度まで吊り上げられたときには、態勢は完全に逆転していました」

この敵機は、この日が初の日本侵攻となる米陸軍のリパブリックP－47サンダーボルト戦闘機だった。ノースアメリカンP－51ムスタングとともに、高高度性能の特にすぐれた戦闘機である。鴛淵隊は一転して苦戦を強いられることになった。

山田は、第二区隊長（四機編隊の長）として鴛淵区隊のすぐ後方に位置していたが、離陸時に気になっていたエンジンの振動が敵発見の頃にはさらに大きくなり、油圧計の針も下がってきた。「誉」エンジンの最大の泣きどころ、オイル漏れである。

高度八千メートル、運を天に任せて突入したものの敵機との性能差は大きく、逃げ回るのが精いっぱい。そのうち振動はさらに激しくなり、ついにはエンジンが白煙を吐いて止まってしまう。プロペラの回転も止まって、いわゆるナギナタの状態。なんとか逃げ切ろうと急降下旋転に入ったが、そのとき、列機が撃墜され、単機になった山田機に、敵の二機がピッタリ追尾して射撃を加えてくる。

高度二千メートルで落下傘降下を決意し、機を水平に戻して後ろを振り返ると、山田機の白煙を見て仕留めたと思ったのか、敵機は引き上げてゆくところだった。

「それを見て落下傘降下をとりやめ、鹿児島県の川内（せんだい）川の川岸の砂浜に胴体着陸をしました。われながら百点満点の不時着です。そうしたら、村の人たちが百人ぐらい、手に手に猟銃や日本刀、槍、大鎌、棍棒なんか持って出てきて、ぼくの紫電改の周りを取り囲んだ。

みんな、日の丸をつけたグラマンが降りてきたと勘違いしているわけです。形が似ているせいもあるでしょうし、落ちてくるのはみんな敵機だと思いたいんでしょう。取り囲んだ人たちが口々に叫んでるけど、鹿児島弁で、何をしゃべってるかわからない。それから、老齢の後備役の陸軍大尉が出てきて、この人は標準語でしたが、やっとぼくが日本の軍人だとわかってもらえました。

そして、操縦席から機上無線で大村基地と連絡して。距離は意外に近くて百二十五キロぐらい、音声は明瞭でした。

『まだ飛んでるんですか、燃料は大丈夫ですか』

と、掌通信長に驚かれました。『掌』というのは、兵から累進した古い中尉ぐらいの特務士官で、その道の専門職ですね、この人に機体回収の手配を依頼しました。

戦闘機の無線電話は雑音が多くて使えない、というのが相場でしたが、その原因がエンジンのスパークの火花にあることがわかって、三四三空では、三月上旬、飛行作業を止めてエンジン回りのシールドをやった。だから電話が使えたんです」

六月のある日、菅野大尉以下二十四機の紫電改が薩摩半島上空でグラマンＦ６Ｆ編隊とぶつかった空戦のときは、真うしろ、振り返ったら敵搭乗員の顔が見えたほどの近距離から撃たれ、両翼に三十数発被弾、敵が近すぎて両翼から発射した機銃弾の弾道が平行（二〜三百メートル先で交わるようにしてある）だったおかげで命拾いしたこともあった。

鴛淵隊長還らず

そして七月二十四日。この日の空戦で、それまでつねに先頭に立って戦ってきた戦闘七〇一飛行隊長・鴛淵孝大尉が戦死した。

「朝、出撃前に整列、敬礼して飛行機に乗るときに、いつもと同じ隊長の白いマフラーが、やけに印象に残った。べつに悲壮な顔もしてないし、いつもと様子がちがうわけじゃないんですが、ありゃ、この人死ぬんじゃないかとふと思ったんです。

こちらは二十一機。佐田岬上空に出たときに、呉の空襲から引き揚げてくる敵の大編隊、二百機いたか三百機いたかわかりませんが、延々と続く大編隊を発見、その最後尾の編隊に突入しました。

この日は、三〇一の指揮官は松村正二大尉、四〇七は光本卓雄大尉で、総指揮官が七〇一の鴛淵大尉です。このときは三〇一が上空支援にまわり、七〇一と四〇七がまず突撃、たちまち激戦になりました。

ぼくは四機を率いて、鴛淵隊の後方五百～千メートルのところについていました。二撃めまでは一緒でしたね。しかしなにしろ、敵機の数が多すぎる。ぼくも四～五機の敵機に取り囲まれ、撃つには撃ちましたが、その成果は確認できていません。

空戦しながら、隊長機は？　と見ると、いつもついている二番機の初島二郎上飛曹機と二機で、敵の二機を追っているところでした。『あっ、深追いしなきゃいいけどな……』と思ったんですが、これが隊長機を見た最後になりました。

大村基地に戻ると、やはり隊長は還ってこない。夕方まで飛行場で待ってみたんですが……。胸のなかにポッカリと大きな穴があいたような気持ちでしたよ。

鴛淵孝大尉は大正八（一九一九）年、長崎県生まれ。海軍兵学校六十八期、飛行学生三十六期を経て戦闘機搭乗員となり、第二五一海軍航空隊でラバウル、ソロモン方面、第二〇三海軍航空隊戦闘第三〇四飛行隊長としてフィリピンで、それぞれ激戦を戦い抜き、昭和十九年末、源田司令の指名で三四三空戦闘第七〇一飛行隊長に発令された。当時満二十五歳だった。

「一緒にいたのは正味七ヵ月ほどでしたが、地上では温厚明朗、ぼくと四歳ぐらいしかちがわないのに、こうも人間ができるのか、と驚くほどの人物でした。頭もよく、上からも下からも信頼され、慕われていましたね。部下の指導はしても、怒ったところを一度も見たことがありません。ぼくはその逆、ガミガミ言うほうだったから、いつも『君は鬼分隊長、俺は猫隊長』なんて言われてました。

タイプでいえば、長嶋茂雄と加山雄三の若い頃を足したような雰囲気で、眉目秀麗、特に目がきれいでした。ところが、いったん空に上がると勇猛果敢、じつに負けず嫌いでしたね。

飛行学生のとき、朝早くに起きて整備員と一緒に暖機運転をやらされるんですが、隊長は、実施部隊でもずっとそれを実行してたんです。

『分ちゃん（分隊長）、俺は毎日出てんだぞ』

と言われ、一度だけ早起きしてやってみたけど、こりゃいかん、こんなことしてたら俺、死ぬ、とても付き合ってられん、と思って、

『やめました。悪しからず』

そういうこともありました。とにかく僕とは正反対の性質でした。

女性も知らないまま戦死したはずです。でも、品行方正だけど堅苦しくない。士官どうしの猥談、ぼくらは『ヘル談』と呼んでましたが、話の輪に加わっておもしろそうに聞いたりしてたから、興味がなかったわけじゃない。育ちがよかったということです。

ほんとうに、あれだけよくできた人とはその後もなかなか出会えません。誰もが理想とする海軍士官像、というか。でも、そういう人が結局、早く死んじゃうんですね」

源田司令自決のお供

鴛淵大尉が戦死してわずか三週間後の昭和二十年八月十五日、終戦の詔勅が発せられ、日本の降伏という形で戦争は終わった。

「十四日、輸送機で飛んできた民間人が、司令に会いたい、と。よほど偉い人かな、と思ったんですが、それが川南工業社長の川南豊作氏でした。司令はそのときに終戦を知ったんでしょう。ぼくは当日になるまで知りませんでした。

十五日、終戦を知ったときは、『やっぱり負けたか、もうやめるのか』と思ったですね。そのときは、よその情報が入ってこず、全体の状況がわからないもんだから、まだやれるのに、という気持ちもありました」

山田はこのとき、満二十二歳の誕生日を目前に控えていた。

東京に出張した源田司令が大村基地に戻り、八月十九日、部隊解散の訓示をしたのち、志賀飛行長より、

「司令は自決される。准士官以上、お供する者は健民道場に集まれ」

と達せられた。山田もこの場に参加している。

「源田司令が腹を切る、というから、そうか、と。みんな死んでしまって、自分だけ

生き残っても仕方がない。ゲリラ戦をやってもはじまらん。

司令に心服していて、司令が死ぬんなら自分も死のう、と。ぼくは馬鹿だったかもしれん。戦さで死ぬ覚悟はしてたから、そんなに深刻には考えなかったですね。ピストルをもって集合場所の健民道場に行って、満天の星――その日はまた、特にきれいだった――を眺めながら、生死一如、というけど、そんな悟りも開けぬまま、とうとう死ぬわい、と。死ぬのは痛そうだけど仕方ないな、なんて思いながら、さばさばした気持ち。源田司令があとで、お前、あのときニコニコしとったな、と言ってましたが。

各自、ピストルとか短刀とかもって集まって、別れの盃。この酒がうまかったのは妙に憶えています。それで弾丸を込めていざ自決、というときに、『待て！』となったわけです。

ここに集まった者たちで、司令が東京で授けられてきた皇統護持の任務につく、ということでした。連合軍が進駐してきたら、天皇陛下の身に万一のことが起こらないとも限らない。そんなときに備えて、皇統を絶やさぬため皇族の一人を九州に匿うと。

死なずにすんだけど、そのときは『源田さんひどい。大石内蔵助の真似したな』、率直にそう思いましたよ」

皇統護持の密命

皇統護持の密命をうけた源田大佐以下三四三空の有志二十三名は、ただちに行動を開始、それぞれの役割にしたがって、ほうぼうへ散っていった。しかし、山田ら実行部隊には、

「皇族の誰をかくまうとか、そういう具体的な話は何も聞かされなかった」

という。

山田は八月三十日、大村基地にあった零戦五二型丙に乗り、村中一夫少尉とともに横須賀へ飛んだ。東京の軍令部作戦部長・富岡定俊少将に連判状を届けるためである。

「零戦五二型にははじめて乗ったんですが、ブレーキの効きが悪く、横須賀基地の滑走路の端で機体をクルッと回されてしまい、ちょっと恥ずかしかった覚えがあります。富岡少将からは、『しっかりやりたまえ』という言葉があったですね。用をすませたあとは、飛行機を横須賀に置いて、汽車で九州に向かいました」

九州では、ひとまず源田隊主力のいる熊本県砥用(ともち)に行き、そこから行在所(あんざいしょ)の候補地を調査するため、宮崎県米良などの山間の秘境を歩いてまわった。

「熊本、大分、宮崎の三県にまたがって歩きましたが、案外近いもんでした」

そして、翌昭和二十一（一九四六）年一月には、メンバーの数名とともに活動拠点として長崎の川南工業に就職、はじめは漁労部に配属され、トロール船の航海士となり漁に参加したりしたが、やがて文化部と称する、仕事の実体のない部署に移った。

山田が川南工業にいたのは一年半ほどのことだったが、その間にも情勢はめまぐるしく動いていた。マッカーサーが天皇を認める姿勢を明確にし、天皇が戦犯として訴追されるおそれもなくなり、日本国憲法で象徴天皇制が明記されたことで、皇統護持作戦は事実上、意味を失った。

「ぼくはそのあたりあっさりしてますから。憲法は、GHQが日本に強いたインチキだということはわかりましたが、占領政策のもとで、私がこれはインチキだと言ってみてもはじまらない。しかしもう、皇統護持作戦の目的は完全になくなった、そう思って、源田さんに『お世話になりました。東京に出ます』と。源田さんは何も言いませんでした」

航空自衛隊に入隊

東京に出た山田は、知人の水産会社を手伝ったが一年で倒産。その後、映画館の渋谷東宝、荻窪文化劇場の支配人をつとめ、さらに建築会社勤務を経て、昭和二十九

（一九五四）年、航空自衛隊が発足すると即座に志願、旧軍での階級に相当する1等空尉で入隊した。

「戦後九年間、いつも飛びたい、飛ぶなら戦闘機、と思い続けていましたから。戦争が終わったあとも、いつかまた空を飛べるようになると信じてました。そのために英語をものにしようと、映画館でシナリオを買って、休みの日は一日じゅう洋画を見て英語を勉強しました」

山田は、昭和二十四（一九四九）年四月一日に結婚している。相手は鴛淵孝大尉の妹・光子である。

「鴛淵隊長が戦死して、クラスメートの人が遺品を荷造りして鴛淵家に送ったんですが、終戦のごたごたで届かなかったらしい。それをきいて、何もないのも困るなあ、と思って、自分の持ってたロンジンの腕時計を、これ形見です、隊長が使ってました、と届けに行ったんです。もちろん嘘ですが。そこで妹を見て、ドキドキッとしたわけですよ。

隊長とはそんなプライベートな話をしたことないですから、妹がいるということは知りませんでした。それからは手紙作戦です。人から借りた詩なぞ書いちゃって、水産会社の仕事で東京から九州に行くたびに立ち寄って、三度めぐらいに結婚を申し込みました。

しかし、兄貴が生きとったら結婚申し込めなかったですね。ぼくの悪いの知ってるから、ノーと言われたかもしれんしね。隊長を口説く勇気はないですね」

光子は、美男子だった兄の面影を受け継いでいるのか、金婚式を過ぎてもチャーミングな人だった。光子の回想。

「戦争が終わってからも、兄の消息は全然わかりませんでした。やっと知らせがきたのは、昭和二十一年の春先だったと思います。

主人がはじめて来たときは、ただ戦友の方がみえたというぐらいで、あんまり印象はなかったですね。婚約した頃は、母と一緒に町から離れたところに住んでおりましたが、十日に一度ぐらい、速達やら電報やらがきて、郵便局の方がその一通のために町から配達してくれるものですから、ずいぶん冷やかされました。その頃の手紙は、まだとってありますよ。

でも、母にきた結婚の申し込みの手紙、いろんなことを誓ってて、母がこれは一生大切にしてなさい、と言ってたんですけど、いつのまにかあれだけなくなってましたの。ずるいんですよ。結婚式もエイプリルフールでしたし……」

ジェット機での訓練

航空自衛隊に入った山田は、浜松にあった幹部学校で三ヵ月、続いて操縦学校で、レシプロの練習機・T－34メンターとT－6での再訓練をうけた。T－6の教官は、朝鮮戦争を経験したアメリカ人が多く、九年間におよぶブランクもさることながら、言葉の問題、教官との意思疎通の壁が大きかったという。

「それでも、戦争をしてた敵だ、コン畜生、という気持ちはなかったですね。向こうは愛情をもって教えますから、こっちもそれに応えなきゃな、と」

そして、福岡県の築城基地で、はじめてジェット練習機T－33に乗った。

「プロペラ機とジェット機、飛ぶ理屈は変わりませんが、最初は恐ろしいほど違うと思いました。というのは、着陸速度が、私がかつて乗っていた紫電改が八十ノット（時速約百四十八キロ）弱、T－6は六十ノット（同百十キロ）弱だったのに対し、T－33は百二十ノット（同二百二十キロ）と倍違うんです。それが、戦闘機のF－86Fになると百四十ノット（同二百六十キロ）、F－104は百七十ノット（同三百十五キロ）台ですからね、スピード感がまったく違います」

そして昭和三十（一九五五）年暮れから約半年間、アメリカ・テキサス州ラックランド基地に留学、T－33とF－86Fで一通りの訓練をうけ、昭和三十二（一九五七）

年、3等空佐に昇任、戦闘機高等操縦課程（ファイター・ウェポンズ・スクール。いわゆるトップガンである）修了、昭和三十四（一九五九）年より北海道千歳基地の第二航空団第三飛行隊長、昭和三十五（一九六〇）年、2等空佐に昇任。同年九月より、ファイター・ウェポンズ・スクールと、かつての三四三空司令、源田實航空幕僚長の肝いりで発足したばかりのブルーインパルスを担当する、浜松の第一航空団第二飛行隊長をつとめるなど、第一線の戦闘機パイロットの道を歩み続けた。

「なかでも飛行隊長のポストは、人生の華。いちばんおもしろく、やりがいのある仕事でした。特に第二飛行隊は、アクロバット飛行チームを育てる（ブルーインパルス）ことと、一人前の戦闘機乗りのなかから選ばれた者の鼻っ柱をへし折って鍛えなおす（ファイター・ウェポンズ・スクール）という、一筋縄ではいかない任務が課せられてますから、その飛行隊長たる者には、つねにトップクラスの実力が求められていました」

空戦の原則はいまでも変わらない

千歳の第二航空団勤務の頃の、興味深いエピソードがある。

「千歳は実施部隊だから、領空侵犯機に対するスクランブルもあります。ぼく自身、飛行隊長として、昭和三十五年三月十六日と四月十二日の二度、スクランブルに上がってるんですが、そのどちらだったか、敵機を見つけに飛んでる途中、無線で聞こえてくる声がワンワン慌ただしいんです。そのうち、『北海道の南西に行け』と命令がきて、向かおうとしたら、すぐに『帰投せよ』と。

基地に帰って聞いたら、三沢基地からスクランブル発進した米軍のF－102が、ソ連の爆撃機に機銃で墜とされたと。三沢の米軍戦闘機は、それまで単機で発進していたのを、これ以後は二機で上がるようになりました」

山田の証言に該当する米空軍の公式記録は見あたらない。ただ、この前年には、やはりスクランブル発進した米軍のF－100Dが、国籍不明機をソ連爆撃機と確認したのち消息を絶った記録が残っているという。米軍と日本の航空自衛隊は、一般には知られないところで、ソ連機による領空侵犯の脅威と日夜戦っていたのだ。

この頃の乗機は、ノースアメリカンF－86Fセイバー。朝鮮戦争で活躍した戦闘機だが、山田は、複葉の赤とんぼ（九三式中間練習機）からF－15イーグルまで、操縦経験のある多くの飛行機のなかでも、紫電改とこのF－86Fが特に好きだったという。

浜松の第二飛行隊長の頃には、戦闘機による戦法、その他の研究も徹底的に行なった。三四三空時代、苦戦を強いられたF4Uの「Snake formation」の実証もその一つである。山田は言う。

「空戦訓練も徹底的にやりました。はじめは一対一、それができてはじめて、一対二、二対二に入ります。大切なのは一人一人の技倆、これは昔もいまも変わりません。

これまで、つねに戦争が終わるたび、次の戦争では空戦はないであろうとの予測が、専門家のあいだでもなされましたが、ことごとくはずれました。

ベトナム戦争でも、はじめのうち米軍のF－4ファントムはミサイルのみ積んで、機銃をもたずに出ていって、空戦でせっかく敵機を追いつめても撃てず――機体に大きなGがかかるとミサイルにはその数倍のGがかかり、撃っても失速します――失敗しています。これだけ進歩して、自動化されても、空戦の原則は変わりません。昔ばなしじゃないんです。むしろ、一生懸命やらなきゃいけない。

しかし、いくら昔の海軍に名人級が多かったといっても、昔のパイロットといまのパイロットをくらべたら、いまのほうがはるかに技倆は上ですよ。いろんな勉強を、昔とは比較にならないぐらいやってますからね」

戦略や戦術を必死で学ぶ

昭和三十七（一九六二）年、山田は、「受験したら飛行隊長の任期を半年のばす」

である。山田はこれまでの経歴を買われ、昭和四十二（一九六七）年十月より約五十日間、新戦闘機選定に関する資料収集のため、アメリカ、イギリス、フランス、イタリアに出張を命じられた。新聞には「第一次調査団長」と書かれたが、正しくは資料収集班長、次期戦闘機を事実上決定する役目である。

「まずアメリカに三十日、ここではF－4ファントムに乗り、つぎにイギリスでライトニング、フランスでミラージュに乗り、イタリアではF－104Sを視察しました。結局、次期戦闘機はF－4ファントムに決まりました。F－4Eという、ガン（機銃）のついたモデルです。まあ、決まったというより、ファントムしかなかったですね、ほかにいい飛行機がなかったから。ファントムも癖があって必ずしも乗りやすい飛行機じゃないんですが」

山田はその後、防衛研修所所員、防衛課長を経て、昭和四十七（一九七二）年には空将補に昇任、第五航空団司令になった。ときに四十九歳。しかし戦闘機操縦の腕は健在で、この頃でもなお、射撃訓練で百発撃ては半分は命中させていたという。

さらに昭和四十九（一九七四）年に防衛部長、五十（一九七五）年、空将に昇任。保安管制気象団司令、西部航空方面隊司令官、航空総隊司令官などを歴任、昭和五十四（一九七九）年八月、制服組最高のポストである航空幕僚長（第十五代）に就任した。

「空幕長は一年半と十五日。べつになんということはありません。上へ行けばいくほど、仕事はおもしろくなくなります。その間にぼくがやったことといえば、スクランブルの戦闘機にミサイルを持たせることにしたぐらい。領空侵犯の敵機を追い払うのに、ガンだけではしようがないですからね」

また、この頃、新鋭戦闘機・F－15イーグルにも搭乗している。

「でかいけどファントムとは別物。空戦性能はいいし、着陸もやさしい。じつにいい飛行機でした。ただ、ウェポンが進歩して、全部使いこなさなきゃせっかくの性能が発揮できませんから、人馬一体となるには時間がかかる、そういう印象でした」

昭和五十六（一九八一）年二月、退官。それまでの総飛行時間は四千二百四十時間。転勤につぐ転勤で、光子とともに引越した回数はちょうど三十回になるという。

賢者は戦争に学ぶ

山田はその後、トキメック株式会社、コーンズ・アンド・カンパニー・リミテッド勤務を経て、リタイヤ後は自宅で、戦史、軍事の研究三昧の日々を送った。

「日米安保に反対する人もおるけどね、安全保障はもっと打算的に考えてもいいんじゃないですか。日米安保、守らないと高くつきますよ。

アメリカ出ていけ、というのならそれだけの軍備をもたなきゃいかん。でないと、どうぞ襲ってくださいと言ってるようなものでしょう。軍備を持てば戦争になるとか、こちらが手を出さなければ相手も手を出さないなんて、空想にすぎません。やられっぱなしでいいという人もいるのかもしれんが、ほんとうにそれでいいのか。戦後、日本が戦争をせずにここまできたのは、平和憲法のおかげじゃない、日米安保があったからです。こんなの当り前でしょう?

脅威はあります。油断しちゃいけません。北朝鮮だって、理性的なら心配ないが、とてもそんな国じゃない。中国も、完全に覇権主義に向かっている。何ももたずに安心していられる状態じゃないんです。

戦争に負けたから、ダイレクトに軍備は悪、とされてしまいましたが、生きた世界情勢のなかで、それではやっていけません。軍事を避けていても、戦争を避けることはできない。——愚者は平和に学び、賢者は戦争に学ぶ、といわれます。

戦後のある時期から、日本の総理大臣以下、政治家は軍事のことを知らなさすぎる。軍事の中身は知らなくても、国の安全保障の意義を知らなくては、世界の笑いものにされますよ。過去の戦争が侵略戦争かどうかなんて、議論してもはじまらんでしょ。何が悪かったか、誰が悪かったか、どうして巻き込まれてどういうことになったか、世界史のなかで見ないと結論は出ません。日本人は、感情論でなくもっと大きな世界史の流れを勉強すべきです」

山田はまた、戦闘機乗りでありながら「戦闘機無用論」を唱えたり、戦時中はミッドウェー海戦の失敗、台湾沖航空戦の失敗など、大事なところで失策やスタンドプレーが目立ったかつての三四三空司令・源田實大佐に対して、変わらぬ敬慕の念を持ち続けていた。

「毎朝、仏壇に向かい、数珠を手にし、過去帳を開いて、その日が命日の部下の名を一人ずつ呼んで読経するのが、源田さんの日課のはじまりだったそうです。昭和二十年三月十九日、三四三空の初陣で戦果を挙げたとき、こちらも十八名の戦死者を出しましたが、この日がいちばん長くかかる。この日課は、平成元（一九八九）年八月十五日に亡くなるまで続きました。奥さんが言うのには、源田さんは、飼っていた犬、猫、鳥の墓まで庭の隅に設けていたと。眼光炯々、いつも毅然としていた源田さんに魅力を感じていたのは、こんな真摯さと、人間的な奥の深さゆえだろうと思います」

山田は晩年、ゴルフ場で転倒するなどして、負傷が絶えなかった。平成二十二（二〇一〇）年にも肩の骨を折り、療養生活を余儀なくされている。

この年の暮れ、山田から、リハビリでようやく手紙が書けるようになったとの便りをもらった。万年筆の達筆だった。外出がままならないので、毎日、禅の本を読んでいるという。ちょうど、航空自衛隊の事務用品発注に関する官製談合事件が報じられ、外薗健一朗航空幕僚長が引責辞任したばかりの時期だったが、このことについても、

「防衛官僚も政治家もシビリアンコントロールを全く理解していないと思います」

と一言、もどかしい思いが綴られていた。

＊

山田から最後に電話をもらったのは、平成二十三（二〇一一）年夏のことだった。

「僕はもう寿命が近いと思う。だから話せるうちに、いまここで君にお別れを言います。もう会うことはありませんが、元気で、これからもよい仕事をしてください」

そんなことをおっしゃらないで長生きを、という私に、山田は、

「いや、自分でわかりますから。ぼくが死んでも、弔問、香典はいっさい無用。どうか誰にも知らせないでください。もし人が知ることになっても、何年か経って、そう

いえばあいつ死んだのか、ぐらいに思われるのがちょうどいい。老兵は消えゆくのみ。では、失礼」

電話の切れぎわ、ありがとうございました、と言うのが精いっぱいだった。

平成二十五（二〇一三）年二月二十七日、死去。享年八十九。遺言にしたがって、私は山田の弔問をまだすませていない。

フィリピン・ルソン島進出時の三四一空。手前より零戦、紫電、彗星などが並んでいる

総和19年9月、紫電の着陸時の事故で負傷した山田中尉

昭和20年3月、三四三空戦闘七〇一飛行隊。前列左から4人めから、飛行隊長・鴛淵孝大尉、副長・相生高秀少佐、司令・源田實大佐、飛行長・志賀淑雄少佐、山田大尉

三四三空時代の山田大尉

飛行隊長・鴛淵孝大尉（右）と、昭和20年3月19日の空戦で戦死した松崎國雄大尉

昭和20年7月末、三四三空時代。左より山田大尉、源田實大佐（司令）、志賀淑雄少佐（飛行長）

昭和20年、三四三空時代、魚とりに興じる山田大尉（中央）

昭和42年、FX視察のため渡米、F-4ファントムに試乗

昭和40年、航空自衛隊時代

F-4ファントムのコクピットに座る山田

海軍搭乗員の階級呼称

	士官 将官	士官 佐官	士官 尉官	准士官	下士官	兵
昭和4年5月10日より	海軍大将 海軍中将 海軍少将	海軍大佐 海軍中佐 海軍少佐	海軍大尉 海軍中尉 海軍少尉	海軍航空兵曹長(空曹長)	海軍一等航空兵曹(一空曹) 海軍二等航空兵曹(二空曹) 海軍三等航空兵曹(三空曹)	海軍一等航空兵(一空) 海軍二等航空兵(二空) 海軍三等航空兵(三空) 海軍四等航空兵(四空)
昭和16年6月1日より				海軍飛行兵曹長(飛曹長)	海軍一等飛行兵曹(一飛曹) 海軍二等飛行兵曹(二飛曹) 海軍三等飛行兵曹(三飛曹)	海軍一等飛行兵(一飛) 海軍二等飛行兵(二飛) 海軍三等飛行兵(三飛) 海軍四等飛行兵(四飛)
昭和17年11月1日より				海軍飛行兵曹長(飛曹長)	海軍上等飛行兵曹(上飛曹) 海軍一等飛行兵曹(一飛曹) 海軍二等飛行兵曹(二飛曹)	海軍飛行兵長(飛長) 海軍上等飛行兵(上飛) 海軍一等飛行兵(一飛) 海軍二等飛行兵(二飛)
参考・陸軍				准尉	曹長 軍曹 伍長	兵長 上等兵 一等兵 二等兵

注・海軍では「大佐」を「だいさ」、「大尉」を「だいい」といった。

ＮＦ文庫

決定版 零戦 最後の証言〈2〉

二〇二四年七月二十三日 第一刷発行

著 者 神立尚紀

発行者 赤堀正卓

発行所 株式会社 潮書房光人新社

〒100-8077 東京都千代田区大手町一-七-二

電話／〇三-六二八一-九八九一㈹

印刷・製本 中央精版印刷株式会社

定価はカバーに表示してあります

乱丁・落丁のものはお取りかえ致します。本文は中性紙を使用

ISBN978-4-7698-3365-9 C0195

http://www.kojinsha.co.jp

刊行のことば

第二次世界大戦の戦火が熄んで五〇年——その間、小社は夥しい数の戦争の記録を渉猟し、発掘し、常に公正なる立場を貫いて書誌とし、大方の絶讃を博して今日に及ぶが、その源は、散華された世代への熱き思い入れであり、同時に、その記録を誌して平和の礎とし、後世に伝えんとするにある。

小社の出版物は、戦記、伝記、文学、エッセイ、写真集、その他、すでに一、〇〇〇点を越え、加えて戦後五〇年になんなんとするを契機として、「光人社NF(ノンフィクション)文庫」を創刊して、読者諸賢の熱烈要望におこたえする次第である。人生のバイブルとして、心弱きときの活性の糧として、散華の世代からの感動の肉声に、あなたもぜひ、耳を傾けて下さい。

NF文庫